BIBLIOTHÈQUE BRETONNE ARMORICAINE

PUBLIÉE PAR LA FACULTÉ DES LETTRES DE RENNES

FASCICULE V

LE ROMAN DE PÉRÉDUR

TEXTE GALLOIS

TRADUIT EN BRETON

PAR

J. LE ROUX

Professeur à l'Université de Rennes

AVEC UNE TRADUCTION FRANÇAISE D'APRÈS J. LOTH

RENNES
J. PLIHON ET HOMMAY, LIBRAIRES-ÉDITEURS
5, rue Motte-Fablet, 5

1923

LE ROMAN DE PÉRÉDUR

LE ROMAN DE PÉRÉDUR

BIBLIOTHÈQUE BRETONNE ARMORICAINE

PUBLIÉE PAR LA FACULTÉ DES LETTRES DE RENNES

FASCICULE V

LE ROMAN DE PÉRÉDUR

TEXTE GALLOIS

TRADUIT EN BRETON

PAR

J. LE ROUX

Professeur à l'Université de Rennes

AVEC UNE TRADUCTION FRANÇAISE D'APRÈS J. LOTH

RENNES
J. PLIHON ET HOMMAY, LIBRAIRES-ÉDITEURS
5, rue Motte-Fablet, 5

1923

HISTORIA PEREDUR VAB EVRAWK

d'après le Livre Blanc de Rhydderch

TEXTE ORIGINAL ET TRADUCTION

INTRODUCTION

Le Moyen-Age gallois nous a laissé des œuvres importantes qui présentent un très grand intérêt au point de vue de la littérature générale, de l'évolution des langues brittoniques et des traditions celtiques.

Au premier rang, il convient de placer les *Mabinogion*, récits en prose, merveilleux ou romanesques, d'origine et de caractères divers, qui nous ont été conservés principalement dans les manuscrits qui composent le *Livre Rouge* de Hergest [1] et le *Livre Blanc* de Rhydderch [2].

L'Histoire de Peredur vab Evrawc fait partie des *Mabinogion*.

Peredur est le nom gallois de Perceval, le chevalier errant

(1) Hergest est un nom de lieu. Le manuscrit des *Mabinogion* du *Livre Rouge* est du XIVe siècle.

(2) Rhydderch est la forme galloise du nom de Rodrigue. Le *Livre Blanc* contient des manuscrits de la bibliothèque du château de Penlarth. Le quatrième manuscrit de Penlarth contenant le texte de Peredur remonte au dernier quart du XIIIe siècle.

dont les aventures merveilleuses tiennent une si grande place dans la littérature européenne du Moyen-Age.

L'idée de traduire ce récit en breton m'a été suggérée par M. Dottin, et la traduction a été faite en grande partie sous sa direction, au cours de langue celtique de la Faculté des lettres de Rennes.

Je me suis placé à un point de vue spécial. Mon but n'était pas simplement de faire connaître le sens général du texte. Je voulais surtout mettre en évidence les affinités et les correspondances régulières qui existent entre le breton et le gallois.

Un pareil résultat ne pouvait être atteint qu'en suivant l'original de très près et en le traduisant autant que possible mot pour mot. Je me suis efforcé de rendre chaque terme gallois par son correspondant phonétique breton quand ce correspondant existe, à ma connaissance, en breton moderne ou en moyen-breton et qu'il peut être employé dans le même sens.

La syntaxe du moyen-gallois diffère assez peu de celle du moyen breton pour que cette traduction littérale soit possible dans la plupart des cas. Il y a cependant quelques différences, et la méthode doit être appliquée avec discernement. Il est, naturellement, assez difficile de déterminer la limite précise qu'on ne doit pas dépasser dans l'imitation de la construction galloise.

Pour mettre en évidence le parallélisme linguistique, j'ai été amené à conserver la traduction littérale dans des passages où une autre construction eût été préférable au point de vue strictement littéraire.

Les diverses traductions de *Mabinogion* qui ont été publiées jusqu'ici ont été faites d'après le *Livre Rouge*. J'ai suivi au contraire le texte du *Livre Blanc*, quatrième manuscrit de Peniarth, qui est plus ancien de quelque cent vingt ans, et à certains égards plus correct.

L'original gallois et la traduction bretonne ont été disposés en regard l'un de l'autre pour permettre une comparaison facile. Le gallois a été reproduit d'après l'édition diplomatique de M. Gwenogvryn Evans. J'y ai ajouté simplement la ponctuation et la division en chapitres et en paragraphes.

L'orthographe diffère sur certains points de celle du gallois moderne. On observera en particulier que le même caractère *d* représente le *d* occlusif ordinaire (gallois moderne **d**, breton **d**) et le *d* spirant (gallois moderne *dd*, moyen-breton **z**). Le caractère spécial usité en moyen gallois pour représenter le *w* consonne a été remplacé par *w*.

Je m'expliquerai plus loin sur le mode de transcription que j'ai adopté pour le breton.

M. Loth a bien voulu m'autoriser à y joindre sa traduction française en y apportant les modifications nécessaires pour la faire concorder avec le texte du *Livre Blanc* et la rapprocher de la traduction bretonne.

Un linguiste aurait pu compléter le tout en y ajoutant des notes critiques grammaticales et historiques. N'ayant pour ces questions aucune compétence spéciale, je préfère renvoyer au grand ouvrage de M. Loth : *Les Mabinogion du Livre Rouge de Hergest* avec les variantes du *Livre Blanc de Rydderch*.

J'exprime mes sincères remerciements aux maîtres éminents qui m'ont aidé dans ce travail : à M. Dottin qui en a eu l'initiative et en a suivi l'exécution, à M. Loth dont les ouvrages m'ont été d'un très grand secours, à M. Pierre Le Roux qui a bien voulu lire le manuscrit et m'a suggéré plusieurs corrections utiles.

Principaux ouvrages de référence :

A. — Textes originaux

1° *The Red Book of Hergest*, édition diplomatique, par J. Rhys et Gwenogvryn Evans, 1887;

2° *The White Book Mabinogion*. Welsh Tales and Romances reproduced from the Peniarth Manuscripts, edited by J. Gwenogvryn Evans, 1907.

B. — Traduction anglaise .

The *Mabinogion* from the Llyfr Coch o Hergest, and other ancient Welsh MSS., with an English translation and notes, by Lady Charlotte Guest, 1838 et suiv.

C. — Traduction française

D'après l'original gallois : *Les Mabinogion du Livre Rouge de Hergest*, par J. Loth :

1re édition, 1899;

2e édition, avec les variantes du *Livre Blanc de Rhydderch*, 1913.

Une autre traduction française faite d'après le texte anglais de Lady Guest avait été donnée par H. de la Villemarqué sous le titre de *Contes populaires des Anciens Bretons*, Paris, 1842, réimprimée en 1861 sous le titre de : *Les Romans de la Table Ronde et les Contes des Anciens Bretons*.

Au point de vue spécial de *Peredur*, je signale enfin la thèse de Miss Mary Williams : *Essai sur la Composition du Roman Gallois de Peredur*.

ÉTUDE SUR LA TRANSCRIPTION DE LA LANGUE BRETONNE

Dans la transcription du texte breton je me suis écarté sur quelques points de l'usage courant des écrivains modernes. Il m'a semblé que le système orthographique usité depuis la réforme de Le Gonidec présente divers inconvénients qui s'opposent à l'unification de la langue écrite.

En effet, toute transcription phonétique, basée exclusivement sur la figuration des sons nous place nécessairement devant ce dilemme : ou l'auteur transcrira sa propre prononciation sans s'occuper de celle de ses lecteurs, ou bien il sera dans l'obligation de faire choix d'un dialecte particulier comme langue littéraire, dédaignant les autres dialectes sans aucune raison sérieuse.

Il est cependant possible de considérer la langue bretonne à un point de vue beaucoup plus élevé et en même temps plus juste. Il n'est pas nécessaire d'obliger tous les lecteurs à prononcer exactement de la même manière. L'idéal au contraire est d'être compris du plus grand nombre, en permettant à chaque lecteur de lire les mots suivant la prononciation ordinaire de son dialecte. J'ai cherché à combiner les règles de l'orthographe d'après les correspondances dialectales de manière à réaliser cette synthèse de la langue. Les différences de prononciation qui caractérisent les dialectes correspondent alors à de simples changements dans les règles de lecture de certains symboles; les formes écrites restent communes. Par exemple, les symboles z, zz, *w*, *aw*, *oe*, ne seront pas lus de la même manière dans les régions du Léon, du Tréguier ou du Vannetais, mais il suffira que chacun connaisse les règles particulières qui concernent son dialecte, pour qu'il puisse les lire à première vue suivant l'usage de sa région.

Nous réalisons donc, au moins dans une large mesure, une représentation synthétique de l'ensemble de la langue, au lieu de l'image fragmentaire et monochrome que nous fournit la transcription phonétique.

Il existe naturellement un grand nombre d'éléments, mots, particules, désinences, qui échappent à l'unification orthographique. Lorsqu'il y aura lieu de faire un choix parmi ces formes divergentes il faudra écarter toute préoccupation dialectale et se guider uniquement d'après l'observation scientifique et l'histoire de la langue. Il m'a paru que la seule règle générale compatible avec l'idée de la conservation et de la correction de la langue bretonne consiste à donner en principe la préférence aux formes les mieux conservées ou à celles qui dérivent le plus régulièrement des formes anciennes, jadis communes à tous les dialectes.

En breton comme en français on rencontre partout dans le langage populaire des mots mal prononcés. Mais tandis que nul écrivain français ne songerait à considérer comme du français correct les mots *cintième*, *pu*, au lieu de *cinquième*, *plus*, en breton les écrivains ont une tendance fâcheuse à employer indifféremment les formes barbares ou les formes correctes, sans étude et sans critique.

Aujourd'hui cependant, grâce à la publication de textes du moyen breton, dus principalement à M. Ernault, il est loisible à chacun de se faire une idée de l'évolution de la langue et du degré de conservation relative des différentes formes dialectales. L'étude de ces textes et leur confrontation avec les restes de vieux breton qui nous sont parvenus, donneraient à l'écrivain un sens exact de la correction.

Les modifications que j'ai apportées aux notations de Le Gonidec se rattachent en résumé aux deux idées directrices que je viens d'exposer : 1° représentation synthétique pour tous les éléments qui en sont susceptibles, 2° critérium de la correction fondé sur l'histoire et la tradition.

Dans le choix des notations, j'ai autant que possible évité les innovations. Le moyen-breton et même le vieux-breton m'ont fourni quelques notations qui sont encore utilisables pour représenter synthétiquement de la manière la plus satisfaisante les différents aspects de la prononciation moderne.

Pour le choix du meilleur système de transcription il faut tenir compte de considérations multiples.

La facilité de lecture, la simplicité de correspondance entre les symboles de la langue écrite et les sons de la langue parlée, ont évidemment une importance très grande. Mais l'intelligibilité, la simplicité grammaticale sont également influencées par le mode de notation.

Dans la lecture, le rôle de la vue est plus important que celui de l'oreille. On lit sans effort et l'on prononce correctement un texte compris à vue, où l'œil reconnaît la physionomie usuelle des mots, tandis qu'on comprend difficilement un texte exactement noté au point de vue phonétique, mais où les mots se présentent sous une forme inusitée. Tout le monde reconnaît le nom de *Cicéron* en français, en anglais, en italien, en espagnol, en allemand ou en moyen-breton. On ne le reconnaît pas sous la forme *Siseron* dans un texte breton orthographié suivant les principes de Le Gonidec.

Les sons s'influencent et se modifient mutuellement dans l'association et la composition des mots. Il en résulte que la simplicité des règles de lecture n'est pas toujours compatible avec la simplicité des règles grammaticales.

Considérons, par exemple, les trois expressions françaises : *grand père*, *grand ami*, *grande amie*.

La lettre *d* ne conserve sa prononciation alphabétique que dans la dernière; elle est muette dans la première et équivaut à un *t* dans la seconde.

Une orthographe phonétique exigerait qu'on écrivît *gran père*, *grant ami*, ou *gran tami*, *grand amie* ou *gran damie*. Mais dans ces conditions la grammaire deviendrait d'une horrible complication. Tout compte fait, il est évident qu'on a avantage à conserver le *d* dans les deux premières expressions, malgré la difficulté supplémentaire qui en résulte pour les règles de lecture. On fait en effet disparaître ainsi toute complication grammaticale et l'intelligibilité se trouve augmentée par la conservation de la physionomie visuelle du radical *grand*.

Il ne faut donc pas se laisser duper par la simplicité apparente de la transcription dite phonétique. Les difficultés que l'on écarte du début peuvent se retrouver dans la suite multipliées et aggravées. Pour établir une méthode rationnelle de transcription, il faut tenir compte de tous les éléments de la question. Le but principal de l'écrivain doit être d'exprimer des idées et non pas de décrire uniquement les particularités de sa prononciation. L'intelligibilité est la qualité la plus essentielle de la langue écrite; la possibilité de s'adresser à tous ceux qui parlent la même langue, malgré la diversité des prononciations locales en est une autre non moins importante.

La solution simpliste qui consiste à considérer une langue comme un ensemble de sons dénués de sens ne saurait satisfaire un esprit réfléchi.

Une pareille solution est admissible tout au plus à titre provisoire, jusqu'à ce qu'une étude sérieuse de la langue ait rendu possible une solution plus satisfaisante.

La méthode que j'ai adoptée n'est évidemment pas parfaite; elle demanderait encore de nombreuses améliorations. Elle a cependant déjà des avantages appréciables.

En écartant toutes préoccupations dialectales, elle permet une étude générale de la langue bretonne considérée dans son ensemble. Lorsque j'écris *Neuez*, nouveau, *lizzer* lettre, les règles générales de lecture des symboles *w*, *z*, *zz*, données une fois pour toutes, me dispensent de rappeler les prononciations dialectales : Léon *nevez*, *lizer;* Tréguier *newé*, *lizer*, Cornouailles *nevé*, *lizer*, Vannetais *neüé*, *liher*.

Lorsqu'il faut faire un choix entre les formes parlées, et que j'écris, par exemple, *ma* mon, ma, mes au lieu de *va*, je constate simplement que *ma* est la forme ancienne autrefois commune à tous les dialectes, au Léon comme aux autres.

Cet exemple, choisi parmi beaucoup d'autres, fera comprendre l'esprit général de la méthode. Une forme n'est pas correcte parce qu'elle se trouve dans Le Gonidec, ou qu'elle est parlée sur la rive droite ou la rive gauche d'une rivière, au nord ou au sud d'une montagne. L'histoire seule doit servir de guide.

Il faut considérer le breton comme une langue et non comme une collection de patois.

L'unification de la langue écrite permet de mettre en commun les ressources de tous les dialectes. Beaucoup de mots intéressants, authentiquement celtiques, sont ignorés des dictionnaires, conservés uniquement dans une région limitée. Pour les remettre en circulation dans la langue littéraire il ne suffit pas de connaître la prononciation locale, il faut savoir comment ces mots seraient prononcés dans les divers dialectes s'ils y avaient été conservés. L'orthographe synthétique et historique résout le problème dans la plupart des cas. Elle facilite également la restauration de mots du vieux-breton et du moyen-breton, ou les emprunts légitimes que l'on peut faire au gallois ou au cornique.

En poésie, les rimes basées sur l'orthographe synthétique auraient l'avantage d'être valables pour tous les dialectes.

L'intelligibilité se trouve accrue par la distinction orthographique des mots qui sont homophones dans un dialecte et hétérophones dans un autre.

Le dialecte de Léon confond les mots *marc'hadoures* marchande et *marc'hadourezz* marchandise, le vannetais au contraire les distingue. Par contre, le dialecte de Vannes confond dans la prononciation *merc'her*, mercredi et *merzer* martyr qui se distinguent nettement dans les autres dialectes. Un lecteur trécorrois trouvant dans un texte le mot *merher* devra faire un effort de réflexion pour comprendre qu'il ne s'agit pas du mercredi, mais plutôt d'un martyr.

Il existe une difficulté au moins apparente pour la vulgarisation de ce système graphique. Dans beaucoup de cas, en effet, on ne pourra fixer l'orthographe d'un mot qu'en comparant les prononciations de deux dialectes différents; par exemple, le Léon et le Vannetais. Une difficulté semblable se rencontre dans tout système d'orthographe unifiée. Si l'on se réfère uniquement à une prononciation locale on n'est jamais sûr que cette forme soit celle qui aura été adoptée pour la langue littéraire. La langue de Le Gonidec comme toute autre exige une certaine étude préalable. Mais, tandis que cette étude donne seulement la connaissance d'un dialecte particulier, l'emploi de l'orthographe synthétique nous dépeint les aspects divers de la langue bretonne tout entière.

Je considère d'ailleurs comme une illusion extrêmement dangereuse pour la conservation de la langue bretonne l'idée que l'on connaît la langue lorsqu'on sait parler le patois de son village. Ce n'est pas plus vrai pour le breton que pour le français.

Aperçu sommaire des principales modifications orthographiques et des correspondances dialectales qui leur servent de base.

1° S, Z, ZZ.

S, moyen-breton *s*, gallois *s*.

Z, moyen-breton *z*, vieux-breton *d*, gallois *dd*.

ZZ, moyen-breton *z* ou *zz*, vieux-breton *t* ou *th*, gallois *th*.

Si l'on prend dans le dictionnaire de Le Gonidec tous les mots dont l'orthographe contient un *z* et qu'on les compare aux termes correspondants des divers dialectes, on constate que ces mots peuvent se classer en trois catégories :

1° Ceux dans lesquels le *z* conserve partout la prononciation sifflante de l'*s* doux : *amzer* temps, *izel* bas;

2° Ceux dans lesquels le *z* ne se prononce qu'en Léon et disparaît dans les autres dialectes : *bez* tombe, *nézet* filé;

3° Ceux dans lesquels le *z* conserve la valeur de l'*s* doux en Léon, Tréguier et Cornouailles, et se change en *h* en vannetais.

Le *z* de la première catégorie correspond à un *s* en moyen-breton et en gallois; nous rétablissons l'*s* dans notre orthographe synthétique.

Celui de la seconde catégorie est toujours précédé d'une voyelle; la lettre correspondante du moyen-breton est *z*, gallois *dd*, moyen-gallois *d*.

Celui de la troisième catégorie est toujours précédé d'une voyelle ou d'une consonne. Précédé d'une voyelle il a pour correspondant moyen-breton *z* ou *zz*, gallois *th*; précédé d'une consonne il peut correspondre en gallois soit à *th* soit *dd*, en moyen-breton à *z*. Nous écrirons *zz* après une voyelle, et simplement *z* après une consonne.

EXEMPLES :

1re Catégorie.

Orth. de Le Gonidec.	Orth. synthétique.	Gallois.
amzer, temps.	*amser.*	*amser.*
beuz, buis.	*beus.*	*bocs.*
biz, doigt.	*bis.*	*bys.*
braz, grand.	*bras.*	*bras.*
kraz, désséché.	*kras.*	*cras.*
enez, île.	*énés.*	*ynys.*
ezel, membre.	*esel.*	cornique *esel.*
gwaz, homme.	*gwas.*	*gwas.*
gwiz, truie.	*gwis.*	cornique *guis.*
izel, bas.	*isel.*	*isel.*
c'houez, sueur.	*c'hwés.*	*chwys.*

2e Catégorie.

beuzi, noyer.		*boddi.*
bez, tombe.		*bedd.*
bleiz, loup.		*blaidd.*
kriz, cruel, cru.		....
gwaz, oie.		*gwydd.*
luziet, brouillé.		*lludd* obstacle.
nezam, filer.		*nyddu.*
ruz, rouge.		*rhudd.*
skoaz, épaule.		*ysgwydd.*

3° Catégorie.

Orth. synthétique.	Prononciation vannetaise.	Gallois.
brezzonek, breton.	*brehonek*	*brythoneg.*
Breizz (mieux *Brezz*), Bretagne.	*Breih*, *Breh.*	*bryth*, Breton.
brozz, jupe.	*broh.*	*brethyn*, étoffe.
kazz, chat.	*kah.*	*cath.*
kaezz, pauvre, chétif.	*keh.*	*caeth*, esclave.
kozz, vieux.	*koh.*	cornique, *coth.*
gwazz, pis.	*goah.*	*gwaeth.*
gwazz, ruisseau.	*goah.*	*gwyth*, canal.
gwinizz, froment.	*gunéh.*	*gwenith.*
bazz, bâton.	*bah.*	*bathu*, battre monnaie.
mezz, honte.	*méh.*	*meth*, faute.
lizzer, lettre.	*liher.*	*llythyr.*
matezz, servante.	*match.*	cornique, *machteith.* jeune fille.
laezz, lait.	*leh*, *leah.*	*llaeth.*
nezz, nid.	*neh.*	*nyth.*
razz, rat.	*rah.*	
seizz, sept.	*seih.*	*saith.*
tézz, pis.	*téh.*	*teth.*
merzer, martyr.	*merher.*	*merthyr.*
harzal, aboyer.	*harhal.*	*arthal.*
liorz, courtil.	*liorh.*	*lluarth.*
kerzet, marcher.	*kerhet.*	*cerdded.*
barz, barde.	*barh.*	*bardd.*
tarz, coup, fracas.	*tarh.*	*tardd.*
orz, massue.	*orh.*	*hyrdd*, choc.

La régularité de ces correspondances est impressionnante, malgré un nombre restreint d'exceptions que l'on pourrait citer.

La conservation de l'*s* nous oblige à donner à cette lettre la prononciation tantôt douce, tantôt dure comme en français et dans la plupart des langues européennes. On doublera l'*s* entre deux voyelles quand il y aura lieu de lui conserver la prononciation dure.

Il y a lieu de noter que l'*s* dans beaucoup de régions prend fréquemment la prononciation chuintante. Quand il est suivi de *i*-consonne il s'agglutine avec l'*i* pour donner l'équivalent de *j* ou *ch* français. Ex. : *misiou*, *mois*, se prononce généralement *mijou*. J'utilise cette remarque dans la conjugaison des verbes en écrivant *kansien*, je chanterais, *renksien*, je devrais; (pron. *kanjen*, *renkchen*).

2° *V* et *W*

Je représente par *v* le correspondant phonétique du gallois *f* (moyen-breton *ff* ou *fv*, vieux-breton *b* ou *m*), et par *w* le correspondant du gallois *w*-consonne (moyen-breton *u*, vieux-breton *u* ou *uu*). Ces deux consonnes se distinguent assez bien l'une de l'autre dans la prononciation des dialectes de Tréguier et de Vannes.

L'un des caractères distinctifs du dialecte de Tréguier est la conservation de la prononciation alphabétique *ou*-consonne du *w* (1). En vannetais le *w* prend la valeur de *u*-consonne.

Le *v* se prononce comme le *v* français ou comme le *v* bilabial.

Le *v* bilabial provient normalement de l'affaiblissement de l'*m* ou du *b*. Ces deux dernières lettres se prononcent en amenant d'abord les deux lèvres en contact; si le contact est imparfait, s'il subsiste entre les lèvres un léger intervalle, l'*m* et le *b* se transforment en *v* bilabial. On se rend facilement compte de ce phénomène en prononçant le mot *damnet* avec un *m* légèrement ouvert.

Le *v* bilabial provenant d'un *m* est généralement accompagné d'une nasalisation de la voyelle précédente; ce fait n'a pas lieu dans le cas du *v* dérivé du *b*.

(1) Ce caractère semble avoir échappé à M. l'abbé Le Clerc, auteur d'une excellente grammaire du breton de Tréguier.

Le moyen-breton représentait par *ff* ou *fv* le *v* bilabial avec ou sans nasalisation [1]. Il écrivait, par exemple, ***haff***, été, ***saff***, lève. Ces notations représentaient évidemment des sons très peu différents de la prononciation moderne ***hañv***, ***sav***.

Le *v* bilabial est une consonne essentiellement instable : suivant la forme et la grandeur de l'ouverture qui subsiste entre les lèvres, suivant la force et la durée du souffle spirant, il produit à l'oreille des impressions diverses se graduant depuis un *f* adouci jusqu'à la voyelle *o* : *f* adouci, *v* français, *u*, *ou*, *o*.

On s'explique d'après cette remarque la confusion qui se produit dans les dialectes de Léon et de Cornouailles entre le *v* et le *w*.

Au commencement des mots devant un *a*, le *w* prend en Léon la même prononciation qu'en Tréguier; devant les lettres *e*, *i*, il se prononce comme un *v* français. A l'intérieur des mots la confusion du *v* et du *w* a lieu suivant une loi singulière : au commencement d'une syllable ces deux lettres ont à peu près la prononciation du *v* français, mais à l'intérieur ou à la fin d'une syllabe elles ont la prononciation du *w* alphabétique plus ou moins ouvert, allant de *ou* à *o* suivant le voisinage.

Ce phénomène linguistique apparaît très nettement dans la dérivation. Considérons, par exemple, les mots *liw*, couleur, *liwer*, peintre. Dans le premier le *w* est en fin de syllabe, il se prononce *ou*, *liou*; dans le second le *w* vient en tête de la seconde syllabe *li-wer*, il se prononce comme un *v* : *liver*.

Dans les mots *levr*, *gawr* le *v* est à l'intérieur de la syllabe, ce qui explique les formes *leor*, *gaor* de la prononciation léonaise.

Dans la combinaison *gwr*, au commencement des mots, le *w* se fond en quelque sorte avec l'*r* dans la prononciation trécorroise; cela explique que le mot *gwrég*, femme, s'écrit souvent *groeg*. Mais le *w* se révèle dans la mutation douce, qui fait

(1) Le symbole *ff* subsiste dans beaucoup de noms propres de personnes ou de lieux : *Goff*, *Henaff*, *Roscoff*, *Squiffiec*, etc. En prononçant le symbole *ff* à la française on altère ridiculement ces noms.

tomber le *g* : *e wrég*, sa femme (à lui). Dans la prononciation du Léon le *w* de la combinaison *gwr* disparait. Les mots *gwrég*, *gwrac'h*, *gwraet* se prononcent, dans ce dialecte, *grég*, *grac'h*, *great*.

3° *M* et *N* employés comme indices de nasalisation.

Le mot français *aîné* se traduit en Léon par *hena* et ailleurs par *henan*. Il faut choisir la notation commune. En remontant aux formes anciennes nous trouvons en moyen-breton *henaff*: en vieux-breton on eût écrit *henam*. Il est évident que la notation du moyen-breton dérouterait le lecteur moderne; mais celle du vieux-breton *henam* convient très bien pour représenter la prononciation la plus répandue pourvu qu'on y considère l'*m* final comme un simple indice de nasalisation. Cette convention ne saurait embarasser un lecteur français habitué à la lecture des mots *Adam*, *champ*, etc.; elle a de plus l'avantage de restaurer une forme ancienne et de n'être inspirée par aucune préférence de dialecte.

Il y a encore d'autres raisons.

Le son nasal des voyelles en breton moderne est dû généralement à l'influence d'un *n* ou d'un *m*. Il arrive parfois comme dans le mot *henam* que l'*m* ou l'*n* ne s'articule plus et que la seule trace de sa présence consiste dans la nasalisation de la voyelle. Par une altération progressive l'*m* final de *henam* s'est d'abord transformé en *v* bilabial (moyen-breton *ff*) et le *v* lui-même a finalement disparu. Cette disparition toutefois n'est pas absolue, le *v* bilabial ancien de *henam* subsiste encore en bas-vannetais et dans d'autres régions. En général, la nasalisation due à un ancien *m* se distingue dans la comparaison des dialectes de celle qui provient d'un ancien *n*. Pour rendre compte dans la mesure du possible de ces particularités nous sommes dans l'obligation d'employer une notation spéciale.

Nous emploierons donc l'*m* et l'*n* comme indices de nasalisation, en réservant l'*m* pour les cas où il sera utile d'indiquer que le son nasal est dû à l'influence d'un ancien *m*.

S'il y a lieu d'indiquer que la lettre *m* ou *n* placée après une voyelle nasalisée ne s'articule plus dans la prononciation moderne, nous placerons un accent circonflexe sur la voyelle. Cette notation, imitée du père Maunoir, n'exige aucun caractère typographique spécial.

Ex. : *Hâm*, été, *dîm*, à moi, *plûm*, plumes, *pûns*, puits.

On pourra d'ailleurs supprimer l'accent circonflexe dans la plupart des formes usuelles, quand il n'en résultera aucune ambiguïté pour la lecture.

Il devrait être inutile d'écrire un *v* après l'*m* nasal puisque c'est l'*m* lui-même qui s'est adouci en *v*. S'il existait un enseignement rationnel du breton cette remarque devrait faire partie des règles de lecture. Dans les conditions actuelles je crois nécessaire cependant d'écrire *klâmvour*, malade, *nêmvou*, cieux, au lieu de *klâmour*, *nêmou*, etc.

4° *AU* (moyen-breton *au*).

La diphtongue *au* du moyen-breton (prononciation probable *ao'*, *aou*) a conservé le son diphtongué en Léon, sauf dans les syllabes post-toniques où elle se prononce *o*. En vannetais, où la syllabe finale est moins brève elle se prononce toujours *ao*. En Tréguier elle se prononce *o* comme en français moderne. Nous représenterons ces sons correspondants par le symbole *au*, comme en moyen-breton.

Ex. : *Saus*, anglais, *pautr*, garçon, *autrou*, seigneur, *kaul*, chou, *taul*, table, *teaud*, langue, *heaul*, soleil.

5° *OW*, *OV*, (moy.-bret. *ou*, vieux-bret. *ou*, gallois, *eu*, *au*).

Cette diphtongue a conservé la prononciation ancienne *o-ou* dans les dialectes de Léon, Tréguier et Cornouailles; elle est devenue *eu* en haut-vannetais, comme en gallois. Le son *ow* est noté *aou* dans l'orthographe de Le Gonidec.

En syllabe finale non accentuée, le son *ow* s'est transformé en *ou* dans le dialecte de Léon et en *o* dans celui de Tréguier. Pour figurer l'ensemble de ces sons correspondants j'emploie en général la notation *ow* : *dow*, deux, *glow*, charbon, *lowen*, joyeux, *powr*, pauvre.

En syllabe finale non accentuée je conserve la forme *ou* qui représente l'orthographe la plus répandue : *autrou*, *golou*, *botou*, *lousou*.

6° Correspondances diverses.

AE. — L'ancienne diphtongue *ae* a généralement pris en breton moderne le son de *è* ouvert; en Léon elle a pris une forme diphtonguée que Le Gonidec représente par *ea*. Nous conserverons la forme ancienne *ae* : *maes*, campagne, *graet*, fait.

E long. — *E* long en syllabe finale accentuée, devant *c'h* a pris en Léon le son *ea*. *Bec'h*, fardeau, *trec'h*, plus fort, deviennent dans ce dialecte *beac'h*, *treac'h*. Dans les dérivés formés par l'addition d'un suffixe, la fausse diphtongue disparaît. On dit, en Léon comme ailleurs, *béc'hiet*, chargé, *trec'het*, vaincu.

Cette remarque permet de supposer que la transformation de *e* en *ea* a eu pour origine le son sourd qui résulte du prolongement du souffle guttural du *c'h*. Le même phénomène expliquerait la transformation de *peuc'h*, paix, en *peoc'h*, et d'autres du même genre.

La transformation de *dez*, jour, *fez*, foi, *nezz*, nid, etc., en *deiz*, *feiz*, *neizz*, qui est également propre au dialecte de Léon, pourrait s'expliquer d'une façon semblable par le léger sifflement que produit la prononciation lente de la spirante finale *z* ou *zz*.

Il est même vraisemblable que l'*i* de *Breizz*, Bretagne, a une origine analogue. Une forme plus ancienne *Brezz* est attestée par le vannetais *Breh*, et se retrouve sans altération dans le dérivé *brezzonek*.

O devant une nasale. — La voyelle *o* devant une consonne nasale *m* ou *n* conserve ordinairement le son alphabétique nasalisé, excepté dans le dialecte de Léon où elle se change en *ou*. Les mots *breton*, *kalon*, *prison*, *person*, *Rom*, *Thomas*, deviennent dans ce dialecte *bretoun*, *kaloun*, *prisoun*, *persoun*, *Roum*, *Thoumas*.

OA, OE. — A la diphtongue *oa* des dialectes de Léon, Tréguier et Cornouailles correspond en vannetais la diphtongue *oe*. La forme ancienne est tantôt l'une et tantôt l'autre. Il n'y aurait sans doute pas d'inconvénient à écrire *koët*, bois, ce que l'on prononce *koat*; en français le mot *poêle* se prononce ordinairement *poâle*. J'ai conservé cependant la forme *oa* de la diphtongue.

On observe dans le dialecte de Vannes une forte tendance au changement de *a* en *è* : *gras* devient *grès*, etc.

7° Autres remarques.

Au point de vue de l'intelligibilité il y aurait avantage à adopter pour les mutations initiales une notation qui rappelle l'initiale radicale.

L'emploi de *ph* pour la mutation spirante du *p* (Grégoire de Rostrenen) semble indiqué.

La notation *gh* conviendrait également pour la mutation douce du *g*, qui se différencierait ainsi de la mutation spirante du *k*, représentée par *c'h* : *e ghar*, sa jambe (à lui). J'emploie parfois cette notation, ainsi que *dh* pour la mutation douce du *d*. Les lecteurs trécorrois prononceront *dh* comme un *d* et les autres le prononceront comme un *z*.

Un phénomène linguistique que les grammaires étudient peu est l'aspiration de la voyelle initiale sous l'influence de certains termes. Ce phénomène étant commun au breton et au gallois présente, par là même, un intérêt particulier. On dit par exemple, *on harmou*, nos armes (moy.-gallois, *an harveu*). Dans le texte breton de Pérédur, je note l'aspiration par un *h* réuni au terme précédent par un trait d'union : *on-h armou*, nos armes.

Je me borne à ces indications générales. D'autres modifications sembleraient indiquées; elles seraient faciles à réaliser s'il existait un enseignement breton organisé dans les collèges.

De la Lecture

J'ai indiqué les principales formes de prononciation des dialectes. Il est naturel que le lecteur qui se rattache à un dialecte particulier adopte les formes spéciales qui caractérisent ce dialecte. Ceux qui n'ont aucune préférence adopteront pour les divers symboles les règles les plus simples et les plus naturelles. Les notations ont été choisies de manière qu'en donnant ordinairement aux lettres leur prononciation alphabétique on sera compris partout et l'on ne sera ridicule nulle part.

Les lecteurs du vannetais seront amenés à donner à certains symboles un sens assez différent de celui qu'ils ont en français *ow* comme *eu*, *zz* comme *h* aspiré, etc. Ces anomalies sont inévitables dans tout système d'orthographe unifié.

On se rappellera que les symboles de l'écriture n'ont qu'une valeur purement conventionnelle, variable d'une langue à une autre. L'essentiel est d'être d'accord sur le sens que chacun leur attribue.

Histoire de Pérédur fils d'Evrauk

PREMIÈRE PARTIE

I

L'enfance — Les deux biches — Les trois chevaliers

1. — Le comte Evrawc possédait un comté dans le nord. Il avait sept fils. Ce n'était pas principalement par ses domaines que s'entretenait Evrawc, mais par les tournois, les combats et les guerres. Et, comme il arrive souvent à qui les cherche, il fut tué, ainsi que six de ses fils.

Le septième s'appelait Pérédur; c'était le plus jeune.

Il n'avait pas l'âge d'aller à la guerre, ni aux combats; autrement il eût été tué comme son père et ses frères.

Sa mère était une femme intelligente et avisée. Elle réfléchit beaucoup au sujet de son fils et de ses domaines. Elle finit par prendre le parti de fuir dans un lieu solitaire et écarté, et d'abandonner les lieux habités. Elle ne garda dans sa compagnie que des femmes, des enfants et des hommes paisibles, besogneux, auxquels il n'était ni possible, ni convenable de se battre et de faire la guerre. Personne n'eût osé parler de chevaux ni d'armes, là où l'enfant eût pu entendre, de peur qu'il n'y prît goût.

2. — L'enfant allait tous les jours dans la forêt longue pour jouer et lancer des javelots de houx.

(1) *Evrawc* est le nom de la ville d'York.

(2) *Piowam*, posséder (Le Gon., *piaoua*).

(3) *Setzz mab oa dezam* : la vraie construction bretonne serait plutôt : *setzz mab a-n doa* (ou *noa*, par mutation nasale du *d*).

(4) Le correspondant phonétique du gallois *cymhen* serait le breton *kempenn*.

(5) *Gwraezz*, fit, *aezz*, alla, *daezz*, *deuzz*, vint, sont des formes irrégulières de la 3e personne du singulier du prétérit, provenant vraisemblablement d'un ancien déponent.

(6) *Diffezz*, sauvage, inculte (*Ernault*, Glossaire).

(7) *Annez*, habitation; *annezet*, habité.

(8) *Diwalc'h* (ou peut-être mieux *diwalac'h*) : préfixe privatif *di-*, rad. *gwalc'h* (ou *gwallac'h*), suffisance (correspondant du gallois *diwala*). Le Gonidec donne *diwalc'h* avec le sens de insatiable.

(9) Dans le *Livre Rouge*, le verbe *kymwyll* (parler de, discuter sur) est remplacé par *kynnullaw*, réunir (bret. *kuntuill*). Le correspondant phonétique breton du gallois *cymhwyll* (orth. moderne) serait *kempwell*.

(10) *Own*, peur, crainte: variante *ämon* ou *ämvn* (*m* nasal et *v* bilabial), moyen-breton *affn*, cornique *own*, gallois *ofn*, irl. *omain*.

Historia Peredur vab Evrawk.

KENTAM RANNAD

I

Bugaleaj — An heizesed hag an tri marc'hek

1. — Evrawc [1] iarll bioed iarllaeth yn y gogledd. A seith meib oed idaw. Ac nyt oe gyfoeth yn benhaf yd ymborthei Evrawc, namyn o twrneiment, ac ymladeu, a ryfeloed. Ac val y may mynych yr neb a ymganlyno a ryvel, ef a las, ac ef a y chwe meib.

Ar seithvcd mab idaw, Peredur y gelwit. A ieuhaf oed hwnnw oy seith meib.

Nyd oed oet idaw vynet y ryvel nac ymlad; pei oet, ef a ledit val y llas y tat a y vrodyr.

Gwreic kymen ystrywys oed yn vam idaw. Medylyaw a wnaeth am y mab a y gyvoeth.

Sef a gavas yn y chyghor : fo ar mab y ynialwch a diffeithwch, ac ymadaw ar kyvanned. Neb ny duc yn y chytymdeithas namyn gwraged, a meibon a dynyon didraha, diwala, ny ellynt ac ny vedei udunt nac ymladeu na ryveloed. Ny lywassei neb yny clewei y mab, kymwyll [9] na meirch nac arveu rac dodi y vryt o honaw arnadunt.

2. — Ac yr forest hir beunyd yd ai y mab y chware ac y dallu agaflachen kelyn.

1. — Ar c'homt Evreuk [1] a biowe [2] eur c'homtad en tu an hanter-nos. Ha seizz mab oa dezam [3]. Ha n'ew ket eus e zanvez er peurvwiam e vewe Evreuk, nemet a dournamantiou, hag emlazou ha breseliou. Hag evel e man alies da neb a en em heul a vresel, èm a voe lazet, hag èm hag e c'hwec'h mab.

Hag ar seizzved mab dezam, Peredur en gelwed. Hag at iowankam oa hennezz eus ar seizz mab.

Ned oa oad dezam da vonet da vresel na da emlaz; ma visie, èm a visie bet lazet vel e voe lazet e dad hag e vreudeur.

Gwreg a benn [4] hag a skiant oa mamm dezam. Prederim a raezz [5] diwar benn eh mab hag e zanvez.

Setu ar pezz a gavas en eh phrediri : lec'hel gant eh mab en bro dizarempred ha diffezz [6], ha dilésel ar vro annezet [7]. Nep hini ne zigassas en eh c'hevredigezz, nemet gwragez, ha bugale ha tud dilorc'h diwalch [8], na ellsient ha na visie dioutè nag emlazou na breseliou. Ne gredsie nep hini elec'h e klewsie ar mab, koms [9] nag a gések nag a armou rag own [10] da lakat e veno warne.

2. — Hag er forest hir bomdez ez ae ar mab da c'hoari ha da darc'ha gavlodou kélen.

Un jour il aperçut le troupeau de chèvres de sa mère, et deux biches auprès des chèvres. L'enfant resta surpris qu'elles fussent sans cornes tandis que toutes les autres en portaient; il pensa qu'elles étaient depuis longtemps égarées et qu'elles avaient ainsi perdu leurs cornes.

Il y avait une maison au bout de la forêt. A force de vaillance et d'agilité il y poussa les biches avec les chèvres.

Puis il retourna à la maison.

« Mère, dit-il, je viens de voir ici près une chose étonnante : deux de tes chèvres, étant devenues sauvages, ont perdu leurs cornes, si longtemps elles ont été égarées sous bois !

Personne n'eut jamais plus de mal que je n'en ai eu à les faire rentrer ».

Aussitôt chacun de se lever et d'aller voir. Quand ils aperçurent les biches, grand fut leur étonnement : que quelqu'un eût eu assez de vaillance et d'agilité pour accomplir cet exploit.

3. — Un jour ils virent venir trois chevaliers suivant une voie chevalière sur la lisière de la forêt : c'étaient Gwalchmei, fils de Gwyar, Gweir, fils de Gwestyl et Owein, fils d'Urien. Owein suivait les traces d'un chevalier qu'il poursuivait et qui avait partagé les pommes à la cour d'Arthur.

« Ma mère, dit Pérédur, qu'est-ce que ces gens là-bas ?

— Des anges, mon fils, dit-elle.

— Je m'en vais comme ange avec eux, dit Pérédur ».

Et il alla sur la route à leur rencontre.

« Dis, mon âme, dit Owein, as-tu vu un chevalier passer par ici aujourd'hui ou hier ?

(1) *Heizes*, biche. Ce nom désigne plus particulièrement la femelle du cerf (gall. *hydd*); je crois qu'on peut s'en servir pour désigner la biche en général (femelle du chevreuil, du daim ou du cerf).

(2) *A-zz* composé de la préposition *a*, de, et du possessif infixe *zz*, ton, ta, tes.

(3) *Gouezder*, sauvagerie.

(4) *Owein* (Peniarth, 14. *Ywein*) est le nom breton *Ewan*, Yves. Ce nom est bien conservé dans le langage populaire.

A diwarnawt ef a welei kadw geifyr oed y vam, a dwy ewic yn ugos yr geivyr. Sevyll a ryvedu a wnaeth y mab : gweled y dwy hynny heb gyrn a chyrn y bob un o rei ereill; a thybygu eu bot yn hir ar goll, ac am hynny rygolli eu kyrn onadunt.

Ac y ty a oed ym hen y forest yr geivyr o vilwriaeth a ffedestric, ef a gymhellawd yr ewiged ygyt ar geivyr y mywn.

Ef a doeth drachevyn adref :

« Vy mam, heb ef, peth ryved a weleis i yghot. Dwy oth eifyr gwedy ryvynet gwylltineb yndunt a rygolli eu kyrn rac hyt y buant ygwyllt dan y coet.

Ac ny chafas dyn o gystec, mwy noc a gefeis i yn eu gyrru ymywn. »

Ar hynny kyvodi a wnaeth pawb, a dyvot y edrych. A pan welsant yr ewiged, ryvedu yn vawr a orugant : bot o vilvriaeth na fedestric gan neb, megys y gallei y gordiwes.

Hag eun dewezz èm a wele eur bagad, gévr a oa d'e vamm, ha diw heizes (1) en ogos d'ar gevr. Ménel a souézim a raezz ar mab : gwelet an diw se heb kern, ha kern da bop hini a re arall; ha sonjal e oant bet hir amser war goll, ha diwar se bet kollet o c'hern gante.

Ha da eun ti a oa en penn forest ar gévr, dre vresellouriezz ha buander, èm a hargassas an heizesed kevret gant ar gévr ebarz.

Em a daezz war e gis d'ar gèr :

« Ma Mamm, en ez-âm, eur pezz souezus a-m eus gwelet en kichen. Diw a-zz (2) gévr goude bet ael gouézder (3) enne, o deus kollet o c'hern, rak hed amser e voant en gouéz dindan ar c'hoat.

Ha ne gavas dén a reus, mwi nag a gavis me en o c'hass ebarz an ti. »

War-se, sevel a raezz pop hini, ha dont da welet. Ha pa welsiont an heizesed, souezint meurbet a résiont : bout bresellouriezz na buander gant nep hini, egis e c'hallsie dont a benn d'ober se.

3. — A diwarnawt wynt a welynt tri marc'hawc yn dyfot ar hyt marc'hawcford gan ystlys y forest. Sef oeddynt : Gwalchmei vab Gwyar, a Gweir vab Gwestyl. Ac Owein vab Uryen. Ac Owein yn kadw yr ol, yn ymlit y marchawc a rannassei yr avaleu yn llys Arthur.

« Y mam, heb ef, beth yw y rei racco ?

— Egylyon, vy mab, heb hi.

— Yd afi yn agel ygyt ac wynt, heb y Peredur. »

Ac yr ford yn erbyn y marchogion y deuth.

« Dywet, eneit, heb yr Owein, a weleisti varchawc yn mynet yma heibaw, ay hediw, ay doe ?

3. — Hag eun dewezz i a wele tri marc'hek o tont war hed eun hent marc'hek, en lés ar forest Setu piw ez oant : Gwalchmei vab Gwyar, ha Gweir vab Gwestyl, hag Ewan (4) vab Urien. Hag Ewan a oa o heul ar roudou, o klask war lerc'h ar marc'hek en devoa rannet an avalou en lés Arzur.

« Mamm, emez-am, petra ew ar rehont ?

— Aelez, ma mab, emez-hi.

— Ez âm-me da ael gantè, eme Bedur. »

Hag en hent, en arbenn ar marc'heien e teuzz.

« Lavar, ene, eme Ewan, a gwelet e-teus eur marc'hek o vont hebiou aman, pe hidiw pe déc'h ?

— Je ne sais, dit-il, ce qu'est un chevalier.

— Ce que je suis, dit Owein.

— Si tu voulais me dire ce que je vais te demander, je te dirais ce que tu me demandes toi-même.

— Volontiers.

— Qu'est-ce que ceci, dit Pérédur, en montrant la selle.

— Une selle, répondit Owein ».

Pérédur l'interrogea sur toutes les pièces de l'armement et sur ce qu'ils voulaient et pouvaient en faire.

Owein lui en expliqua complètement l'usage.

« Va devant toi, dit Pérédur; j'ai vu l'espèce d'homme que tu demandes. Moi aussi je vais te suivre, comme chevalier sur-le-champ ».

II

Le départ — Conseils de la mère

4. — Il retourna alors vers sa mère et ses gens.

« Mère, dit-il, ce ne sont pas des anges, mais des chevaliers ».

La mère tomba évanouie.

Pérédur alla à l'endroit où se trouvaient les chevaux qui portaient le bois de chauffage et leur apportaient, dans le désert, nourriture et boisson des lieux habités. Il prit un cheval gris pommelé osseux, le plus vigoureux, à son avis, il lui serra un bât sur le dos en guise de selle; puis il retourna auprès de sa mère.

A ce moment la comtesse revint de son évanouissement.

« Eh bien ! dit-elle, tu veux donc partir ?

(1) *Goulennes*, tu demandes. J'ai adopté un *s* pour la finale de la seconde personne du singulier au présent de l'indicatif, à cause de la correspondance avec le vannetais. La finale *zz* (*goulennezz*) serait justifiée par l'usage du moyen-breton, mais ne correspondrait pas à la prononciation du vannetais. En cornique, on trouve les deux finales *th* et *s*. La distinction entre la dernière syllabe *es* du présent et celle de l'imparfait (*ès*) consiste dans le fait que la seconde a un son plus ouvert. L'orthographe du vannetais fait très bien la distinction.

(2) L'épisode des trois chevaliers a été imité dans *Lez-Breizz* de La Villemarqué (Bazaz-Breiz).

— Na wn, heb ynteu, peth yw marchawc.

— Y ryw beth wyf inheu, heb yr Owein.

— Bei dywettut ti imi yr hyn a ofynhwn ytti, minheu a dyweddwn iti yr hyn a ofynny titheu.

— Dyweddaf yn llawen.

— Beth yw, heb ef, yr kyfrwy ?

— Kyfrwy, heb yr Owein. »

Gofyn a wnaeth Peredur, beth oedd pob peth, a peth a vennit ac a ellit ac wynt.

Owein a venegis idaw, ynteu yn llwyr beth oed pob peth ac a ellit o honaw.

« Dos ragot, heb y Peredur, mi a weleis y kyfryw a ofynni ti. A minheu a af yth ol ti yn varc'hawc yr awrhon. »

— N'onn ket emez-am petra ew eur marc'hek.

— Ar réw pezz ôm me, emez Ewan.

— Ma e lavarfes te dim ar pezz a c'houlenfen diganét, me a lavarfe dit ar pezz a ghoulennes (1) te.

— Hag e lavarim en lowen.

— Petra ew, héman ? emez-am, eus an dibr.

— Eun dibr, eme Ewan. »

Goulen a raezz Peredur ar pezz a oa pob tra, ha pezz à venned hag a helled ober gantè.

Ewan a venegas dezam war hed ar pezz a oa pob tra, hag a helled ober gantam.

« Kes diragout, eme Beredur, me a-m eus gwelet an doare déu a ghoulennes te. Ha me a-h a dazz heul da varc'hek diouzz-tu (en heur man) (2). »

II

An dilec'herezz — Allou ar vamm

4. — Yna yd ymchoelawdd Peredur yn yd oed y vam ar nifer.

« Mam, heb ef, nyt egylyon y rei racco, namyn marchogyon. »

Yna y dygwydwys hi yny marwlewic.

Ac yd aeth ynteu Peredur racdaw yn yd oed y keffyleu a gywedei gynnut udunt, ac a dygei bwyt a llyn or kyfanned yr ynyalwch. A cheffyl brychwelw yscymnic kryfaf a tebygei a gymerth, a fynorec a wascwys yn gyfrwy arnaw. A thrachefyn y doeth yn yd oed y vam.

Ar hynny, llyma hitheu, yr iarlles, yn datlewygu.

« Ie, heb hi, ae kych vyn a vynny ti ?

4. — Neuse e distroas Peredur elec'h ez oa e vamm hag an dud (an niver).

« Mamm, emez-am, n'ew ket aelez ar re-hont, nemet marc'heien. »

Neuse e koezas hi en fallaen.

Hag ez aezz eta Peredur dirazam elec'h ez oa ar c'hesek a dhigasse keneut deze hag a dhouge boet hag évaj eus ar vro an-nezet d'an dizarempred. Hag eur marc'h brizz-ghlas askornek, ar c'hrêmvam a gavè dezam, a gemeras, hag eur bass a waskas en dibr warnam, ha war e gis e taezz elec'h ez oa e vamm.

War-se, setu hi, ar gomtes, o sevel eus eh fallaen.

« A hanta, emez-hi, a mont arauk a vennes-te ?

— Oui, dit-il.

— Attends mes conseils avant de t'en aller.

— Dis vite, j'attendrai.

— Va tout droit, dit-elle, à la cour d'Arthur, où sont les meilleurs des hommes, les plus généreux et les plus vaillants. Où tu verras une église, récite ton *Pater* auprès d'elle. Si tu vois nourriture et boisson, que tu en aies besoin et qu'on n'ait pas assez de courtoisie ni de bonté pour t'en donner, prends-toi-même. Si tu entends des cris, va de ce côté; il n'y a pas de cri plus caractéristique que celui d'une femme. Si tu vois un beau joyau, prends-le, et donne à autrui; tu acquerras ainsi réputation. Si tu vois une belle femme, fais-lui la cour; quand même elle ne voudrait pas de toi, elle t'en estimera meilleur et plus puissant qu'auparavant ».

Avec du bois il parvint à imiter les diverses pièces d'équipement qu'il avait vues; puis il partit, tenant une poignée de javelots à pointe aiguë.

III

Peredur en route — La jeune fille de la clairière

5. — Il fut deux nuits et deux jours à cheminer dans la solitude des forêts et divers lieux déserts, sans nourriture ni boisson. Enfin il arriva dans un grand bois solitaire. et au loin dans le bois il aperçut une belle clairière unie. Apercevant dans la clairière un pavillon, il récita son *Pater* devant comme si c'était une église.

Puis il alla vers le pavillon. La porte était ouverte; près de la porte était une chaise d'or dans laquelle était assise une jeune fille brune, accomplie, portant autour du front un dia-

(1) *Hael*, généreux.

(2) *Dewr*, brave (vieux-breton).

(3) *Diet*, boisson (moyen-breton).

(4) Expression empruntée à Gr. de Rostrenen. Imitation évidente du français.

(5) *Pennedik*, non usité en breton; ce composé du radical *penn* paraît assez compréhensible pour être adopté. — Ne pas confondre avec pinvidik.

(6) *Blin*, pointe; usité en vannetais.

— Ie, heb ef.

— Aro y genhyfi gyghoreu kyn dygychwyn.

— Dywet, heb ef, arbrys, mi ae haroaf

— Dos ragot, heb hi, y lys Arthur, yny mae goreu y gwyr, a haelaf, a dewraf.

Yny gwelych eglwys, can dy pater wrthi. O gwely vwyt a diawt, o bydd reit it wrthaf, ac na bo o wybot a dayoni y roddi it, kymer tuhun ef. O chlywy diaspat : dos wrthi; a diaspat gwreic anal diaspat or byt. O gwely tlws tec, kymer ti evo, a dyro titheu y aral; ac o hynny clot a geffy. O gwely gwreic tec : gordderchа hi. Kyn nyth vynho, gwellgwr a ffenedigach yth wna no chynt. »

Ac o wyddyn y daroedd iddaw danwaret y keweirdebeu a welsei o boh peth. A chychwynu racdaw ymdeith, a dyrneil gaflacheu blaenllym yn y law.

— Ia, emez-am.

— Gorto diganêm-me aliou kent da vont arauk.

— Lavar, emez-am, war brés, me a c'hortoo.

— Kes diragout, emez-hi, da lés Arzur, elec'h e man gwellam an dud, ha haelam[1], ha dewram[2].

Elec'h e weli eun ilis, kan da bater outi. Ma weles boet ha diet[3], ma vez red dit dioutam, ha na vez a ouiziegezz hag a vadelezz da reim dit, kémer-âm da hun. Ma klewes garm, kes outam ; ha garm gwreg so anat mat emesk garm all er bed. Ma weles eur bisou kaer, kemer-âm te hag en ro te da eun all, ha diwar se brud a gafi. Ma weles gwreg koant gwra da les[4] dezi. Ha pa n'oulife ket ahanout, gwelloc'h dén ha pennedikoc'h[5] a rayahanout eget kent. »

Ha gant koat e teuas êm a benn da hâmvalim ar sternajou en devoa gwelet, a bop pezz. Ha mont arauk dirazam en hentad, hag eun dornad gavlodou blein (a) lemm en e zorn.

III

Peredur en hent — Plac'h iowank ar Maes-Digoat

5. — A dwy nos a deu dydd y bu yn kerdet ynyalwch a diffeithwch, heb vwyt, heb diawt. Ac yna y doeth y goet mawr ynyal; ac ymhell yn y coet, ef a welei llanerch o vaes. Ac yn y llanerch y gwelei pebyll; ac yn rith eglwys, ef a gant y pater wrth y pebyll.

A pharth ar pebyll y daw. A drws y pebyll a oedd yn agorel, a chadeir eur yn agos yr drws, a morwyn wineu telediw yn eisted yn y gadeir, a ractal eureit am

5. — Ha diw nos ha dow dez e voe o kerzel en bro dizarempred ha diffezz heb boét, heb diet. Ha neuse e teuzz en eur c'hoat meur dizarempred hag en pell er c'hoat, êm a wele eur maes disolo; hag en disoloaden e wele eur pavillon ; hag en gis d'eun ilis, êm a ganas e bater ouzz ar pavillon.

Hag entresek ar pavillon e teu. Ha dor ar pavillon a oa digor, hag eur gadoer owr en ogos d'an nor, hag eur plac'h iowank as-duard seven en eh c'hoasez war ar ga-

dème d'or, enrichi de pierres brillantes, et à la main une bague d'or épaisse.

Pérédur descendit de cheval et entra. La pucelle lui fit un accueil amical et lui souhaita la bienvenue.

A l'entrée du pavillon il apercevait une table, deux flacons pleins de vin, deux tourtes de pain blanc et des tranches de cochon de lait.

« Ma mère, dit Pérédur, m'a recommandé, en quelque lieu que je visse nourriture et boisson, d'en prendre.

— Va, prince, dit-elle, à la table, et que Dieu te bénisse ».

Pérédur alla à la table; il prit la moitié de la nourriture et de la boisson pour lui, et laissa l'autre à la jeune fille.

Lorsqu'il eut fini de manger, il se leva et vint auprès de la jeune fille.

« Ma mère, dit-il, m'a recommandé, là où je verrais un beau joyau de le prendre.

— Prends mon âme, dit-elle, ce n'est pas moi qui t'en empêcherai ».

Pérédur prit l'anneau. Puis il fléchit le genou, donna un baiser à la jeune fille, reprit son cheval et repartit.

6. — Ensuite arriva le chevalier à qui appartenait le pavillon. C'était le seigneur de la Clairière. Il aperçut les traces du cheval.

« Dis-moi, dit-il à la jeune fille, qui a été ici après moi ?

— Un homme à l'aspect étrange, seigneur », répondit-elle.

Et elle lui exposa en détail l'état de Pérédur et le but de son voyage.

« Dis, répliqua-t-il, a-t-il été avec toi ?

— Non, par ma foi.

— Par ma foi, je ne te crois pas. Et jusqu'à ce que je me

(1) *Raktal*, diadème; non usité en breton, mais susceptible d'être adopté : *Rak-tal*.

(2) Les traducteurs ne sont pas d'accord sur le sens du mot *melvoch*. J'ai conservé le mot en breton; pour le français, j'ai suivi la version de M. Loth.

(3) *Arc'ham* ou *erc'him* (rad. *arc'h-*), commander, recommander, demander (moyen-breton).

(4) *Unben*, seigneur. Terme gallois conservé dans la traduction (*un-penn*).

y thal, a mein damllywychedic yn y ractal, a modrwy eur vras ar y llaw.

A disgynnu a oruc Peredur, a dyvot y mywn. Llawen vu y vorwyn wrthaw, a chyfarch gwell iddaw a wnaeth.

Ac ar tal y pebyll y gwelei bwrd, a dwy gostrel yn llawn o win, a dwy torth o vara can, a golwython o gic melvoch.

« Vy mam, heb y Peredur, a erchis imi yny gwelwn bwyt a diawt y gymryt.

Dos titheu, unben, heb hi yr bwrd, a graessaw Duw wrthyt. »

Yr bwrd yd aeth Peredur; ar neill hanner yr bwyt ar llyn a gymerth Peredur idaw ehun, ar llall a adawd yghyfeir y vorwyn.

A gwedy darvot yddaw vwyta, kyvodi a oruc a dyfod ynyd oedd y vorwyn.

« Vy mam, heb ef, a erchis imi kymryt tlws tec y lle y gwelwn.

— Kymer, titheu, eneit, heb hi, nyt mivi ae gwarafun itti. »

Y vodrwy a gymerth Peredur. Ac estwg ar ben y lin a roddi cussan yr vorwyn, a chymryt y varch a chychwynu y ymdeith.

6. — Yn ol hynny, llyma y marchawc biewoedd y pebyll en dyfod. Sef oedd hwnnw syberw[y] llanerch. Ac ol y march a welei :

« Dywet, heb ef, wrth y vorwyn, pwy a ryfu yma gwedy mivi ?

— Dyn enryfed y ansawd, arglwyd, heb hi. »

A menegi a oruc ansawd Peredur ae gerdet.

« Dywet, heb ef, a ryfu ef genhyt ti ?

— Na ryfu, myn vyg cret, heb hi.

— Myn vyg cret, nyth gredaf. Ac yny emgaffwyf inheu ac efo y dial vy llit am

doer, hag eur raktal[1] owrel en dro d'eh zal, ha mein damluc'hedik en eh raktal, hag eur walen owr vras war eh dorn.

Disken a eure Peredur, ha dont ebarz. Lowen voe ar plac'h iowank outam, hag e saludim a raezz.

Hag en tal ar pavillon e wele eun daul, ha diw voutail leun a win, ha diw dorz vara kann, ha pezziadou a gik melvoc'h[2].

« Ma mamm, emc Beredur, a arc'has[3] dim, elec'h e welsien boet ha diet, da gemeret.

— Kes te, *unben*[4], emez-hi, d'an daul, ha *grassao* Doue ouzit. »

D'an daul ez aezz Peredur; eun hanter ar boet hag an evaj a gemeras dezam e hun, hag an hanter all a lésas en kever ar plac'h iowank.

Ha goude gwraet gantam ar boeta, sével a eurè ha dont elec'h ma oa ar plac'h iowank.

« Ma mamm, emez-am, a arc'has dim, kémeret bisou kaer elec'h e welsien.

— Kémer, te 'ta. éné, emez-hi, n'ew ket me a harso ouzit. »

Ar walen a gemeras Peredur. Ha stouim war benn e ghlin, ha reim eur pok d'ar plac'h iowank, ha kemeret e varc'h, ha mont arauk en e hentad.

6. — Da heul se, c'hwell-aman ar marc'hek a biowe ar pavillon o tont. Setu oa hennezz autrou ar blenen disolo. Ha heuliou ar marc'h a wele.

« Lavar, emez-am ouzz ar plac'h iowank, piw so bet aman em goude me ?

— Eun dén souezus e stumm, autrou, emez-hi. »

Ha menegim a eure stumm Peredur, hag e gerzet.

« Lavar, emez-am, ha bet ew êm genetle.

N'ew ket, ma fez vat, emez-hi.

— Ma fez vat, ne-zz kredam. Ha ken n'en em gafim me gantam da venjim ma

rencontre avec lui pour venger ma colère et ma honte, il ne t'arrivera pas à toi de passer deux nuits en un même lieu ».

Et le chevalier se leva pour aller à la recherche de Pérédur.

IV

Le chevalier insolent — Pérédur à la cour d'Arthur

7. — Pérédur de son côté marchait vers la cour d'Arthur. Avant son arrivée il vint un autre chevalier qui donna une bague d'or épaisse à un homme à la porte pour tenir son cheval, et s'avança jusqu'au *hall* où se trouvaient Arthur et sa suite, Gwenhwyvar et ses dames. Un page de la chambre servait une coupe à Gwenhwyvar.

Le chevalier saisit la coupe de la main de la reine et lui en versa le contenu sur la figure et sur son corsage; puis il lui donna un grand soufflet en disant :

« S'il y a quelqu'un qui veuille me disputer cette coupe et venger l'outrage de Gwenhwyvar, qu'il vienne à ma suite dans le pré, et je l'y attendrai ».

Le chevalier reprit son cheval et se rendit au pré.

Alors chacun baissa la tête, de peur qu'on ne lui demandât d'aller venger l'injure de Gwenhwyvar. Il leur semblait que nul n'aurait fait un pareil outrage s'il n'avait possédé telle force et vaillance, ou pouvoir de sorcellerie et d'enchantement qui le missent à l'abri de toute vengeance.

8. — Sur les entrefaites voilà que Pérédur pénètre dans le hall sur son cheval gris pommelé osseux, à l'équipage grossier et négligé.

Kei était debout au milieu du hall.

(1) *Nowaz*, correspondant phonétique du gallois *neuad* (mod *neuadd*). Ce mot que nous traduisons par l'anglais *hall* désigne dans le récit une salle immense où l'on entre à cheval.

(2) *Gwenhwyvar*, nom de la reine, femme d'Arthur.

(3) *Khdurn* ou *chown*, moyen-breton *chaffn*, audacieux, sans peur. Se retrouve dans le gaulois *ex-omnos*.

(4) *Hud*, magie, enchantement. Ajouté par H. de la Villemarqué au dictionnaire de Le Gonidec. J'ignore s'il est réellement en usage en breton.

kewilyd, ny chefy titheu vot dwy nos yn un lle ae gilyd. »

A cyvodi a oruc y mlaen y marchawc y ymgeissaw a Pheredur.

drouk ha ma mézz, ne gafi ket te da vout diw nos en eul lec'h pe égilé. »

A sevel a eure ar marc'hek, hag arauk, da en em glask gant Peredur.

IV

Ar marc'hek divergont — Peredur en lés Arzur

7. — Ynteu Peredur a gerdawd racdaw, parth a llys Arthur. A chyn y dyfot ef y lys Arthur, ef a doeth marchawc arall yr llys ac a rodes modrwy eur vras y dyn yn y parth yr dala y varch. Ac ynteu a doeth racdaw yr neuad yn yd oed Arthur ae teulu, a Gwenhwyfar, ae rianed; a gwas ystauell yn gwassanaethu o orllwch ar Wenhwyfar.

7. — Peredur iwez a gerzas dirazam entrese lés Arzur. Ha kent dezam da vout en lés Arzur, e teuas eur marchek all d'al lés, hag a roas eur walen owr vras da eun dén er porz ewit delc'hen e varch. Hag êm a deuas dirazam d'an *nowaz* (1) elec'h ez oa Arthur hag e dud, ha Gwenhwyvar (2), hag eh dimeselled; hag eur gwas a gambr o servijim eun hanaff da Wenhwyvar.

Ar marchawc a gymerth y gorflwch o law Wenhwyfar, ac a dineuis y llyn oed yndaw am y hwyneb ae bronfoll. A rodi bonclust mawr y Wenhwyfar.

Hag ar marc'hek a géméras an hanaff a dhorn Gwenhwyvar, hag a dhinowas an evaj oa ennam war eh dremm hag eh c'horfenn. A reim eur skouarniad vat da Wenhwyvar :

« Ossit, heb ef, a vynho amwyn y gorflwch hwn ami. a dial y sarhaet hon y Wenhwyfar; doel ym ol yr weirglawd, a mi ae haroaf yno. »

Ae varch a gymerth y marchawc, ar weirglawd a gyrchwys.

Sef a oruc pawb yna : estwg y wyneb rac adolwyn idaw vynet y dial sarhaet Wenhwyfar. Ac yntebic ganthunt na wnaei neb kyfryw gyflavan a honno, namyn o vot arnaw milwriaeth ae angerd. neu hut a lletrith mal na allei neb ymdiala ac ef.

« Ma ez eus, emez-am. a vennfe diwall an hanaf man ouzim, ha venjim an dismegans-se da Wenhwyvar. deuet da-m heul d'ar prad, ha me 'n gortoo eno. »

Hag e varc'h a gemeras ar marc'hek, ha d'ar prad e kerzas.

Setu ar pezz a eure pob hini neuse : stouim e benn rag own na c'houlennsied warnam monet da venjim dismegans Gwenhwyvar. Hag e sonje gantè na rasie neb dén tra ken chámvn (3) ha hennezz, nemet a vout warnam bresellouriezz ha nerz. pe hud (4) a bamerezz vel na allsie nep hini en em venjim dioutam.

8. — Ar hynny llyma Peredur yn dyfod yr neuad y mywn, ar geffyl brychwelw ysgyrnic, a chyweirdeb musrelleid aghyweir adanaw.

A Chei oed yn sevyll ym perved llawr y neuad.

8. — War se setu Peredur o tont d'an nowaz en diabarz, war varc'h brizz droukliwet. eskernek, ha sternaj divalau digempen endro dézam.

Ha Kei oa en e sav en peur greis leur an nowaz.

« Hé ! l'homme long, là-bas, dit Pérédur, où est Arthur ?

— Que veux-tu d'Arthur ? dit Kei.

— Ma mère m'a recommandé de venir vers lui pour me faire sacrer chevalier.

— Par ma foi, dit Kei, tu es trop mal monté en cheval et en armes ».

A ce moment les gens de la cour l'aperçurent; ils se mirent à se moquer de lui et à lui lancer des baguettes, bien aises que l'arrivée d'un pareil individu fût survenue à propos pour faire oublier l'autre affaire.

V

Le nain et la naine

9. — A ce moment entra un nain. Il était venu un an auparavant avec sa naine, pour demander refuge à Arthur, et il l'avait obtenu. De toute l'année aucun d'eux n'avait dit un mot à personne.

Quand le nain aperçut Pérédur : « Ha ! ha ! s'écria-t-il, que Dieu te bénisse, beau Pérédur, fils d'Evrawe, chef des guerriers et fleur des chevaliers !

— En vérité, valet, dit Kei, il faut être bien malavisé pour rester une année muet à la cour d'Arthur, ayant la liberté de choisir ton compagnon pour causer et pour boire, et aller appeler, en présence d'Arthur et de sa suite, un homme de cette espèce chef des guerriers et fleur des chevaliers ».

Et il lui donna un tel soufflet qu'il le jeta à terre évanoui, au bout de la salle.

(1) *Denwez*, parodier, imiter.

(2) *Da*, bon. N'est guère employé en breton que dans les locutions analogues à celles du texte.

(3) *Kôınv*, souvenir; moy.-bret. *coff* et *couff*. corn. *cov*, gallois *cof* Grég. de Rost. *koun*, Le Gon. *koun* et *koun*. La dernière forme, avec l'*v* final articulé, est une altération analogue à celle de la première personne du singulier du présent et du futur. V. *Ernault*, Glossaire.

(4) *Merat*. Le correspondant phonétique du gallois *medru* en breton moderne serait *merum* par suite de la chute du *d* entre une voyelle et un *r*; la confusion avec *merat* qui a une autre origine serait donc inévitable En moyen-breton on aurait eu *mezraff*; j'ignore si cette forme se trouve quelque part. L'emploi de *merat* pour la traduction de la phrase du texte est néanmoins admissible; on dit : *meret fall e-leus*, tu as mal manœuvré.

(5) *Dius*, choisir (moy.-bret.).

Dywet, heb y Peredur, y gwr hir racco, mae Arthur ?

— Beth a vynny ti, heb y Kei, ac Arthur ?

— Vy mam a erchis im dyfot ym urdaw yn varchawc urdawl at Arthur.

— Myn vyg cret, heb y Kei, ry aghyweir y doethost o varch ac arveu. »

Ac ar hynny y arganvot or teulu, a dechreu y dyfalu a bwrw llyscon idaw. Ac yn da ganthunt dyvot y kyfryw hwnnw y vynet y chwedyl arall dros gof.

« Lavar, eme Beredur, ar gour hir duhont, ma edy Arzur ?

— Petra a vennes te. eme Gei, digant Arzur ?

— Ma mamm a arc'has dim dont da-m urzam marc'hek urzet da vet Arzur.

— Ma fez vat, eme Gei, re dhigempen ez out deut, a varc'h hag a armou. »

Ha war se e voe merzet gant tud an ti, hag i da dezrow e denwez [1], ha darcha bizzier gantam. Ha da [2] ganté a vout deut unan eus an doaré-se, da vonel ar c'helou all emaes a gômv [3].

V

Ar c'horr hag ar gorres

9. — Ac ar hynny llyma y corr yn dyvot y mywn. Ardoethoed oed blwydyn kyn no hynny, y lys Arthur, ef ae corres, y erchi trwydet y Arthur. A hynny a gawssant gan Arthur. Namyn hynny yggovot y vlwydyn ny dywedassant un geir wrth neb.

Pan arganfu y corr Peredur :

« Haha, heb ef, graessaw Duw wrthit Peredur dec, vab Efrawc, arbennic milwyr, a blodeu marchogion.

— Dioer, was, heb y Kei, llyna vedru yn drwc : bot vlwydyn yn vut yn llys Arthur, yn kael dewis dy ymdidanwr, a dewis dy gyfed; a galw y kyfryw dyn a hwnn, yggwyd yr amherawdyr ae teulu, yn arbennic milwyr a blodeu marchogion. »

A rodi bonclust idaw hyny vu yn ol y penn yr llawr yn y varwlewic.

9. — Ha war-se, setu ar c'horr o tont ebarz. Deut e oa bet eur bloazwezz kent da se, da lés Arzur, ém hag e gorres, da c'houlen digémer digant Arzur. A se a gavsiont gant Arzur. Nemet hed en pad ar bloaz n'o devoa lavaret eur geir ouzz neb den.

Pa welas ar c'horr Peredur :

« Haha, emez-am, Doue da-zz pinnigo, Peredur vraw, mab Evreuk, penn ar brésellourien, ha bleuziou ar marcheien.

— En gwirionez, gwas, eme Gei, setu ase merat [4] en drouk : bout eur bloazwezz en mud en lés Arzur, o kaout dius [5] a dud da gauséal na da evam genét, ha gelwel eur réw dén evel héman, en gouéz an impalaer hag e diegezz, penn bresellourien ha bleuziou marcheien. »

Ha rei eur skouarniad dezam ken ma voe da heul se en penn al leur en fallaën.

10. — Alors arrive la naine.

« Ha ! ha !, que Dieu te bénisse, Pérédur, beau fils d'Evrawe, fleur des guerriers et lumière des chevaliers.

— Vraiment, femme, dit Kei, voilà qui est être malavisée : rester muette une année à la cour d'Arthur sans dire un mot à qui que ce soit, et, aujourd'hui, en présence d'Arthur et de ses guerriers, appeler un pareil homme fleur des guerriers et lumière des chevaliers ».

Et il lui donna un tel coup de pied qu'elle tomba évanouie.

VI

Premier combat — Il tue le chevalier insolent

11. — « L'homme long, là-bas, dit Pérédur, indique-moi où est Arthur.

— Tais ta chanson, dit Kei. Va après le chevalier qui est allé d'ici au pré, enlève-lui la coupe, renverse-le, prends son cheval et ses armes.

Après tu obtiendras d'être sacré chevalier.

— L'homme long, je ferai cela ».

Et il tourne bride, et dehors, et au pré.

12. — Il y trouva le chevalier en train de chevaucher, tout fier de sa force et de sa vaillance.

« Dis-moi, dit le chevalier, as-tu vu quelqu'un de la cour venant après moi ?

— L'homme long qui se trouvait là, m'a commandé de te renverser, d'enlever la coupe, et de prendre le cheval et les armes pour moi.

— Tais-toi, retourne à la cour, et commande à Arthur de ma part, de venir se battre avec moi; s'il ne vient immédiatement je ne l'attendrai pas.

(1) M. à m. : *Tais-toi de la chanson*.

(2) *Lemm* se trouve employé au sens de *vif* dans différents textes moyen-breton.

10. — Ar hynny llyma y gorres yn dyvot.

« Haha, heb hi, graessaw Duw wrthit, Peredur, tec vab Efrawc, blodeu y milwyr, a chanwyll y marchogion.

- Ie, vorwyn, heb y Kei, llyna vedru yn drwc, bot vlwydyn yn vut, yn llys Arthur, heb dywedut un geir wrth neb, a galw kyfryw dyn a hwn, hediw, yg gwydd Arthur ae vilwyr, yn vlodeu milwyr ac yn canhwyll marchogion. »

A gwan gwth truet yndi hyny vu yn y marwlewic.

10. — War-se, setu ar gorres o tont.

« Haha, emez-hi, Doué da-zz pinnigo, Peredur, mab braw Evreuk, bleuziou ar brésellourien, ha kantel ar marcheien.

— Yè, plac'h, eme Gei, setu ase merat en drouk, bout eur bloazwezz en mud, en lés Arzur, heb lavaret eur geir ouzz neb hini, ha gelwel eur réw den ével héman, hidiw en gouez Arzur hag e vresellourien, bleuziou brésellourien, ha kantel marcheien. »

Ha skei eun taul troad ganti ken e koezas en fallaen.

VI

Kentam emgann — Laz ar marc'hek divergont

11. — « Y gwr hir, heb y Peredur yna : manac imi mae Arthur

— Taw ath son, heb y Kei. Dos yn ol y marchawc a aeth odyma yr weirglawd, a dwc y gorflwch yganthaw, a bwrw ef, a chymer y varch ae arveu.

A gwedy hynny, ti a geli di urdaw yn varchawc urdawl.

— Y gwr hir, heb ef, minneu a wna hynny. »

Ac ymchoelut pen y varch, ac allan, ae yr weirglawdd.

11. — « He gour hir, eme Beredur neuse : lavar dim pelec'h e mau Arzur.

— Taw a-zz son[1], eme Gei. Kes da heul ar marc'hek a aezz alann d'ar prad, ha digass an hanaff digantam, hag en diskar êm, ha kemer e varch hag e armou.

A goude se, te a gavo da vezam urzet marc'hek urzol.

— Gour hir, emez-am, me a rei se. »

A distreim penn e varc'h, hac emaes, ha d'ar prad.

12. — A phan daw yd oed y marchawc yn marchogaeth y varch yn y weirglawd yn vawr y ryfyc oe allu ae dewredd.

« Dywet, heb y marchawc, a weleisti neb or llys yn dyvot ym holi.

— Y gwr hir oed yno, heb ef, a erchis imi dy vwrw ti, a chymryt y gorflwch ar march, ar arveu ym y hun.

— Taw, heb y marchawc, dos trathgefyn yr llys; ac arch ygenhyti y Arthur, dyvot ae ef ae arall, y ymwan ymi. Ac ony daw yn gyflym, nys aroaf i evo.

12. — A pa deu ez oa ar marc'hek o varc'hegezz e varc'h er prad, ha bras e c'houez eus e ghalloud hag e dhewrez :

« Lavar, eme ar marc'hek: a gwelet a-t eus nep hini eus al lés o tont d'am heul ?

— Ar gour hir oa éno, emez-am, a arc'has dim da ziskar te, a kemeret an hanaff, hag ar marc'h hag an armou dim ma hun.

— Taw, eme ar marc'hek ; kes war da gis d'al lés, hag arc'h digenêm-me da Arzur donet pe êm, pe un all da en emgounam ganêm. Ha ma ne deu en lemm[2], n'en gortoim ket.

— Par ma foi, dit Pérédur, choisis : de gré ou de force il me faut le cheval, les armes et la coupe ».

Le chevalier le chargea avec fureur, et du pied de sa lance, entre l'épaule et le cou, il lui donna un grand coup douloureux.

« Ah ! l'homme, dit Pérédur, les gens de ma mère ne jouaient pas ainsi avec moi; je m'en vais, à mon tour, jouer avec toi ainsi ».

Il lui lança un javelot à pointe aiguë, qui l'atteignit à l'œil, lui sortit par la nuque et le renversa mort sur le sol.

13. — « En vérité, dit Owein, fils d'Urien, à Kei, tu as été mal inspiré au sujet de ce fou que tu as envoyé après le chevalier. De deux choses l'une, il a été culbuté ou tué.

Si le chevalier l'a renversé il le comptera parmi les gentilshommes de la cour, et il en résultera une honte éternelle pour Arthur et ses guerriers. S'il l'a tué, le déshonneur sera le même, avec péché en plus pour toi.

Que je perde mon honneur si je ne vais savoir quelle aventure est la sienne ».

Et Owein alla au pré.

Quand il arriva, Pérédur traînait le chevalier le long du pré.

« Ah ! Seigneur, dit Owein, attends : je vais lui retirer ses armes.

— Jamais, dit Pérédur, cette robe de fer ne le quittera; elle fait partie de lui-même ».

Owein enleva les armes et les habits.

« Voici maintenant pour toi, mon âme, dit-il, cheval et armes

(1) *Dic'hrad*. J'ai conservé le *d* initial, malgré le pronom infixe — *zz* — qui le précède. Dans les expressions courantes où figure ce pronom, l'initiale mutable du mot suivant prend régulièrement la mutation forte : *bara a-zz po*. Mais si l'association du pronom et du terme suivant est accidentelle, la mutation forte n'est pas de rigueur : *me a-zz gwel*, ou *me a-zz kwel*, je te vois.

(2) Dornad a ici le sens de coup.

(3) Au gallois *lluscaw* correspond phonétiquement le breton *luskam*, mouvoir, ébranler, balancer. Le vieux-breton a le nom pluriel *luscou*, gl. *oscilla*.

(4) *Emdan*. Le gallois *ymdan* ou *amdan* signifie *autour de*. Il semble que cette même préposition altérée se retrouve dans l'expression bretonne (Tréguier) : *pe zoare dillad so indanoc'h* ou *dindannoc'h*. C'est pourquoi j'ai cru pouvoir la rétablir sous la forme *emdan*; *a emdanam* signifie littéralement *de autour de lui*.

– Myn vyg cret. heb y Peredur, dewis ti; ae oth vod ae oth anvod, mivi a vynhaf y march, ar arveu, ar gorllwch. »

Ac yna y gyrchu or marchawc ef yn llityawc, ac a garllost y wayv rwg yscwydd a mynywgyl drychaf law arnaw dyrnawt mawr dolurus.

« A was, heb y Peredur, ny wharyei weisson vy mam a mivi velly. Minheu a chwariaf a thydi val hyn. »

Ae dyfwrw agaflach blaenllym, ae vedru yn y llygat hyt pan aeth yr gwegil allan, ae ynteu yn all marw yr llawr.

13. — « Dioer! heb yr Owein, vab Uryen, wrth Kei, drwc y medreist am dyn fol a yrreist yn y marchawc. Ac un o deu ardery w, ae vwrw, ae ladd.

Os y vwrw ryderyw, ei ryf gwr mwyn a vydd arnaw gan y marchawc ac aglot tragywyddawl y Arthur ae vilwyr. Os y ladd a deryw : yr aglot val kynt a gertha ae bechawt arnat titheu yn achwanec.

Ac ny chattwyfi vy wyneb onyt afi y wybot py gyfranc a deryw iddaw. »

Ac yna y doeth Owein racddaw parth ar weirglawdd.

A phan daw yd oedd Peredur y lluscaw [2] y gwr yn y ol ar hyt y weirglawdd.

« A unben, heb yr Owein, aro, me a diosglaf yr arveu.

— Ny daw byth, heb y Peredur, y peis hayarn hon y amdanaw. O honaw ehun yd henyw. »

Yna y dioscles Owein yr arveu ar dillat.

« Llyma itti eneit, heb ef, weithon, march ac arveu gwell nor rei ereill. A chymer yn llawen wynt,. A dyret gyt a

— Ma fez vat, eme Beredur, dius te : pe a-zz grad, pe a-zz dic'hrad [1], me a venn ar marc'h, hag an armou, hag an hanaff. »

Ha neuse en em daul ar marc'hek warnam, a drouk ennam, hag a lost e waf, entre skoaz ha gouzouk, darc'ha-n warnam eun dornad [2] glousus meurbet.

« Ha gwas! eme Beredur. Ne choarie ket gwased ma mamm ganêm-me welse. Me iwez a c'hoario genét velhenn. »

A darc'ha gantam eur gavlot blin lemm, hag en tizout en e lagad ken ma'z aezz dre e gilpenn emaes, hag êm marw war al leur.

13. — « *Dioer!* eme Ewan vab Urien, ouzz Kei, drouk meret e-teus gant an dén fol a-teus kasset war lerc'h ar marc'hek. Hag unan eus an dow dra so c'hoarvezet : pe e ziskar, pe e laz.

Mar dew e ziskar a c'hoarvez, e rumman evel den nobl a vezo gwrael gant ar marc'hek, ha drouk vrud da viken da Arzur ha d'e vresellourien. Mar dew e laz a c'hoarvez, an drouk vrud vel kent a gerzo, hag e bec'het warnout te ouzzpenn.

Ha ne virim ma enor, ma ned àm me da c'houzout petore c'hoari so c'hoarvezet gantam. »

Ha neuse e taezz Ewan dirazam entresek ar prad.

Ha pa deue. ez oa Peredur o stlejam [3] ar gour en e heul war hed ar prad.

« Ah! unben, eme Ewan, gorto, me a dhiwisko an armou.

— Ne deuy biken, eme Beredur, ar gwisk houarn man a emdannam [4]. Dioutam ehun ema a bezz. »

Neuse e tiwiskas Ewan an armou hag an dillad.

« Sell aman dit, ene, emez-am, ar wezzman, marc'h hag armou gwell eget ar re all. Kemér anezé en lowen. Ha dired ge-

meilleurs que les autres. Prends-les joyeusement, et viens avec moi auprès d'Arthur qui te sacrera chevalier.

— Que je perde mon honneur si j'y vais ! dit Pérédur. Mais porte la coupe de ma part à Gwenhwyvar. Dis à Arthur qu'en quelqu'endroit que je me trouve, je serai son homme, et que si je puis pour lui service et profit, je le ferai. Ajoute que je n'irai pas à la cour avant de m'être rencontré avec l'homme long qui est là, pour venger l'injure faite au nain et à la naine ».

Owein retourna à la cour et raconta l'aventure à Arthur, à Gwenhwyvar et aux gens de la cour, sans oublier la menace contre Kei.

VII

Il renverse seize chevaliers

14. — Pérédur prit le large. Comme il cheminait il rencontra un chevalier qui lui dit :

« D'où viens-tu ?

— De la cour d'Arthur.

— Es-tu des hommes d'Arthur ?

— Oui, par ma foi.

— C'est bien le lieu de te réclamer d'Arthur.

— Pourquoi ?

— Je vais te le dire. J'ai toujours été pillant et volant aux dépens d'Arthur, et tous ceux de ses hommes que j'ai rencontrés, je les ai tués ».

Ils n'en dirent pas plus long; ils se battirent. En un rien de temps, Pérédur l'eut jeté par dessus la croupe de son cheval à terre.

Le chevalier demanda grâce.

« Tu l'auras, dit Pérédur, en jurant que tu iras à la cour d'Arthur; que tu lui diras que c'est moi qui t'ai renversé pour son honneur et son service. Tu ajouteras à Arthur que je ne

(1) *Bîôm*, première personne du singulier du prétérit *je fus*. Ce prétérit moyen-breton devient avec l'orthographe adoptée : *bîôm*, *bîout*, *boe*, *bîomp*, *bîoc'h boent* ou *bîont*.

mi at Arthur, ath urdaw yn varchawc urdawl a gehy.

— Ny chatwyf vy wyneb, heb y Peredur ot af. Namyn dwc y gorllwch y genhyti y Wenhwyfar, a dywet y Arthur : pe le bynhac y bwyf; gwr iddaw vyddaf. Ac o gallaf les a gwassanaeth iddaw mi ae gwnaf. A dywed iddaw nat af y lys vyth hyny ym gaffwyf ar gwr hir yssyd yno y dial sartraet y corr ar gorres. »

Yna y doeth Owein racdaw yr llys ac y menegys y gyfranc y Arthur a Gwenhwyfar ac y bawb or teulu, ar begwth ar Kei.

nêm davet Arzur, ha-zz urzam marc'hek urzel a gavi.

— Ne virim ma énor, eme Beredur, mar dâm. Nemet doug an hanaff digenêm-me da Wenhwyvar, ha lavar da Arzur : pe lec'h bennag e vim, gour dezam e vezim. Ha mar gallam ober gonid ha servij dezam, me en gwrey. Ha lavar dezam na-d âm d'ar lés biken ken n'en em gafim gant ar gour hir so eno, da venjim dismegans ar c'horr hag ar gorres. »

Neuse e taezz Ewan dirazam d'al lés, hag e venegas ar c'hoari da Arzur ha Gwenhwyvar, ha da bep hini eus an tiad, hag ar gourdrous war Gei.

VII

Diskar c'hwezek marc'hek

14. — Ac ynteu Peredur a gerdwys racdaw y emdeith. Ac val y bydd y kerddet llyma varchawc y kyfarvot ac ef :

« Py le pan deuy ti, heb y marchawc.

— Pan deuaf o lys Arthur, heb ef.

— Ae gwr y Arthur wyt ti ?

— Ye, myn vyg cret, heb ef.

— Iawn lle yd ymardelw o Arthur !

— Paham ? heb y Peredur.

— Mi ae dyweddaf it, heb ef. Herwr a dieberwr ar Arthur vumi eiroet; ac a gyhyrdwys a mi o wr iddaw mi ac lledeis. »

Ny bu hwy no hynny : y mwan a orugant. Ac ny bu pell y buant, Peredur ae byrywys hyny vu dros pedrein y varch yr llawr.

Nawdd a erchis y marchawc.

« Nawdd a gehy, heb y Peredur, gan dy lw ar vynet y lys Arthur, a menegi y Arthur mae mi ath vyryawd, yr enrydet a gwassaneth idaw. A menegi y Arthur

14. — Ha Peredur iwez a gerzas dirazam en e hent. Ha vel ez oa o kerzet setu aman eur marc'hek o-n em gavout gantam :

« A belec'h e teues te ? eme ar marc'hek.

— A belec'h e teuam ! a lés Arzur, emez-am.

— A gour da Arzur out te ?

— Ya, dre ma fez, emez-am.

— Lec'h reizz, d'en em erbédim a Arzur !

— Perag ? eme Beredur.

— Me e lavaro dit, emez-am. Laer ha gwastaer war Arzur a viôm [1]-me a viskoazz; ha kément hag a harzas ouzim a dhen dêzam me a e lazas. »

Ne voe hirroc'h eget se. En emgannam a résiont. Ha ne voa pell e voant, Peredur e bimpoellas ken e voe dreist talier e varc'h er leur.

Neuz vad a arc'has ar marc'hek.

« Neuz vad a-zz po, eme Beredur, gant da lé da vonet da lés Arzur, ha digémen da Arzur ma ew me a-zz diskaras, en énor hag en servij dézam. Ha digemen

foulerai pas aux pieds le sol de sa cour avant de m'être rencontré avec l'homme long qui s'y trouve, pour venger l'outrage fait au nain et à la naine ».

Le chevalier donna sa parole; il se rendit à la cour d'Arthur et raconta l'aventure en détail, sans oublier la menace contre Kei.

Pérédur alla devant lui, et dans la même semaine il rencontra seize chevaliers; il les renversa tous, et ils vinrent à la cour d'Arthur apportant les mêmes propos que le premier chevalier, et la même menace contre Kei.

Kei fut blâmé par Arthur et les gens de la cour, et en devint lui-même soucieux.

VIII

L'oncle du château de l'Etang — Lutte au bâton et au bouclier

15. — Pérédur marchait toujours devant lui; il parvint enfin à un grand bois désert. Sur la lisière du bois il y avait un étang; et de l'autre côté de l'étang il y avait un grand château, entouré de puissantes murailles. Sur les bords de l'étang il vit un homme à cheveux blancs, assis sur un coussin de *paile*, vêtu de *paile* et des valets en train de pêcher, dans un canot, sur l'étang.

En apercevant Pérédur, l'homme aux cheveux blancs se leva pour se rendre au château; il était boiteux.

Pérédur se dirigea vers la cour; il trouva la porte ouverte et entra dans le hall. Le vieillard était assis sur un coussin de *paile*, et un grand feu venait d'être allumé.

Les gens de la cour se levèrent pour aller à la rencontre de Pérédur; ils le descendirent de cheval et le désarmèrent. Le

(1) *Unan* employé dans le sens du même; se retrouve encore dans le langage populaire.

(2) *Karez*, reproche (moy.-bret.), d'où le mot *digarez*, prétexte.

(3) *Glan*, bord.

(4) *Louët*, gris. Le vieux-breton a *loed*, moisi, et *loit*, gris (à cheveux gris).

(5) *Pali*, français *paile*; étoffe précieuse du moyen âge.

(6) *Gobenner*, oreiller (Ernault, Dict. du Bret. de Vannes).

(7) *Diarc'hennam*, au sens propre déchausser, a ici le sens d'*enlever l'armure*.

na sagaf y lys vyth hyny ymgaffwyf ar gwr hir yssydd yno y dial sarhaet y corr ar gorres. »

Ar marchawc, gan y gret ar hynny a gychwynnwys racdaw lys Arthur, ac y venegis y gyfranc yn llwyr ar begwth ar Gei.

Ac ynteu Peredur a gerdawdd racdaw y ymdeith. Ac yn yr un wythnos ef a gyfarvu ac ef un marchawc ar bumthec, ac a vyrywys pob un, ac a doethant racdunt y lys Arthur ar un parabyl ganthunt ac y gan y kenlaf a vyrywys ar un begwth ar Gei.

A cheryd a gafas Kei gan Arthur ar teulu, a govalus vu ynteu am hynny.

da Arzur na vac'hirn al lés biken, ken n'en emgafim gant ar gour hir so éno da venjim disménans ar c'horr hag ar gorres. »

Ar marc'hek, gant e gret war-se, a aezz arauk dirazam da lés Arzur, hag a zigéménas ar c'hoari en e héd hag ar gourdrous war Gei.

Ha Peredur, eus e du, a gerzas dirazam en e hent. Hag en unan[1] sizun en em zigavas gantam c'hwézek marc'hek ; hag e tiskaras pob un, hag e teusiont dirazè da lés Arzur, hag an unan[1] parabolen gantè ha gant ar c'hentam a ziskaras, hag an unan gourdrous war Gei.

Ha karez[2] a gavas Kei digant Arzur hag an tiégezz, ha néc'het e voe ém diwar sé.

VIII

Eontr Kaer-an-Lenn — C'hoari a vazz hag a darian

15. — Ynteu Peredur a gychwynwys ymdeith, ac yny diwed ef a doeth y goet mawr ynyal. Ac yn ystlys y coet yd oedd llyn: ar tu arall yr llyn yd oedd llys vawr a chaer telediw yny chylch. Ac ar lan y llyn yd oedd gwr gwynllwyt yn eistedd ar obennyd o bali, a gwisc o bali ymdanaw, a gweisson yn pyscotta ymywn kafyn ar y llyn.

Mal y gwyl y gwr gwynnlwyt Peredur yn dyvot, ef a gyvodes ac a gyrchwys y llys; a chlof oedd y gwr.

Ynteu Peredur a doeth racdaw yr llys; ar porth oedd yn agoret, ac yn neuadd y doeth. A phan daw yd oedd y gwr gwynllwyt yn eisted ar obennyd o bali, a ffyryf tan mawr yn dechreu llosci.

A chyvodi a oruc teulu a niver yn erbyn Peredur: ae discynnu, ae diarchennu a wnaethant. A tharaw y law a wnaeth

15. — Peredur, ém, a gerzas en e hent, hag en diwez, ém a deuzz d'eur c'hoat meur dizarempred. Hag en lés ar c'hoat ez oa eul lenn, hag en tu all d'al lenn ez oa eul lés veur, ha mogeriou krêmv en eh c'hele'h. Ha war ghlan[3] al lenn ez oa eur gour gwennlouét[4] en e goasez war eur gobenner pali[5], hag eur gwisk pali emdanam, ha gwased e pesketa ebarz eur vag war al lenn.

Vel e wéle ar gour gwenn-louét Peredur o tont, ém a savas hag a gerzas d'al lés; ha kamm oa ar gour.

Peredur iwez a deuzz dirazam d'al lés; hag ar porz oa digor, hag en nowaz e teuzz. Ha pan deue, ez oa ar gour gwennlouet en e goasez war eur gobenner[6] pali, hag eur pezz tan bras o tezrow leskim.

Ha sevel a eure tiegezz ha mewelien en arbenn da Beredur : hag en disken, hag en diarc'hennam[7] a resiont. Ha

vieillard frappa de la main sur le bout du coussin et invita le jeune homme à venir s'y asseoir. Ils s'assirent l'un près de l'autre et ils causèrent.

Lorsque le moment fut venu, on dressa les tables et on alla manger.

Pérédur s'assit à côté du maître.

16. — Quand on eut fini de manger, il demanda à Pérédur s'il savait bien jouer de l'épée :

« Je crois bien, dit Pérédur, que si on me l'enseignait je le saurais.

— Qui saurait bien jouer du bâton et de l'écu, saurait se battre à l'épée ».

Le vieillard avait deux fils, l'un blond, l'autre brun :

« Levez-vous, jeunes gens, dit-il, pour jouer du bâton et de l'écu ».

Ils allèrent jouer du bâton.

« Dis, mon âme, dit le vieillard, quel est celui qui joue le mieux ?

— A mon avis le blond pourrait, depuis un moment, tirer du sang à l'autre, s'il le voulait.

— Va toi-même, mon âme, prends le bâton et l'écu de la main du brun, et tire du sang au blond si tu peux ».

Pérédur se leva, prit le bâton et l'écu, et déchargea un tel coup sur le blond, qu'un des sourcils tomba sur l'œil et que le sang coula à flots.

« Bien, mon âme, dit le vieillard; viens t'asseoir maintenant. Le plus habile à se battre à l'épée dans cette île ce sera toi. Je suis ton oncle, le frère de ta mère. Tu vas rester quelque temps avec moi pour apprendre la civilité et la courtoisie. Il est temps de renoncer au langage de ta mère. Je serai ton maître, je t'ordonnerai chevalier.

(1) *Abrant*, sourcil. Le mot *ael*, sourcil, ne subsiste en breton que dans la formation de quelques noms propres : *Gourmelon*, pour *gourm-aelon*, bruns sourcils.

(2) *Ha-zz*, et ton... On trouve en moyen-breton l'emploi des pronoms et possessifs infixes après la conjonction *ha*.

(3) *Gwers*, durée, période de temps (moyen-breton et vannetais).

y gwr ar tal y gobennyd, ac erchi yr maccwy dyvot y eisted ar y gobennyd. A chyt eistedd ac ymdidan a orugant.

A phan vu amser gossot byrddeu a mynet y vwyta. Ar neill law y gwr y dodet ef y eisted ac y vwyta.

16. — Gwedy darvot bwyta, govyn a wnaeth y gwr y Peredur a wydat lad a chledyf yn da.

« Na wn, heb y Peredur, pei kahwn dysc, nas gwypwn.

— A wypei, heb ynteu, chware affon ac a tharyan, llad a chledyf a wybeddei. »

Deu vab oedd yr gwr gwynnlwyt, gwas melyn, a gwas gwineu :

« Kyvodwch, weisson, heb ef, y chware a fynn ac ar taryaneu. »

Ygweisson a aethant y chware.

« Dywet, eneit, heb y gwr, pwy or gweisson a chware yn oreu ?

— Vyn tebic y yw, heb y Peredur, y gallei y gwas melyn ermeitin, gwneithur gwaet ar y gwas gwineu, pei as mynnei.

— Kymer ti, eineit, y ffon ar taryan o law y gwas gwineu, a gwna gwaet ar y gwas melyn os gelly. »

Peredur a gyvodes y vynyd ac a gymerth y ffon ar taryan; a drychafal llaw ar y gwas melyn a oruc, hyny vu yr ael [1] ar y llygat ar gwaet yn redec yn frydyeu.

« Ie, eneit, heb y gwr, dos y eistedd weithon. A goreu dyn a ladd a chleddyf yn yr ynys hon vyddy. Ath ewythyr titheu, vrawt dy vam wyfi.

A chyt a mi y byddy y wershon yn dyscu moes a mynut.

Ymadaw weithon a ieith dy vam. A mi a vyddaf athro it ac ath urdaf yn varchawc urdawl.

skeim e zorn a raezz ar gour war dal ar gobenner hag arc'ham d'ar paotr iowank dont en e goasez war ar gobenner. Hag asézam kichen ha kichen, ha kauseal a résiont.

Ha pa voe amser, sevel taoliou ha monet da voéta. Hag en tu d'ar gour e voe lakaet èm da asezam ha da zibrim.

16. — Goude gwraet an dibrim goulen a raezz ar gour digant Peredur hag èm a ouie c'hoari a glezef ervad.

« N'onn ket, eme Beredur, ma e kaffen disk, a me na ouiffen ket.

— An hini, a ouiffe, emez-am, c'hoari a vazz hag a darian, c'hoari a glezev a ouvefe. »

Dow vab en doa ar gour gwenn-louet, gwas melen ha gwas duard :

« Sevet, gwased, emez-am, da c'hoari a vizzier hag a darianou. »

Ar gwased a aezz da c'hoari.

« Lavar, ene, eme ar gour, pehini eus ar gwased a c'hoari ar gwellam ?

— Ma menos me ew, eme Beredur, e c'hallsie ar gwas melen, eur pennad so, ober gwad war ar gwas duard ma karsie.

— Kemer te, ene, ar vazz hag an tarian a zorn ar gwas duard, ha gwra gwad war ar gwas melen mar gelles. »

Peredur a savas en e sav, hag a gemeras ar vazz hag an tarian ; ha darc'ha dorn war ar gwas melen a eure, ken ma voe en abrant [1] war e lagad, hag ar gwad o redek en froudou.

« Mad, ene, eme ar gour, Deus e-zz koasez breman. Ha gwellam den a lazo a glézév en énes-man e vezi. Ha-zz [2] eontr te, breur da vam ôm-me.

Ha genêm e vezi ar wers [3] man o tiskim ar boasiou reizz ha déréad.

Dilès breman iezz da vamm; ha me a vezo maestr dit, hag a-zz urzo marc'hek urzel.

Dès maintenant voici ce que tu feras : Verrais-tu quelque chose d'extraordinaire, ne t'en informe pas, s'il n'y a personne qui ait la courtoisie de te l'expliquer; ce n'est pas sur toi que le blâme retombera, mais sur moi, qui suis ton maître ».

Ils prirent honneurs et services variés. Et quand il fut temps ils allèrent se coucher.

IX

L'oncle du château du Pré — L'anneau de fer — La tête coupée et la lance sanglante

17. — Aussitôt le jour, Pérédur se leva, prit son cheval, et avec la permission de son oncle, se remit en route.

Il arriva dans un grand bois désert, puis au bout du bois à une prairie unie; et de l'autre côté du pré il aperçut une grande forteresse et un palais superbe.

Pérédur se dirigea de ce côté, trouva la porte ouverte, et pénétra dans le hall.

Dans un des côtés était assis un homme aux cheveux blancs, majestueux, entouré de nombreux pages.

Ils se levèrent tous à la rencontre du jeune homme et l'accueillirent avec une parfaite courtoisie.

On plaça Pérédur à côté du noble gentilhomme pour s'asseoir et pour manger.

18. — Après qu'ils eurent mangé et bu à souhait, le gentilhomme demanda à Pérédur s'il savait jouer de l'épée :

« Si on me l'enseignait, dit-il, il me semble que je le saurais ».

Il y avait, fixé au sol du hall un grand crampon de fer, que la main d'un homme de guerre aurait pu à peine étreindre.

(1) *Prad*, pré. Le correspondant du gallois *dol*, pré, semble se trouver dans le nom propre de la ville de *Dol*.

(2) Il y a ici une contradiction évidente. Le séjour de Pérédur à la cour de l'oncle boiteux ne s'est pas prolongé comme on devait s'y attendre d'après ce qui précède.

O hyn allan llyna a wnelych : kyt gwelych a vo ryved genhyt, nac amofyn ymdanaw; ony bydd o wybot y venegi it, nyt arnat ti y byd y keryd namyn arnaf, kanys mi yssydd athro it. »

A dalek breman, sell aman ar pezz a ri; ha pa welfes tra, hag a ve souez genét, na c'houlenn ket diwarnam ma ne vez a wiziegezz da vénégim dit; n'ew ket warnout-te e vezo ar c'harez, nemet warnom-me, rak me so maestr dit. »

Ac amryfal enryded a gwassanaeth a gymersant. A phan vu amser y gyscu yd aethant.

Hag a bop réw enoriou ha servijou a gemersiont, ha pa voe amser da gousket ez esiont.

IX

Eontr Kaer an Prad [1] — An organel houarn — Penn troc'het ha gwaf gwadek

17. — Pan doeth y dydd gyntaf, kyfodi a oruc Peredur, a chymryt y varch ; a chan ganhat y ewythyr, kychwyn ymdeith.

17. — Pan deuzz an dez kentam [2], sevel a eure Peredur, ha kemeret e varc'h ; ha gant autré e eontr, mont arauk en e hent.

Ac ef a doeth y goet mawr ac yn diben y coet ef a doeth y dol wastad; ar tu arall yr dol y gwelei gaer vawr a llys tetediw.

Hag èm a deuzz da eur c'hoat meur ; hag en diben ar c'hoat, èm a deuzz da eur prad plén : hag en tu all d'ar prad e weie eur gaer veur hag eul lés kaer.

Ar llys a gyrchwys Peredur, ar porth a gavas yn agoret, ar neuad a gyrchwys.

Ha d'al lés e kerzas Peredur, hag ar porz a gavas digor, ha d'an nowaz e kerzas.

A phan daw yd oedd gwr gwyn-llwyt tetediw yn eistedd ar ystlys y neuad, a maccwyeit yn amyl yny gylch.

Ha pa deue, e oa eur gour gwenn-louét seven, en e goasez war vord an nowaz, ha kals a bautred iowank endro dézam.

A chyvodi a oruc pawb yn erbyn y maccwy, a bot yn da eu gwybot ac eu gwassanaeth yn y erbyn.

Ha sevel a eure pob hini en arbenn d'ar pautr iowank, ha bout mad o gwiziegezz hag o servij en e gever.

Ar neill law y gwrda y dodet ef y eistedd ac y vwyta.

En kichen an den jentil en laksiot èm da asézam ha da voéta.

18. — Gwedy darvot bwyta ac yvet tra vu hygar ganthunt, gofyn a oruc iddaw y gwrda a wydyat llad a chledyf :

18. — Goude gwraet ar boeta hag an évam tra voe hégar gantè, goulen a eure an den-jentil diganlam hag èm a ouie laz a glézév :

« Pei kawn dysk, heb y Peredur, tebic oed genhyf y gwybyddwn. »

« Ma e kaffen disk, eme Beredur, e kav genêm e c'houvezfen. »

Ystyffwl hayarn mawr oed yn llawr y neuad, amgyffret milwr ymdanaw.

Eun organel houarn bras oa en leur an nowaz, leizz dorn eur bresellour endro dézam.

« Prends cette épée-là, dit le vieillard à Pérédur, et frappe l'anneau de fer ».

Pérédur se leva et frappa l'anneau qui se brisa en deux morceaux, ainsi que l'épée.

« Place les deux morceaux ensemble et réunis-les ».

Pérédur les mit ensemble, et ils se ressoudèrent comme devant.

Une seconde fois il frappa l'anneau au point de le briser en deux ainsi que l'épée. Les morceaux se rajustèrent comme auparavant.

D'un troisième coup il brisa encore l'anneau et l'épée en deux morceaux.

« Mets ensemble de nouveau, et réunis ».

Pérédur les plaça ensemble une troisième fois, mais, ni l'anneau ni l'épée ne se ressoudaient plus.

« Bien, jeune homme, dit le vieillard, viens t'asseoir, et que Dieu te bénisse. Tu es le premier joueur d'épée de tout le royaume. Tu n'as que les deux tiers de ta force; il te reste encore la troisième partie à acquérir. Quand tu l'auras tout entière personne ne sera de taille à lutter avec toi. Je suis ton oncle, le frère de ta mère, le frère de l'homme chez qui tu as logé hier soir ».

Pérédur s'assit à côté de son oncle et ils causèrent.

19. — Sur les entrefaites il vit deux hommes entrer dans le hall et pénétrer du hall dans la chambre en portant une lance énorme. Trois ruisseaux de sang coulaient le long de la lance, depuis le col jusqu'à terre.

A cette vue toute la compagnie se mit à se lamenter et à gémir à tel point qu'on pouvait à peine le supporter.

(1) *Sont* ou *hont*. M. Ernault attribue la forme *sont* à l'influence du démonstratif *sé*. Il est possible également que la conservation de l'*s* initial, complète dans *sé* et partielle dans *sont*, soit due au fait que ces particules sont enclitiques.

« Kymer, heb y gwr wrth Peredur, y cleddyf racco, a tharaw yr ystyffwl hayarn. »

Peredur a gyvodes y vynyd, ar ystyffwl a trewis hyny vu yn deu dryll ar cleddyf yn deu dryll.

« Dyro y drylleu ygyt a chyfanha wynt. »

Y drylleu a dodes Peredur ygyt, a chyfannu a orugant mal kynt.

Ar eil weith y trewis hyny torres yr ystyffwl yn deu dryll, ar cledyf yn deu dryll. Ac mal kynt kyfannu a orugant.

Ar trydedd weith y trewis hyny torres yr ystyffwl en deu dryll ar cledyf en deu dryll.

« Dyro ygyt etwa. a chyfanha. »

Peredur ay roddes y trydedd weith ygyt, ac ny cyfannei nar ystyffwl nar cleddyf.

« Ie was, heb ef, dos y eisted, a bendith Duw genhyt. Yny teyrnas goreu dyn a lad a cledyf wyt. Deu parth de dewred argefeist; ar trayan yssydd heb gahel. A gwedy keffych gwbyl, ny bydy wrth neb. Ac ewythyr itti, brawt dy vam wyf inheu, brawt y gwr y buost neithwyr yn y lys.

Ar neill law y ewythyr yd eisteddawdd Peredur, ac ymdidan a orugant.

19. — Ar hynny ef a welei deu was yn dyvot yr neuad, ac or neuad yn mynet y ystauell a gwayw ganthunt, anvedrawl y veint. A their ffrwt [owaet] ar y hyt yn redec or mwn hyt y llawr.

A phan welas pawb y gweisson yn dyvot yn y wed honno, llefein a drycyrverth a gymerth pawb yndunt hyt nat oed hawd y neb y diodef.

« Kémer, eme ar gour ouzz Peredur, ar c'hlézév sont [1], ha sko war an organel houarn. »

Peredur a savas en e sav, ha war an organel e skoas, ken e voe en dow draill, hag ar c'hlézév en dow draill.

« Laka an draillou kevret, hag o stag a bézz. »

An draillou a lakaas Peredur kevret, ha stagain a bezz a resiont vel kent.

Hag an eil gwezz e skoas ken e torras an organel en dow draill, hag ar c'hlézév en dow draill, hag evel kent stagam a bezz a résiont.

Hag an dredez gwezz e skoas ken e torras an organel en dow draill, hag ar c'hlézév en dow draill.

« Laka aneze kevret c'hoazz, ha stag. »

Peredur o lakaas an dredez gwezz kevret, ha ne stage ken nag an organel nag ar c'hlézév.

« Mad, gwas, emez-am, deus da asézam, ha bennozz Doue dit. Er rouantelezz, gwellam dén a laz a glézév out. Diw loden eus da nerz a-zz eus kavet, hag an drederan ez out heb eh c'haout. Ha goude e-zz po eh c'havet a bezz, ne vezi ouzz neb dén. Hag eontr dit, breur da vamm ôm-me, breur ar gour e vioul neizzeur en e lés. »

Hag en kichen e eontr ez asezas Peredur, ha kauséal a résiont.

19. — War-se ém a wele dow was o tont d'an nowaz, hag eus an nowaz o vonel d'ar gambr hag eur gwaf gantè dreist mesur e vent. Ha teir froud gwad war e héd e redek eus ar gouzouk béteg al leur.

Ha pa welas pob hini ar gwased o tont en doare se, lémvam ha keinim a resiont pop hini aneze, ken na oa ket aeset da nep hini e c'houzâmv.

Malgré cela le vieillard ne rompit pas son entretien avec Pérédur; il ne donna pas l'explication de ce fait à Pérédur, et celui-ci ne la lui demanda pas non plus.

Après quelques instants de silence, entrèrent deux jeunes filles, portant entre elles un grand plat sur lequel était une tête d'homme baignant dans le sang.

Ils se mirent tous alors à pleurer et à jeter de tels cris qu'il était gênant d'être dans la même maison qu'eux. A la fin ils cessèrent et restèrent assis à boire tant qu'il leur plut.

On prépara ensuite une chambre à Pérédur, et ils allèrent se coucher.

X

Pérédur et sa sœur de lait

20. — Le lendemain Pérédur se leva, et, avec le congé de son oncle se remit en voyage.

Il arriva à un bois, et au loin dans le bois il entendit des cris. Il se dirigea vers l'endroit d'où partaient ces cris et vit une femme brune, accomplie, ayant auprès d'elle un cheval sellé, et tenant entre ses mains le cadavre d'un homme.

Quand elle essayait de le remettre en selle, il retombait à terre, et alors elle jetait de grands cris.

« Dis, ma sœur, demanda Pérédur, pourquoi te lamentes-tu ?

— Oh ! Pérédur l'excommunié ! s'écria-t-elle; peu de secours dans ma peine ai-je jamais trouvé près de toi !

— Pourquoi serais-je excommunié ?

— Pour avoir causé la mort de ta mère. Quand tu t'éloignas malgré elle, un glaive de douleur s'enfonça en elle, et elle

(1) *Goret*, gall. *gwaret*, aide, assistance (moy.-bret.).

(2) *Da vout*, mot à mot *ton etre*; *da* est adjectif possessif.

Ny thorres y gwr ar y ymdidan a Pheredur yr hynny; ny dywawt y gwr y Peredur beth oed hynny, nys gofynnwys ynteu iddaw.

Gwedy tewi yspeit vechan ar hynny, llyma dwy vorwyn yn dyvot ymywn a dyscyl vawr y rwngthunt, a phen gwr ar y dyscyl, a gwaet yn amyl ygkylch y pen.

Ac yna diaspedein a llefein a oruc pawb hyny oed anhawd y neb bot yn un ty ac wynt. Yny diwed peidaw a hynny a orugant, ac eistedd tra vu amkan ganthunt ac yfet.

Yn ol hynny ystanell a gyweirwyt y Peredur ac y gyscu yd aethant.

Ne dorras ket ar gour e gaus gant Peredur ewit se; ne lavaras ket ar gour da Beredur petra oa se, hag egile n'en goulennas ket digantam.

Goude tewel eur pennad bihan war-se, setu aman diw blac'h o tont ebarz, hag eun disk bras entrézè, ha penn eur gour war an disk, a gwad a leizz endro d'ar penn.

Ha neuse garmat ha lêmvam a eure pob hini, ken e oa diaes da neb den bout en eun ti gantè. En diwez powes diwar-se a resiont, ha chom en o c'hoasez tra voe meno gantè, hag evam.

Da heul se eur gambr a voe kempennet da Beredur, ha da gousket ez esiont.

X

Peredur hag e c'hoar-laezz

20. — Tranoeth y bore, Peredur a gyfodes y vynyd, a chan ganhat y ewythyr kychwyn racdaw y ymdeith.

Odyna ef a doeth y goet, ac ym pell yn y coet ef a glywei diaspat. Parth ar lle yd oed y diaspat y doeth; a phan daw, ef a welei gwreic wineu telediw; a march ac gyfrwy arnaw yn sevyll ach y llaw, a chélein gwr y rwg dwy law y wreic.

Ac mal y keisei rodi y gelein yn y kyfrwy, ydygwydei y gelein yr llawr; ac yna y doddei hitheu diaspat.

« Dywet, vy chwaer, heb ef, py diaspedein yssydd arnat ti?

— Oi a Peredur ysgymmun, heb hi, bychan gwaret vy gofit, eiroet, a gefeis i genhyt ti.

— Py ham, heb ef y bydwn yscummun i?

— Am dy vot yn achaws y ladd dy vam. Kanys pan gychwynneisti oc han-

20. — Tronos ar beure, Peredur a savas en e sav, ha gant autré e eontr, ez aezz arauk dirazam en e hent.

Ahané èm a deuzz da eur c'hoat, ha pell er c'hoat, èm a glewe garm. War du al lec'h e klewe ar garm e teuzz, ha pa deue, èm a wele eur wrek duard seven; hag eur marc'h hag e zibr warnam en e sav en eh c'hichen, ha korf marw eun den entre dowarn ar wrek.

Ha vel e klaske lakaat ar c'horf war an dibr, e koeze ar c'horf war al leur, ha neuse e lauske hi eur gharmaden.

« Lavar, me c'hoar, emez-am, petra a ra dit garmat.

— Oh! Peredur eskummunuget, emez-hi, bihan goret[1] em anken a gavis me biskoazz diganet-te.

— Perag, emez-am, e vefen me eskummunuget?

— Ewit da vout[2] kiriek da laz da vamm. Rak pa is-te arauk a enep d'eh grad en

mourut. Et pour avoir été cause de sa mort, tu es excommunié.

Le nain et la naine que tu as vus à la cour d'Arthur étaient ceux de ton père et de ta mère.

Moi je suis ta sœur de lait, et celui-ci est mon mari; il a été tué par le chevalier qui se trouve dans le bois.

N'approche pas de cet homme, car il te tuerait aussi.

— C'est à tort, ma sœur, que tu me blâmes. Pour avoir été si longtemps avec vous je ne le vaincrai pas sans peine; si j'étais resté plus longtemps, jamais je ne le vaincrais.

Quant à toi cesse tes lamentations; cela ne t'aide en rien.

J'enterrerai le mort, puis je me rendrai avec toi à l'endroit où se trouve le chevalier; et si je peux tirer vengeance de lui, je le ferai ».

21. — Après avoir enterré le mort, ils se rendirent à la clairière où le chevalier chevauchait.

Il demanda immédiatement à Pérédur d'où il venait :

« Je viens de la cour d'Arthur, répondit-il.

— Es-tu homme d'Arthur ?

— Oui par ma foi.

— Tu tombes bien en parlant de tes liens avec Arthur ».

Ce fut tout : ils se chargèrent, et, sur-le-champ, Pérédur renversa le chevalier. Celui-ci demanda grâce.

« Je te l'accorde, dit Pérédur, à condition que tu prennes cette femme pour épouse et que tu lui fasses tout le bien que tu lui dois pour avoir tué son mari sans motif. Tu iras à la cour d'Arthur; tu lui diras que c'est moi qui t'ai terrassé pour son honneur et son service, et tu ajouteras que je n'irai jamais à la cour avant de m'être rencontré avec l'homme long

(1) *Karezam*, faire des reproches, de *karez* reproche

(2) *Iel*. Le radical est *el*; il serait intéressant de savoir si la forme *el* est usitée quelque part sans l'*i* initial (iel). Il est inutile d'ajouter que le verbe *iela*, qui figure au dictionnaire de Troude, n'a jamais existé.

vod y emdeith, y llamwys gwayw yndi hitheu, ac o hynny y bu varw. Ac am dy vot yn achaws oe hagheu, ydwyt yn ysgumun.

Ar corr ar corres a weleisti yn llys Arthur, corr di tat ti ath vam oed hwnnw.

A chwaervaeth itti wyf inheu.

Am gwr priawt yw hwn a ladawd y marchawc yssydd yn y coet.

Ac na dos ditheu yn y kyfyl rac dy ladd.

— Kam, vy chwaer, heb ef, yd wyt ym keryddu. Am vy mot y gyt a chwi yn gyhyt ac y bum, abreid vyd im y orvot, A phei bydwn avei hwy, nys gorvyddwn byth.

A thitheu taw bellach ath drycyrwerth kanyt nes gwaret it no chynt.

A mi a gladdaf y gwr, ac a af gyt a thi yn ymae y marchawc; ac o gallaf ymdiala, mi ae gwnaf. »

hent, e lammas eur gwaf enni-hi, ha dre se ew bet marwet. Hag a vout te bet kiriek d'eh ankou, ez out eskummunuget.

Hag ar c'horr hag ar gorres a welas-te en lés Arzur, korr da dad ha-zz mamm oa hennezz.

Ha c'hoar-laezz dit òm-me iwez.

Ha ma gour pried ew héman, bet lazet gant ar marc'hek so er c'hoat.

Ha na dés ket te en e gichen, bete gouzout na-zz lazfe.

— En gow, ma c'hoar, emez-am, ez out o-m karezaen [1]. Dre ma bout bet ganec'h-hu keit he ma òm bet, a vec'h e vezo dîm tréc'him warnam. Ha ma visien bet hirroc'h amser ne drec'hsien biken dioutam

Ha te taw pelloc'h a-zz keinvan rak n'ew se gorel ebet dit.

Ha me a vezio ar gour hag a iel [2] genét elec'h ema ar marc'hek, ha mar gallam em venjim, me en gwrey. »

21. — Gwedy cladu y gwr wynt a doethant yn yd oed y marchawc yn y llanerch, yn marchogaeth y varch.

Ar hynt gofyn awnaeth y marchawc y Peredur py le pan deuei.

« Pan deuaf o lys Arthur. »

— Ae gwr y Arthur wyt ti ?

— Ie myn vyg cret.

— Iawn lle yd ymgystlyny o Arthur ! »

Ny bu hwy no hynny : ymgyrchu a orugant, ac yny lle Peredur a vyrywys y marchawc. Nawdd a erchis y marchawc.

« Nawdd a gehy, gan gymryt y wreic hon yn briawt, ac wnelych o da y wreic y wneuthur idi am ladd o honot y gwr yn wiryon. A mynet ragot y lys Arthur, a menegi iddaw mae mivi ath vyrywys yr enryded a gwassanaeth y Arthur; a me-

21. — Goude beziam ar gour, i a deuzz elec'h ez oa ar marc'hek en digoaden, o varhegezz e varc'h.

Diouzz-tu e c'houlennas ar marc'hek digant Peredur a bélec'h e teue.

« A lés Arzur e teuam.

— A gour da Arzur out te ?

— Ia, ma fez.

— En lec'h déréad e rés kevredigezz gant Arzur ! »

Ne voe hirroc'h egel se : dilammat a resiont an eil war égilé, ha diouzz-tu Peredur a dhiskaras ar marc'hek. Trugarez a arc'has ar marc'hek.

« Trugarez a gafi, gant kemeret ar wrek-man da bried, ha ma ri a vad d'ar wrek ar pezz so d'ober dezi ewit bout lazet eh gour en gwirion. Ha monet dirazout da lés Arzur, ha digémen dézam ma ew me a-zz diskaras en énor hag en servij

qui s'y trouve, pour venger l'injure du nain et de la fille ».

Il prit des gages du chevalier à ce sujet.

Celui-ci mit sa femme à cheval et l'arrangea d'une manière convenable, puis il se rendit à la cour d'Arthur à qui il raconta l'aventure et la menace contre Kei.

Kei eut des reproches d'Arthur et de sa cour pour avoir obligé à s'éloigner de la cour un homme aussi valeureux que Pérédur.

« Ce jeune homme ne viendra jamais à la cour, dit Owein; Kei n'en sortira pas.

— Par ma foi, s'écria Arthur, je vais le chercher dans tous les déserts de l'île de Bretagne, jusqu'à ce que je le trouve; et alors que chacun d'eux fasse à l'autre le pis qu'il pourra. »

XI

La jeune fille du château des Tours

22. — Pérédur marcha devant lui; il arriva dans un grand bois désert. On ne voyait aucune trace de pas d'hommes ni d'animaux dans le bois : rien que des broussailles et des herbes. Quand il parvint à l'extrémité du bois, il aperçut un grand château de riche apparence, surmonté de tours nombreuses et fortes. Près de l'entrée, les herbes étaient plus longues que partout ailleurs.

Un jeune homme aux cheveux roux, maigre, parut sur un créneau au-dessus de la tête de Pérédur et lui dit .

« Choisis, seigneur; je vais t'ouvrir moi-même la porte, ou prévenir notre chef que tu es à l'entrée.

(1) Remarquer la forme *Predain*, impliquant une forme ancienne *Pritannia* par un P initial et un seul *t*.

(2) *Gwazzham*. Je forme le superlatif des adjectifs en *zz* par l'addition de *ham* au lieu de *am*. Le *zz* suivi d'un *h* se prononcera toujours dur : *gwazz*, *gwazzham*; *kozz*, *kozzham*; *strizz*, *strizzham*. La désinence *ham* est d'ailleurs ancienne, et c'est l'influence de l'*h* qui produit au superlatif le renforcement de la finale dans les adjectifs terminés par une consonne douce. Cette forme d'orthographe convient également pour le dialecte de Vannes d'après la règle de prononciation du *zz*.

(3) Le mot gallois *alafoed* (gall. mod. *alafedd*, produce, wealth) semble correspondre au même radical que le breton *alam*, mettre bas.

(4) *Kadarn*, fort, en gallois; en breton, ce mot s'emploie plutôt au sens de *brave*.

negi iddaw nat af y lys hyny ymbaffwyf ar gwr hir yssydd yno y dial sarhaet y corr ar vorwyn. »

A chedernyt ar hynny a gymerth Peredur y ganthaw.

A chyweiraw y wreic ar varch yn gyweir ygyt ac ef, a dyfot racdaw y lys Arthur, a menegi y Arthur y gyfranc ar bygwth ar Gei.

A cheryd a gavas Kei gan Arthur ar teulu am rywylltaw gwas kystal a Peredur o lys Arthur.

« Ny daw y maccwy hwnnw vyth yr llys, heb yr Owein, nyt a ynteu Gei or llys allan.

— Myn vyg cret, heb yr Arthur, mi a geissaf ynyalwch ynys Prydein ymdanaw yny kaffwyf. Ac yna gwnaet pob un onaddunt a allo waethaf y gilyd. »

da Arzur; ha digemen dézam na-d Im ket d'ar lés, ken n'en em gatin gant ar gour hir so éno da veujin dismégans ar c'horr hag ar plac'h. »

Ha gwestlou war-se a gemeras Peredur digantain.

Ha Kempenniñ e wrek war varc'h en reizz gantam êm, ha dont dirazam da lés Arzur, ha digemen da Arzur ar c'hoari hag ar gourdrous war Gei.

Ha karez a gavas Kei digant Arzur hag an liégezz ewit bout drouk-kasset gwas ken talvoudek ha Peredur a lés Arzur.

« Ne deuy ar pautr iowank se biken d'al lés, eme Ewan, ned a Kei eus al lés emaes.

— Dre ma fez, eme Arzur, me a furcho désert enes Predain[1] war e lerc'h ken n'e gatim. Ha neuse gwraet pob hini aneze gwazzham[2] ma hallo d'égilé. »

XI

Plac'h iowank Kaer-an-Touriou

22. — Ynteu Peredur a gerdwys racdaw ymdeith, ac a doeth y goet mawr ynyal. Amsathyr dynyon nac alafoed nys gwelei yn y coet, namyn gwyddwaledd a llysseu. A phan daw y diben y coet, ef a welei kaer vawr eidoawc, a thyreu kadarn amyl arnei. Ae yn agos yr porth, hwy oedd y llysseu noc yn lle arall.

Ar hynny llyma was melyngoch achul ar y bwlch uch y pen :

« Dewis, unben, heb ef, ae mi a agorwyf y porth itti, ae menegi yr neb penhaf dy vot titheu yn y porth.

22. — Peredur iwez a gerzas dirazam en hent hag a deuzz d'eur c'hoat meur dizarempred. Roudou tud na loened[3] ne wele er c'hoat, nemet brouskoajou ha lousou. Ha pa deue en diben ar c'hoat, êm a wele eur gaer veur pinvidik, ha touriou kadarn[4] aleizz warni. Hag en ogos ar porz, hirroc'h oa al lousou eget elec'h all.

War-se, setu aman eur gwas melen-ruz ha treut war ar boulc'h us d'e benn :

« Dius, unben, emez-am, pe me a dhigoro ar porz dit, pe e tigemenim d'an hini pennam ez out te ouzz ar porz.

— Dis-lui que je suis ici; si l'on veut que j'entre, j'entrerai ».

Le jeune homme revint rapidement, ouvrit la porte à Pérédur, et le précéda dans le hall.

En y entrant il vit dix-huit valets maigres, rouges, de même taille, même aspect, mêmes vêtements, même âge que celui qui lui avait ouvert. Il n'eut qu'à se louer de leur politesse et de leur service; ils le descendirent et le désarmèrent.

Puis ils s'assirent et se mirent à causer.

23. — A ce moment arrivèrent cinq filles venant de la chambre dans le hall.

Pour celle d'entre elles qui était la plus élevée en dignité, Pérédur était sûr qu'il n'avait jamais vu de physionomie plus belle.

Elle portait un vieux vêtement de paile, jadis bon, maintenant tout troué : à travers on voyait sa peau, qui était plus blanche que la fleur du cristal le plus blanc (?) Ses cheveux et ses sourcils étaient plus noirs que le jais et elle avait aux joues deux petites taches rouges, plus rouges que ce qu'il y a de plus rouge.

La jeune fille salua Pérédur, lui jeta les bras autour du cou et s'assit à ses côtés.

24. — Peu après il vit entrer deux nonnains, l'une portant une cruche pleine de vin, l'autre six tourtes de pain blanc.

« Dame, dirent-elles, Dieu sait qu'il ne restait pas plus que ceci de nourriture et de boisson au couvent cette nuit ».

Ils se mirent à table.

Pérédur s'aperçut que la jeune fille voulait lui donner plus qu'aux autres de nourriture et de boisson.

(1) *Dihow* correspondant phonétique du gallois *diheu*. *Dihow* ou *dic'how*, opposé de *gow*, mensonge, tort, est employé en breton dans le sens de *dédommagement*. Dans le *texte*, nous l'employons dans le sens de *certitude*.

(2) Le *Livre Blanc* donne *dwylaw*, deux mains, au lieu de *dwyael*. La correction a été faite d'après le *Livre Rouge*.

(3) Il serait intéressant de savoir si le correspondant phonétique du gallois *grudyeu* existe quelque part en breton pour signifier *joue*. Il devrait se prononcer *gruzïou* ou *grujou*.

(4) *Kann* blanc.

— Manac vy mot yma; ac o mynnir vyn lyvot y mywn mi a doaf. »

Y maccwy a doeth yn gyflym tra che-fyn, ac a agores y porth y Peredur, ac a doeth yn y vlaen yr neuad.

A phan daw yr neuad, ef a welei deu naw weis o weisson culyon cochyon, un twf, ac un pryt, ac un oet ac un wisc, ar gwas a agores y porth iddaw. A da vu eu gwybot ac eu gwassanaeth ; y disgynnu a orugant ae diarchenu.

Ac eisted ac ymdidan.

23. — Ar hynny llyma pump morwyn yn dyfot o ystafell yr neuad.

Ar vorwyn penhaf onadunt, diheu oedd ganthaw na welsei dremynt kymryt eiroet a hi ar arall.

Hen wisc o bali twll ymdanei a vuassei da, yny gwelit y chnawt trwydaw ; gwy-nach oed no blawt y crissant gwynhaf. Y gwallt hitheu ae dwy [ael] [3] duach oedynt nor muchyd ; deu vann gochyon vychein yn y grudyeu, cochach oedynt nor dim cochaf.

Kyvarch gwell y Peredur a oruc y vorwyn, a mynet dwylaw mynwgyl idaw, ac eisted ar y neill law.

24. — Nyt oed bell yn ol hynny, ef a welei dwy vanaches yn dyvot y mywn, a chostrel yn llawn o win gan y neill, a chwech torth o vara cann gan y llall.

« Arglwydes, heb wy, Duw a wyr na bu yr gwfent hwnt heno, namyn a ge-meint arall o vwyt a llyn. »

Odyna yd aethant o vwyta.

A Pheredur a adnabu ar y vorwyn mynnu rodi idaw ef or bwyt ar llyn mwy noc y arall.

— Digémen ma bout me aman; ha ma venner e teufen ebarz, me a deuy. »

Ar pautr iowank a deuzz en lemm war e gis, hag a zigoras ar porz da Beredur, hag a deuzz en e ziarauk d'an nowaz.

Ha pan deue en nowaz, èm a wele tri-wac'h gwas, a wased treut, ruz, a eur vent, hag a eur stumm, hag a eun oad, hag a eur wisk, evel ar gwas a zigoras ar porz dezam. Ha mad voe o gwizigezz, hag o servij ; e dhisken a résiont, hag e diharc'hennam.

Hag asézam, ha kauséal.

23. — War-se, setu aman pemp plac'h iowank o tont eus ar gambr d'an nowaz.

Hag ar plac'h iowank pennam aneze, dihow [1] oa gantam n'en devoa èm gwelet biskoazz dremm ken kaër stummet ha hi war eun all.

Eur c'hozz wisk pali toull emdanni, a voa bet mad, ken e weled eh c'hroc'hen a dreus dezam; gwennoc'h oa eget bleuz ar c'hristal gwennam. Eh blew hi hag eh diw abrant [2] a oa duoc'h eget ar jed; dow blass ruz bihan en eh diw jod [3], ru-zoc'h oant eget netra ruzam.

Digemer vad da Beredur a eure ar plac'h iowank, ha monet eh dow dorn endro d'e c'houzouk dezam, hag asezam en e gichen.

24. — Ned oa ket pell war lerc'h se, èm a wele diw vanac'hes o tont ebarz, hag eur pod leun a win gant unan, ha c'hwec'h torz vara kann [4] gant eben.

« Itron, émez-é, Doue a oar, na voe er gouent hont ewit an nos, nemet kement all a voét hag a évaj. »

Neuse ez aesiont da voeta.

Ha Peredur a anevezas war ar plac'h iowank e venne hi reim dézam-èm, eus ar boét hag an évaj, mwi eget da un all.

« Ma sœur, dit-il, c'est moi qui partagerai les vivres et la boisson.

— Non pas, mon âme, dit-elle.

— Honte sur ma barbe, répliqua-t-il, si je ne le fais ».

Pérédur prit le pain et distribua à chacun une part égale, et de même, pour la boisson, à chacun sa fiole de mesure.

Après le repas :

« Je serais bien aise, dit Pérédur, de trouver un lieu tranquille pour dormir ».

On lui prépara sa chambre, et il alla se coucher.

25. — « Ecoute, sœur, dirent les valets à la jeune fille, voici ce que nous avons à te conseiller.

— Qu'est-ce, répondit-elle.

— C'est d'aller trouver le jeune homme, dans la chambre-là, pour t'offrir à lui, à son choix, comme épouse ou comme amante.

— Voilà une chose qui ne convient pas. Moi, qui n'ai jamais eu affaire à un homme, aller me proposer à lui avant qu'il ne m'ait fait la cour ! Je ne le saurais pour rien au monde.

— Nous en prenons Dieu à témoin, dirent-ils, que si tu ne le fais, nous t'abandonnerons ici à tes ennemis ».

Alors la jeune fille se leva en versant un flot de larmes et se rendit à la chambre.

Au bruit de la porte qui s'ouvrait, Pérédur se réveilla : il aperçut la jeune fille et les larmes roulant sur ses joues.

« Dis, ma sœur, pourquoi pleures-tu ?

26. — Je vais te le dire, seigneur, répondit-elle. Mon père possédait ce château et la meilleure seigneurie du monde tout autour.

Le fils d'un autre comte me demandait à mon père en mariage.

(1) Le mot à mot eût été : Pe ouélam so warnout-te ?

« Tydi vy chwaer, heb ef, Mivi a rannaf y bwyt ar llyn.

— Nac ef, eneit, heb hi.

— Mefyl ar vy maryf, heb ef, onyt ef. »

Peredur a gymerth attaw y bara ac a rodes y bawb kystal ac gilid. Ac yvelly hevyt or llyn, y vessur ffiol.

Gwedy dawot bwytta :

« Da oedd genhyfi, heb y Peredur, pei kawn le esmwyth y gyscu. »

Y stavell a geweirwyt iddaw, ac y gyscu yd aeth Peredur.

25. — « Llyma, chwaer, heb y gweisson wrth y vorwyn, a gyghorwn i itti.

— Beth yw hynny, heb hi.

— Mynet at y macewy yr ystafell yghot y ymginnic iddaw yn y wed y bo da ganthaw, ae yn wreic iddaw ae yn orderch.

— Llyma, heb hi, beth ny wedha. Mivi heb achaws ym eiroet a gwr, ac ymginnic o honaf inheu idaw em laen vyg gorderchu i o honaw ef, ny allaf yr dim.

— Dygwn y Daw an kyffes, heb wint, ony wney ti hynny, ni ath adawn ti yth elynyon yma. »

Ar hynny, kyfodi a wnaeth y vorwyn y vynyd y dan ellwg y dagreu, a dyfot racdi yr ystavell.

A chan twrwf y dor yn agori, deffroi a oruc Peredur. Ac yd oed y vorwyn ae dagreu ar hyt y grudyeu yn redec.

« Dywet, vy chwaer, heb y Peredur, py wylaw yssyd arnat ti ?

26. — Dywedaf it, arglwyd, heb hi. Vyn tat i bieoed y llys hon, ar iarllaeth oreu yn y byt ydanei.

Sef yd oed mab iarll arall ym erchi inheu im tat.

« Te ! ma c'hoar, emez-am, me a ranno ar boet hag an évaj.

— Na ri ket, ene, emez-hi.

— Mézz war ma barw, emez-am, ma ne ràm. »

Peredur a gemeras ar bara, hag a roas da bop hini kément ha d'égile. Hag evelsé iwez, eus an évaj, e vuredad mesur.

Goude gwraet ar boéta :

« Da ve genèm-me, eme Beredur, ma e kaffen eur lec'h sioul da gousket. »

E gambr a gempennad dézam, ha da gousket ez aezz Peredur.

25. — « Setu aman, c'hoar, eme ar gwased d'ar plac'h iowank, ar pezz a gusuliomp-ni dit :

— Petra ew se ? emez-hi.

— Monet da gaout ar paotr iowank d'ar gambr ase, da en em ginnigam dezam en doare a vo da gantam, pe en gwrég dézam, pe en serc'h.

— Setu ase, emez-hi, ar pezz ne dhéré ket. Me ha na-m eus bet biskoazz d'ober gant gour, hag en em ginnigam ahanom ma hunan dézam arauk en deve gwraet èm e lés dim, ne allam ewit netra.

— Dougen a reomp da Dhoue on c'hoves, emez-é, ma na rés te sé, ni a-zz leso te da-zz enebourien aman. »

War sé, sevel a raezz ar plac'h iowank, ha leuskel eh daerou da redek, ha dont dirazi d'ar gambr.

Ha gant trous an nor o tigerim, dihunam a eure Peredur. Hag ez oa ar plac'h iowank, hag eh daerou war hed eh diwjod e redek.

« Lavar, ma c'hoar, eme Beredur, petra a ra dit gouélam (1).

26. — Me a lavaro dit, autrou, emez-hi. Ma zad me a biowe al lés-man, hag an autroniezz gwellam er bed endro dezi.

Ha setu ez oa mab eur c'homt all e-m goulen me digant ma zad.

Je ne serais pas allée avec lui de mon gré, et mon père ne m'aurait jamais donnée contre ma volonté ni à lui ni à nul autre. Mon père n'avait pas d'autres enfants que moi, et, après sa mort, ses domaines passèrent entre mes mains. A ce moment je voulais du prétendant encore moins qu'auparavant.

Il me fit la guerre et s'empara de mes biens, à l'exception de cette seule maison. Grâce à la vaillance de ces hommes que tu as vus, mes frères de lait, et à la force de la maison elle-même, il ne viendrait jamais à bout de nous tant que dureraient la nourriture et la boisson.

Mais elles ont été épuisées, et nous n'avions plus que ce que pouvaient nous apporter les nonnains que tu as vues, grâce à la liberté qu'elles ont de parcourir le pays et le domaine.

Et maintenant elles n'ont plus elles-mêmes ni nourriture ni boisson. Pas plus tard que demain le comte viendra avec toutes ses forces attaquer cette place. S'il me prend, je ne puis attendre un sort moins affreux que d'être livrée par lui à ses valets d'écurie.

Je suis donc venue m'offrir à toi, comme il te plaira, afin que tu nous viennes en aide pour nous emmener d'ici ou pour nous y défendre.

— Va, ma sœur, dit-il, te coucher. Je ne te quitterai pas, sans rien de tout cela ».

La jeune fille retourna sur ses pas, et alla se coucher.

XII

Il renverse les ennemis de la jeune fille

27. — Le lendemain matin elle se leva, se rendit auprès de Pérédur et le salua.

« Dieu te donne bien, mon âme, dit-il; quelles nouvelles apportes-tu ?

— Il ne saurait y avoir que du bien, tant que tu seras bien portant.

Nyt awn inheu om bod idaw ef: ny rodei vyn tat inheu om hanvod nae idaw nac y neb. Ac nyt oet o plant ym tat namyn mihun; a gwedy marw vyn tat, y dygwydwys y kyfoeth ym llaw inheu. Hwyrach y mynnwn i efo yna no chynt.

N'asien ket me a-m grad vad gantamêm; ne rosie ket ma zad ahanom, a enep da-m grad, na dezam na da neb all. Ha ned oa a vugale d'am zad nemed-ôm ma hun; ha goude marw ma zad, e tigoezas e zanvez em dorn me. Nebeutoc'h en mennen me êm neuse eget kent.

Sef a oruc ynteu ryfelu arnaf a gorescyn vyg kyfoeth namyn yr un ti hwnn. A rac dahed y gwyr a weleisti, brodyr maeth imi, a chadarnhet y ti ny cheit byth arnam tra barahei vwyt a llyn.

Setu a cure êm bresel dim, ha mahomim ma danvez, nemet an ti-man hebken. Ha rak da galon ar gwased a welas-te, breudeur laezz dim-me, ha da nerz an ti, ne drec'hsie biken warnomp-ni tra padsie boet hag évaj.

A hynny ryderyw, namyn mal yd oed y manachesseu a weleisti. yn an porthi. herwyd bot yn ryd udunt wy y wlat ar kyfoeth.

Ha se so difiet, nemet vel e oa ar manac'hesed a-zz eus gwelet o reim sikour dimp, herwez ma oa libr deze-i ar vro hag an danvez.

Ac weithon nyt oes udunt wynteu na bwyt na llyn.

Ha breman n'o deus-i ivez na boet nag évaj.

Ac nyt oes oet bellach noc avory yny del yr iarll ae holl allu am pen y lle hwnn. Ac os mivi a geif ef, ny byd gwell vyn dihenyd nom rodi y weisson y veirch.

Ha n'ew ket pelloc'h eget arc'hoazz ken na deuy ar c'hont hag e oll nerzou a enep d'al lec'h-man. Ha ma e-m kaf êm, ne vezo gwell darvout dim eget ma reim me da wased e gesek.

A dyvot y emgynnic ititheu, arglwyd, yn y wed y bo hygar genhyt, yr bot yn nerth in yn dwyn odyma, neu y an hamdiffyn ninheu yma.

— Dos vy chwaer, heb ef, y gyscu; ac nyt af ywrthyt heb un o hynny. »

Ha deut ôm d'en em ginnigam dit, te, autrou, en doare e vo hegar genét, ewit bout en nerz d'imp d'on c'hass ahann pe d'on difen ni aman.

— Kes, ma c'hoar, emez-am, da gousket: ha ne bellaim ket diouzit, heb netra a sé. »

Trachefyn y doeth y vorwyn ac yd aeth y gyscu

War eh c'his y teuzz ar verc'h iowank, hag ez aezz da gousket.

XII

Diskar enebourien ar Plac'h iowank

27. — Trannoeth y bore, kyfodi a wnaeth y vorwyn, a dyvot yn yd oed Peredur a chyfarch gwell idaw :

« Duw a rodo da dit, eneit, a chwedleu genhyt ?

— Nac oes namyn da, arglwyd, tra vych iach ti.

27. — Tronos ar beure, sevel a raezz ar plac'h iowank, ha dont elec'h ez oa Peredur, ha mennat vad dezam :

« Doue da roo vad dit, ene. Ha kelou so genét ?

— Na vezo nemet mad, autrou, tra vi iac'h te.

Le comte et toutes ses forces sont descendus devant le château. Nul lieu ne vit jamais plus de pavillons ni de chevaliers provoquant les autres au combat.

— Eh bien, dit Pérédur, que l'on prépare mon cheval, et je me lèverai ».

Son cheval fut harnaché; Pérédur se leva et alla au pré.

En arrivant il aperçut un chevalier qui chevauchait, après avoir levé l'étendard du combat.

Pérédur jeta le chevalier à terre par-dessus la croupe de son cheval. Il en renversa beaucoup ce jour-là.

Dans l'après-midi, vers la fin du jour, il vint un chevalier de haut rang pour se battre avec lui. Pérédur le renversa; le chevalier demanda grâce.

« Qui es-tu ? dit Pérédur.

— En vérité, répondit-il, je suis le *penteulu* (majordome) du comte.

— Quelle portion des domaines de la comtesse y a-t-il en ta possession ?

— En vérité, le tiers.

— Eh bien ! rend-lui ce tiers complètement et ce que tu as pu en retirer de profit, et de la nourriture pour cent hommes, et leur boisson, et leurs chevaux et leurs armes, cette nuit, dans son château. Quant à toi tu seras son prisonnier, avec cette condition que tu auras la vie sauve ».

Tout cela fut accordé sans délai.

La jeune fille fut joyeuse cette nuit-là : le tiers de son domaine lui était rendu, avec abondance de chevaux, d'armes, de nourriture et de boisson dans sa cour.

Ils prirent leurs aises tant qu'il leur plut, et ils allèrent se coucher.

28. — Le lendemain matin Pérédur alla au pré et il renversa ce jour-là un grand nombre de guerriers. A la fin du jour il

A bot yr iarll ae holl allu gwedyr disgynnu, wrth y ty. Ac ny welas neb lle amlach pebyll na marchawc yn galw am arall y ymwan.

— Ie, heb y Peredur; kyweirher imminheu vy march, a mi a gyfodaf. »

Y varch a gyweirwyt idaw, ac ynteu a gyfodes ac a gyrchwys y weirglawd.

A phan daw yd oed marchawc yn marchogaeth y varch a gwedy dyrchafel arwyd ymwan.

Peredur ae byryawd dros pedrein y varch yr llawr.

A llawer a vyrywys ydydd hwnnw. A phryt nawn, parth a diwed y dyd, ef a doeth marchawc arbennic y ymwan idaw. A bwrw hwnnw a oruc. Nawd a erchis hwnnw.

« Pwy wyt titheu ? heb y Peredur.

— Dioer. heb ef. penteulu yr iarll.

— Beth yssyd o gyfoeth y iarlles yth vediant ti ?

— Dioer, hib ef, y trayan.

— Ie, heb ef. asver idi trayan y chyfoeth yn llwyr, ac a gefeist o da ohonaw yn llwyr, a bwyt canhwr. ac eu llyn. ac eu meirch, ac eu harveu. heno, yn y llys idi. A thitheu yn garcharawr idi eithyr y bych eneitvadeu. »

Hynny a gahat yn diannot.

Y vorwyn yn hyfryt lawen y nos honno : trayan y chyfoeth yn eidi. ac amylder o veirch ac arveu. a bwyt a llyn yn yllys.

Esmwyther, tra vu da ganthunt a gemerassant. ac y gyscu yd aethant.

28. — Tranoeth y bore Peredur a gyrchwys y weirglawd. a lluossyd y dyd hwnnw a vyrywys ef. A diwed y dyd ef

Ar c'homt hag e holl c'halloud, goude bout diskennet, so ouzz an ti. Ha ne welas neb lec'h, mwy a bavillonou nag a varcheien o c'helwel war réw all d'en emgann.

— Mad, eme Beredur ; avéer dim ma marc'h ha me a savo. »

E varch a avead dézam, hag èm a savas hag a gerzas d'ar prad.

Ha pa deue ez oa eur marc'hek o varhegezz e varc'h goude bout savet arouez an emgann.

Peredur en diskaras dreist talier e varc'h war ar leur.

Ha kals a dhiskaras an dez sé. Ha d'an abardaez, en kerz diwez an dez, e teuzz eur marc'hek eus ar pennou kentam d'en emgann gantam. Ha diskar hennezz a eure. — Neuz vad a c'houlennas hennezz.

« Piw out te ? eme Beredur.

— En gwirionez, emez-am, penn-tiégezz ar c'homt.

— Petra so, a dhanvez ar gontes, e-zz perc'heniezz-te ?

— En gwirionez, emez-am, an dréderan.

— Mad, emez-am, hadro dezi trederan eh danvez war héd, hag ar pezz a gafas-te a c'honid diwarnam war héd, ha boet kant dén, hag o évaj hag o c'hesek, hag o-h armou, fénos en eh lés dezi, ha te prisonnier dezi gant na vi taulet d'ar marw. »

Se a voe kavet diouzz-tu.

Ar plac'h iowank a voe lowen an nossé : eun drederan eus eh danvez dezi, hag ambl a gések hag a armou, ha boét hag evaj en eh lés.

Dihud, tra voe da gante a gemersiont, ha da gousket ez aesiont.

28. — Tronos ar beure, Peredur a gerzas d'ar prad ha lies rew an dez-se a ziskaras êm. Hag en diwez an dez e teuzz eur mar-

vint un chevalier fier et de haut rang; Pérédur le renversa. Le chevalier demanda grâce.

« Qui es-tu ? dit Pérédur.

— Le *distein*, dit-il.

— Quelle portion du domaine de la jeune fille y a-t-il entre les mains ?

— Le tiers.

— Le tiers de ses domaines à la jeune fille, et tout ce que tu en as retiré de bénéfice complètement; et de la nourriture pour deux cents hommes, et leur boisson, et leurs chevaux, et leurs armes, et toi son prisonnier ».

Cela fut fourni sans retard.

29. — Le troisième jour, Pérédur vint au pré et renversa encore plus de chevaliers qu'un autre jour.

A la fin le comte vint se battre avec lui et fut renversé.

Il demanda grâce.

« Qui es-tu ? dit Pérédur.

— Je ne le cache pas, dit-il, je suis le comte.

— Bien ! son comté en entier à la jeune fille, et le tien aussi en plus; et la nourriture de trois cent hommes, et leur boisson, et leurs chevaux et leurs armes, et toi-même en son pouvoir ».

30. — Ainsi fut Pérédur pendant trois semaines, forçant au tribut et à la soumission envers la jeune fille. Après avoir rétabli et affermi son autorité sur ses domaines, il dit :

« Avec ta permission je repartirai.

— Est-ce cela, mon frère, ce que tu désires ?

— Oui, par ma foi. N'eût-ce été par affection pour toi, il y a quelque temps que je ne serais plus ici.

— Mon âme, dit-elle, qui es-tu ?

(1) Les mots gallois *kymeredus*, *arbennic* seraient susceptibles d'être adoptés en breton.

(2) *Disten*, intendant. Ce mot se retrouve dans le nom de *Wrdisten* ou *Gourdisten* (Loth).

(3) *Tellou*, impôts

(4) *Stouidigezz*, soumission, de *stouim*, plier, s'incliner

a doeth marchawc kymeredus arbennic[1]; a bwrw hwnnw a oruc. A nawd a erchis hwnnw.

« Pa un wyt titheu ? heb y Peredur.

— Distein, heb ef.

— Beth yssyd yth law titheu o gyfoeth y vorwyn ?

— Y trayan, heb ef.

— Trayan y chyfoeth yr vorwyn ac a gefeist o da o honaw yn llwyr ; a bwyt deu canhwr, ac eu llyn ac eu meirch ac eu harveu, a thitheu yn garcharwr idi hi. »

Hynny yn diannot a gahat.

29. — Ar trydyd dyd y doeth Peredur yr weirglawd, a mwy y dyd hwnnw a vyrywys noc un dyd arall.

Ac yn diwed ef a doeth y iarll y ymwan idaw, ac ef ae byrywys yr llawr.

A nawd a erchis y iarll.

« Pwy wyt titheu ? heb y Peredur.

— Nyt ymgelaf, heb ef, mi ywr iarll.

— Ie, heb ef. Cwbyl oe iarllaeth yr vorwyn, ath iarllaeth titheu hevyt yn achwanec, a bwyt trychannhwr ac eu llyn ac eu meirch, ac eu harveu; a thitheu yn y medyant. »

30. — Ac velly y bu Peredur yn peri teyrnget a darystygedigaeth yr vorwyn teir wythnos. A gwedy y chyweiraw ae gwastatau ar y chyfoeth :

« Gan dy ganhyat, heb y Peredur, mi a gychwynaf y ymdeith.

— Ae hynny, vy mrawt, a vynny ti ?

— Ie myn vyn cret. A phei na bei oth garyat ti, ny bydwn yma ermeitin.

— Eneit, heb i, pwy wyt tiheu ?

c'hek c'hwézet eus ar pennou uhel[1] ; ha diskar hennezz a eure. Ha neuz vad a c'houlennas hennezz.

« Pehini out te ? eme Beredur.

— An *disten*[2] emez-am

— Petra so e-zz towarn te a dhanvez ar plac'h iowank ?

— An drederan, emez-am.

— Trederan eh danvez d'ar plac'h iowank hag ar pezz a ghonid a gavas-te diwarnam war hed; ha boet dow c'hant den, hag o-h evaj, hag o c'hesek, hag o-h armou, ha te en prisonnier dezi hi. »

Sé raktal a voe kavet.

29. — Hag an dredez dez e teuzz Peredur d'ar prad; ha mwi an dez-sé a dhiskaras eget eun dez arall.

Hag en diwez e teuzz ar c'hont d'en emgann gantam, hag êm en diskaras el leur.

Ha neuz vad a arc'has ar c'homt.

« Piw out te, eme Beredur.

— N'en em guzzini kel, emez-am, me ew ar c'homt.

— Mad émez-am. Holl eh c'hontad d'ar plac'h iowank, ha da gomtad te iwez ouzzpen, ha boet tric'hant den, hag o-h-évaj, hag o c'hesek, hag o-h-armou, ha te en eh galloud. »

30 — Ha velse e voe Peredur e rediam d'an tellou[3] ha d'ar stouidigezz[4] d'ar plac'h iowank, teir sizun. A goude eh reizzam hag eh phlénaat war eh danvez :

« Gant da autre, eme Beredur, me a iel arauk en hent.

— A se ew, ma breur, ar pezz a vennes-te ?

— Ia, ma fez. Ha ma na visie ewit da garantez te, ne visien aman eur pennad so.

— Ene, emez-hi, piw out te ?

— Pérédur, fils d'Evrawc, du Nord. S'il te survient affliction ou danger, mande-le-moi, et je te défendrai si je puis ».

XIII

Il triomphe du seigneur de la Clairière

31. — Alors Pérédur repartit. Loin de là il rencontra une femme montée sur un cheval maigre, couvert de sueur. Elle salua le chevalier.

« D'où viens-tu, ma sœur ? » dit Pérédur.

Elle lui expliqua la raison de son voyage. C'était la femme du maître de la Clairière.

« Eh bien ! dit Pérédur, je suis le chevalier à propos duquel tu as eu cette souffrance. Il s'en repentira, celui qui en est l'auteur ».

A ce moment survint un chevalier qui demanda à Pérédur s'il avait vu quelqu'un ressemblant au chevalier qu'il cherchait.

« Tais ta chanson ! dit Pérédur : c'est moi que tu cherches. Et par ma foi, cette jeune fille est bien innocente en ce qui me concerne ».

Ils se battirent cependant, et Pérédur renversa le chevalier, qui demanda grâce.

« Je te l'accorde, à condition de retourner par le même chemin que tu es venu, de proclamer que tu tiens la jeune femme pour innocente et que tu as été renversé par moi en réparation de l'outrage que tu lui as fait ».

Le chevalier en donna sa foi, et Pérédur s'en alla devant lui.

(1) *C'hwésennet*, couvert de sueur. Distinguer *c'hwes*, sueur; *c'hwez*, souffle, vanité; *c'hwezz*, odeur.

(2) *Enebwerz*, prix de l'honneur, réparation.

— Peredur vab Efrawc, or gogled. Ac odaw nac gofit arnat nac enbytrwyd, manac attaf i, a mi ath diffynaf, os gallaf.

— Peredur, mab Evreuk, a vro an Hauter-Nos. Ha mar deu nag anken warnout, na risk, digémen dim-me, ha me a-zz difenno, mar gallam.

XIII

Trec'h war Autrou ar Maes-Digoat

31. — Odyna cychwynu a oruc Peredur. Ac ympell odyno [ef] a gyvarfu ac ef marchoges, a march achul gochwys ydanei. A chyfarch gwell a oruc yr marchawc.

« Pan deuy titheu, vy chwaer ? » heb y Peredur.

Menegi a oruc idaw yr [achaws] yd oed ar kerdet hwnnw. Sef oed honno gwreic Syberw llanerch.

« Ie, heb y Peredur, mifi yw y marchawc y kefeisti y govut hwnnw oe achaws. Ac edifar vyd yr neb ae gwnaeth it. »

Ac ar hynny, nachaf varchawc yn dyvot, ac amovyn a Pheredur a welsei y kyfryw varchawc yd oed ef yn y ol.

« Taw ath son, heb y Peredur ; mi yd wyt yny geissaw. Ac myn vyg cret, gwiryon ywr vorwyn ohonofi. »

Ymwan eissoes a orugant, a Pheredur a vyrywys y marchawc. Nawd a erchis ynteu.

« Nawd a gehy gan vynet trachgefyn ffordd y ryvuost y venegi rygael y vorwyn yn wiryon; ac yn wynebwerth idi hi dy vwrw o honofi. »

Y gret a rodes y marchawc, ar hynny, ac ynteu Peredur a gerdawd racdam.

31. — Ha neuse mont arauk a eure Peredur. Hag en pell ahané en em zigavas gantain eur varc'heges, hag eur march treut, c'hwésennet [1] dindanni. Ha mennat vad a eure d'ar marc'hek.

« A belec'h e teues te, ma c'hoar ? » eme Beredur.

Menegim a eure dézam ar pezz a oa kiriek ez oa war ar c'herzed se. Setu oa honnezz gwrég Autrou al Lannek.

« Ahanta, eme Beredur, me ew ar marc'hek e-zz eus te bet ar reus se abalamour dézam. Ha keuz en devo neb en gwraezz dit. »

Ha war-se setu eur marc'hek o tont, hag o ghoulen digant Peredur a gwelet en devoa an doare marc'hek ez oa èm ouzz e heul.

« Taw a-zz son, eme Beredur ; me ez out e klask. Ha dre ma fez, gwirion ew ar plac'h-man diwarnòm-me. »

En emgann, koulskoude, a résiont, ha Peredur a dhiskaras ar marc'hek. Neuz vad a archas èm.

« Neuz vad a-zz po, gant monet war da gis dre an hent ez out bet da dhiskleriam bout kavet ez oa ar plac'h en gwirion ; hag en enebwerz [2] dezi hi da vout bet te diskaret genèm-me. »

E gret a roas ar marc'hek war-se, ha Peredur eus e du, a gerzas ragzam.

XIV

Les sorcières de Kaer Loyw

32. — Sur une montagne, auprès de lui, il aperçut un château. Il s'y dirigea et frappa à la porte avec sa lance.

Aussitôt un homme brun, avenant vint ouvrir la porte. Il avait la taille et la corpulence d'un guerrier, mais paraissait l'âge d'un adolescent.

En entrant dans le hall, Pérédur vit une grande femme majestueuse assise sur une chaise, et entourée d'une nombreuse suite de jeunes filles.

La dame lui fit bon accueil. Quand vint l'heure du repas ils se mirent à table.

Le repas fini, elle lui dit :

« Tu ferais bien, seigneur, d'aller dormir ailleurs.

— Pourquoi ne pourrai-je coucher ici ?

— Mon âme, dit-elle, il y a ici neuf sorcières, et leur père et leur mère avec elles.

Ce sont les sorcières de Kaer Loyw. Et si nous essayons de leur échapper vers le jour, elles nous tueront aussitôt.

Elles sont déjà parvenues à s'emparer du domaine, et l'ont dévasté à l'exception de cette seule maison.

— Eh bien ! dit Pérédur, je veux être ici cette nuit. S'il survient un danger, je vous secourrai du mieux que je pourrai; tort, en tout cas, je ne vous en ferais pas ».

Ils allèrent se coucher.

33. — Vers le jour, Pérédur entendit des cris. Il se leva en hâte, n'ayant que sa chemise, ses chausses, et son épée au cou. et il sortit.

(1) *Gwizoned*. J'ai conservé le mot gallois *gwizon*, sorcière.

(2) *Kaer Ghloyw*. Glocester. Je conserve en breton la mutation douce du *g*, qui disparaît en gallois.

(3) Phrase intéressante par la construction. *Diank*, action d'échapper; *diankam*, échapper; *eur loen diunket*, une bête échappée, et par suite égarée. Cet exemple explique la confusion du dictionnaire de Le Gonidec, qui traduit *dianka* par *égarer* au lieu de *échapper*.

(4) *Krés*, chemise.

(5) *Bragou*. Le correspondant phonétique de *llawdwr* est *loer*, moy.-bret. *loezr*. bas, chausse.

XIV

Gwizoned (1) Kaer-Ghloyw (2)

32. — Ac ar vynyd y wrthaw, ef a welei gastell. A pharth ar kastell y doeth, a gwan y porth ae wayw a oruc.

Ar hynny llyma was gwineu telediw yn agori y porth; a meint milwr a e prafter yndaw, ac oetran mab arnaw.

Pan daw Peredur yr neuad, yd oed gwreic vawr llediw, yn eisted y mywn kadeir, a llaw vorynyon yn amyl yn y chylc'h.

A llawen vu y wreic da wrthaw.

A phan vu amser mynet y vwyta, wynt a aethant.

A gwedy bwyta :

« Da oed itti, unben, heb y wreic, mynet y gyscu y lle arall.

— Pony allaf i gyscu yma ?

— Naw gwidon, eneit, heb hi, yssyd [yma], ac eu tat, ac eu mam gyt ac wynt. Gwidonot Kaer Loyw ynt. Ac nyt nes inni erbyn y dyd an dianc noc an llad.

Ac neur deryw udunt gwerescyn a diffeithaw y kyfoeth onyt yr un ty hwnn.

— Ie, heb y Peredur, yma y bydwn heno. Ac os govut a daw, os gallaf les mi ae gwnaf: alles ny wnaf inheu.

Y gyseu yd aethant.

33. — Ac ygyt ar dyd, Peredur a glewei diaspat. A chyfodi yn gyflym a oruc Peredur oe grys ac lawdwr (2), a e gledyf am y vynwgyl; ac allan y doeth.

32. — Ha war vénez dirazam, êm a wele eur c'hastel; ha tu ar c'hastel e teuzz, ha skeim war ar porz gant e waf a eure.

War-se setu aman eur gwas duard, seven, o ligerim ar porz; ha ment bresellour, hag e dewder gantam, ha oad krennard warnam.

Pan deue Peredur d'an nowaz ez oa eur wreg vras séven en eh c'hoasez ébarz eur gadoer, ha kals a verc'hed a-heul endro dezi.

Ha lowen voe ar wreg jentil outam. Ha pa voe an amser da vonet da dhibrim, i a aezz.

Ha goude boéta :

« Mad e ve dit, unbenn, emez ar wreg, monet da gousket elec'h all.

— Perag n'allam-me ket kousket aman ?

— Naw gwizon, ene, emez-hi, so aman, hag o zad, hag o mamm ganté. Gwizonet kaer Ghloyw int. Ha n'ew ket nessoc'h dimp-ni, abenn an dez, on diank eget on laz (3).

Ha bete henn int deut a benn da vahomim ha da wastam an danvez, nemet an ti-man hebken.

— A hanta, eme Peredur, aman e vim fenos. Ha mar deu reus, mar gallam sikour me a rei; drouk ne rim ket me.

Da gousket ez ésiont.

33. — Ha gant an dez, Peredur a glewe iouhal. Sevel en lemm a eure Peredur gant e grés (4) hag e vragou (5) hag e glezev, endro d'e c'houzouk ; hag emaes e teuzz.

Il vit une des sorcières attaquer un veilleur qui se mit à jeter les hauts cris.

Pérédur chargea la sorcière et lui donna de son épée un tel coup sur la tête qu'il aplatit le heaume et la cervelière comme un simple plat.

« Ta grâce, beau Pérédur, fils d'Evrawc, et la grâce de Dieu ?

— Comment sais-tu, vieille sorcière, que je suis Pérédur ?

— C'est ma destinée et ma vision d'avenir d'avoir à souffrir de ta part; ton destin est de recevoir de moi un cheval et des armes.

Tu resteras quelque temps avec moi pour apprendre la chevalerie et le maniement des armes.

— Voici, dit Pérédur, à quelle condition tu auras grâce : donne ta foi que tu ne feras jamais de mal sur les terres de cette comtesse ».

Il prit caution à ce sujet, et, avec la permission de la comtesse, il partit, en compagnie de la sorcière, à la cour des sorcières.

Il y resta trois semaines de suite. Puis il choisit un cheval et des armes et repartit en voyage.

XV

L'ermite — La neige, le corbeau et le sang

34. — Vers la fin du jour il arriva dans une vallée, et au bout de la vallée à la cellule d'un serviteur de Dieu.

L'ermite l'accueillit bien, et il y passa la nuit.

Le lendemain matin il se leva et sortit. Il était tombé de la neige pendant la nuit, et un faucon sauvage venait de tuer un canard devant la cellule. Au bruit du cheval le faucon s'envola, et il s'abattit un corbeau sur la chair de l'oiseau.

(1) *Helm*, heaume.

(2) *Penfestin*, cervelière. Terme gallois conservé.

(3) *Ezn*, oiseau. J'ai conservé l'orthographe du moyen-breton. Le *z* placé entre une voyelle et un *n* a pris fréquemment en breton moderne la prononciation d'un *v* : *ezn*, oiseau; *aznat*, évident; *gwezn*, tenace, flexible.

A phan daw yd oed widon yn ymordiwes ar gwylwr, ac ynteu yn diaspedein.

Peredur a gyrchwys y widon ac ae trewis a chledyf ar y pen yny ledawd y helym ae ffenffestin mal dyscyl ar y phen.

« Dy nawd, Peredur dec, vab Efrawc, a nawd Duw!

— Paham y gwdosti, wrach, mae Peredur wyfi.

— Tyghetven a gweledigaeth yw im godef govut ygynhyt, ac y titheu kymryt march ac arveu ygenhyf inheu.

Ac ygyt a mi y bydy yspeit y dyscu it varchogaeth dy varch a theimlaw dy arveu.

— Val hyn, heb ynteu, y keffy nawd : dy gret na wnelych gam vyth ar gyfoeth y iarlles honn. »

Kedernit ar hynny a gymerth Peredur: a chan ganhot y iarlles kychwynnu gyt ar widon y lys y gwidonot.

Ac yno y bu teir wythnos ar un tu. Ac yna dewis y varch ae arveu a gymerth (wnaeth) Peredur, a chychwyn racdaw ymdeith.

Ha pa deue ez oa eur wizon o stagam war eur gwelour, ha heman o iouhal.

Peredur a aezz d'ar wizon hag a skoas gant e glezev war ar penn ken e ledas eh helm[1] hag eh phenfestin[2] vel eun disk war eh phenn.

« Da drugarez, Peredur vraw, mab Evreuk, ha trugarez Doue!

— Penaus e ghousout te gwrac'h, ez ew Peredur ôm-me?

— Tonkadur ha gweledigezz ew dim gouzâmv drouk diganét, ha dit-te kemeret marc'h hag armou diganêm-me.

Ha ganêm-me e vezi eur pennad e tiskim dit marhegezz da varc'h ha merat da armou.

— Vel henn, emez-am e kafi neuz vad : da gret na ri gow biken war dhanvez ar gomtes-man. »

Gwestl war se a gemeras Peredur; ha, gant autré ar gomtes, monet arauk gant ar wizon da lés ar gwizoned.

Hag eno e voe teir sizun war eun tu. Ha neuse dius e varc'h hag e armou a raezz Peredur, ha mont arauk en e hent.

XV

Mewel Doue — An erc'h, ar vran hag ar gwad

34. — A diwed y dyd ef a daw y dyffryn, ac yn diben y dyffryn, ef a doeth y gudygyl meudwy.

A llawen vu y meudwy wrthaw; ac yno y bu y nos honno.

Trannoeth y bore ef a gefodes y vynyd. A phan daw allan yd oed kawat o eira gwedy ryodi y nos gynt, a gwalch wyllt gwedy rylad hwyat yn tal y kudygyl. A chan twrwf y march, kyvodi y walch a disgynnu bran ar y kic yr ederyn.

34. — Hag en diwez an dez êm a deue d'eun drowien; hag en diben an drowien, êm a deuzz da guzz-lec'h eur méwel-Doue.

Ha lowen voe ar mewel-Doue outam; hag eno e voe an nos-sé.

Tronos ar beure êm a savas. Ha pa deue emaes ez oa eur c'howad erc'h bet koezet an nos kent, hag eur falhun gouez, bet lazet gantam eun houad en tal ar c'huzz-lec'h. Ha gant trous ar marc'h, sevel ar falhun, ha disken eur vran war gik an ezn[3].

A cette vue Pérédur s'arrêta sur son cheval pour contempler le corbeau auprès du canard. Il médita sur la noirceur du corbeau, et la blancheur de la neige et la rougeur du sang et il songea que ces trois choses se trouvaient sur la femme qu'il aimait le plus.

Car sa chevelure était plus noire que le corbeau et que le jais, sa peau aussi blanche que la neige et ses deux joues aussi rouges que le sang.

XVI

Rencontre de la suite d'Arthur — Il renverse Kei

35. — Or à ce moment Arthur et sa cour étaient en quête de Pérédur.

« Savez-vous, dit Arthur, quel est le chevalier à la longue lance arrêté là-bas dans le vallon ?

— Seigneur, dit quelqu'un, je vais savoir qui c'est ».

Le page se rendit auprès de Pérédur, et lui demanda ce qu'il faisait là et qui il était. Pérédur était si absorbé dans la pensée de la femme qu'il aimait le plus qu'il ne lui donna pas de réponse. Le page le poussa de sa lance; Pérédur se retourna contre lui et le jeta par-dessus la croupe de son cheval à terre.

Il vint successivement vingt-quatre chevaliers; il ne répondit pas plus à l'un qu'à l'autre et joua avec chacun le même jeu : le lancer à terre d'un seul coup par-dessus son cheval.

(1) Comparaison célèbre qu'on retrouve également dans la littérature irlandaise. Le passage gallois entre crochets est du manuscrit Penlarth 7, *Livre Blanc*, col. 622. Le passage correspondant du Penlarth 4 est confus et mal ordonné : Sef a oruc Peredur : sefyll achetfelebu duhet y vran a gwynder yr eira a chochter y gwaet y wallt y vreic vwyhaf a garei a oed kinduhet ar muchyd, ae chnawt y winder yr eira; a chochter y gwaet yn yr eira gwyn yr deu van cochyon yg grudyeu y wreic vwyhaf a garei.

(2) *Koskor*, suite (moy.-bret.).

(3) *Palazr*, manche, tige (moy.-bret.). Le *z* entre une voyelle et un *r* ne se prononce plus en breton moderne. *Paladyr Hir* (à la longue lance) est le surnom habituel de Peredur (LOTH, *Mabinogion*, 2e éd., t. II, p. 77)

(4) *Nant*, vallée. Le breton *ant*, sillon, paraît une altération de *nant*, due à une fausse décomposition de l'expression *an nant*, qui se prononce comme *an ant*.

(5) *Mwiam a gare*. J'ai conservé dans plusieurs passages cette construction galloise, qui est parfaitement intelligible en breton.

Sef a oruc Peredur [yna : sevyll ary varch ac edrych ar vran oed y ymyl yr hwyat. A medelyaw a oruc am duhet y vran a gwynet yr eiry a chochet y gwaet; a thebic yr tri hynny a oed ar y wreic wvyaf a garei ynteu.

Nyt amgen i gwallt oed duach nor vran neu vuchud; ay chnawt oed gynwynnet ac eiry, ae deurud oed kyn gochet a gwet] (1).

Setu ar pezz a eure Peredur neuse : menel sonn war e varc'h, ha sellet war ar vran, a oa en kichen an houad. Ha prederim a eure diwar duder ar vran, ha gwender an erch, ha ruzder ar gwad, ha sonjal an tri se a oa war ar wreg a gare êm ar mwiam.

Da lavaret ew, eh blew oa duoc'h eget ar vran nag ar jed; hag eh c'hrochen oa ken gwenn hag en erc'h, hag eh diwjod oa ken ruz hag ar gwad (1).

XVI

Emgav gant koskor Arzur — Diskar Kei

35. — Ar hynny yd oed Arthur ae teulu yn y geissaw ynteu Peredur.

« A wdoch[chwi] heb yr Arthur pwy y marchawc paladyr [hir] a seif yny nant uchot ?

— Arglwyd, heb yr un, mi a af y wybot pwy yw. »

Yna y doeth y mackwy yn yd oed Peredur, a gofyn idaw beth a wnei yno a phwy oed.

A rac meint medwl Peredur ar y wreic vwyhaf a garei, ny rodes atteb idaw. Sef a wnaeth ynteu gossot a gwayw ar Peredur. Ac ynteu Peredur a ymchoeles ar y maccwy [ac ae gwant] tros pedrein y varch yr llawr.

Ac ol yn ol ef a doeth petwar marchawc ar hugeint. Ac nyt attebei ef yr un mwy no gylid; namyn yr un gware a phob un : y wan ar un gossot tros y varch yr llawr.

35. — War-se ez oa Arzur hag e goskor (2) e klask Peredur.

« A gouzout ousoc'h-hu, emez Arzur, piw eo ar marc'hek palazr (3) hir so en e sav en nant (4) duhont e krec'h ?

— Autrou, eme unan, me a a da c'houzout piw eo. »

Neuze e teuzz ar pautr iowank elec'h ez oa Peredur, ha goulen digantam ar pezz a rae éno, ha piw a oa.

Ha rak ment prediri Peredur war ar wrek mwiam a gare (5), ne roas respont dezam. Setu ar pezz a raezz égilé : boutam gant e waf war Beredur. Ha Peredur a zistroas war ar floc'h, hag en taulas dreist talier e varc'h el leur.

Hag a heul da heul, e teuzz pewar marc'hek warnugent. Ha ne responte ket da un mwioc'h na d'egile : nemet an unan c'hoari da bop hini : e dharc'ha gant eun taul, dreist e varc'h er leur.

36. — Kei vint en personne et lui adressa des paroles acerbes et désagréables.

Pérédur le saisit avec sa lance sous le menton et le lança à une grande portée de lui, si bien qu'il se brisa le bras et l'omoplate.

Pendant que Kei restait évanoui de douleur, son cheval s'en retourna d'une allure désordonnée et fougueuse.

Les gens de la cour le voyant revenir sans son cavalier se rendirent en hâte sur le lieu de la rencontre.

En arrivant ils crurent que Kei était tué; mais ils reconnurent que s'il trouvait un bon médecin pour unir les os et lier les jointures, il n'en serait pas pis.

Pérédur ne sortit pas plus qu'avant de sa méditation en voyant l'attroupement fait autour de Kei.

On transporta Kei dans le pavillon d'Arthur qui fit venir pour lui des médecins habiles.

Arthur fut peiné de l'accident de Kei, car il l'aimait beaucoup.

37. — Gwalchmei fit remarquer alors que personne ne devait troubler d'une façon inconvenante un chevalier ordonné dans ses méditations, car il se pouvait qu'il eût fait quelque perte, ou qu'il songeât à la femme qu'il aimait le plus.

« C'est probablement, ajouta-t-il, cette inconvenance qu'ont commise ceux qui se sont rencontrés avec le chevalier en dernier lieu.

Si tu le trouves bon, seigneur, j'irai voir s'il est sorti de sa méditation : auquel cas je lui demanderai amicalement de venir te voir ».

Alors Kei s'irrita et se répandit en paroles courroucées et envieuses.

(1) *Tizz*, allure.

(2) *Andéréad*, inconvenant. Le préfixe privatif *an* est perdu en breton ou s'est confondu avec *am*. Il serait utile de le rétablir.

(3) Le livre rouge donne le singulier *gwr* au lieu du pluriel *gwyr*.

(4) *Dik*, vif, emporté. Castiaff glan an quie pe dre *dic* ez piquer (Le Mirouer de la Mort, vers 969).

36. — Ynteu Gei a doeth attaw ef ac a dywawt yn disgethrin anhygar wrth Peredur.

A Pheredur ae kymerth a gwayw don y dwyen, ac ae byrywys ergyt mawr y wrthaw, hyny torres y vreich a gwahell y yscwyd.

A thra yttoed ef yny varwlewic rac meint y dolur a gawssei, yd ymchoelawd y varch a thuth grawth ganthaw.

A phan wyl pawb or teulu y march yn dyvot heb y gwr arnaw, y doethant ar vrys parth ar lle y bu y gyfranc.

A phan doethant yno, y tybyassant rylad Kei. Gwelsont hagen or kaffei veddic y gyvanhei y ascwrn ac a rwymei y gymaleu yn da, na hanbydei waeth.

Ny symudawd Peredur yar y vedwl mwy no chynt yr gwelet y penyal am pen Kei.

Ac y deuthpwyt a Chei hyt ym pebyll Arthur, ac yperis Arthur vedygyon kewrein attaw.

Drwc vu gan Arthur kyfarvot a Chei y gofit hwnnw, kanys mawr y karei.

37. — Ac yna y dywawt Gwalchmei ny dylyei neb kyffro marchawc urdawl yar y medwl y bei arnaw yn aghyfartal : kanys atvyd ae collet ar dothoed idaw, neu ynteu yn medylyaw am y wreic vwyaf a garei.

« Ar aghyfartalwch hwnnw ac atvyd a gyfarvu ar gwyr (3) a amwelas ac ef yn diwethaf.

Ac or byd da genhyt ti, arglwyd, mivi a af y edrych a symudawd y marchawc yar y medwl hwnnw.

Ac os velly y byd, mi a archaf idaw yn hygar dyvot y ymwelet a thi. »

Ac yna y sorres Kei ac y dywawt geireu dic keinvigenus.

36. — Kei iwez a deuzz dézam hag a gomsas garw ha dishégar ouzz Peredur.

Ha Peredur en kemeras gant e waf dindan e dhiw-ghen, hag en darc'haas eun taolad mat dioutam, ken e torras e vrec'h ha planken e skoaz.

Ha tra edoa êm en e fallaen, rak ment ar gloas en devoa bet, e tistroas e varc'h, hag eun tizz (1) froudennus gantam.

Ha pa welas pob hini eus an tiegezz, ar marc'h o tont heb ar gour warnam, e teusiont war brés tu al lec'h e voa bet ar choari.

Ha pan deusiont eno e kavas gantè e oa lazet Kei. Hogen gwelet a résiont mar kaffsie eur mezek hag a unvansie an askorn hag a eresie ar mellou ervad, na visie ket wazz diwar-sé.

Ne fimwas ket Peredur diwar e brediri mwi eget kent ewit gwelet an dastum diwar benn Kei.

Hag e teusiod gant Kei beteg en pavillon Arzur, hag e raezz Arzur dont mezegien gwiziek endro dezam.

Drouk voe gant Arzur bout digoezet gant Kei ar reus-se, rak meurbet en kare.

37. — Ha neuse e lavaras Gwalchmei ne dlesie neb den reustlam eur marc'hek urzel diwar ar prediri e visie warnam, en doare andéréad (2), rak martese, pe eur c'holl a oa deut dezam, pe ez oa o prederim war ar wreg mwiam a gare.

« Hag an dra andéréad se, martese so bet digoezet gant ar re a-n em welas gantam en diwezam.

Ha ma vez da genét-te, autrou, me a iel da welet hag êm en deus fimwet ar marc'hek diwar ar prediri se.

Ha ma vez velse, me a arc'ho dezam en hégar dont da-n em welet genét. »

Ha neuse ez aezz drouk en Kei hag e lavaras geiriou dik (1) gourvennus.

« Gwalchmei, je ne doute pas que tu ne l'amènes en tenant ses rênes. Bien minces seront ta gloire et ton honneur pour vaincre un chevalier fatigué et épuisé par le combat. C'est ainsi d'ailleurs que tu as triomphé de beaucoup.

Tant que tu conserveras ta langue et tes belles paroles, une robe de fine toile sera pour toi une armure suffisante.

Tu n'auras besoin de rompre ni lance ni épée pour te battre avec le chevalier que tu vas trouver dans un pareil état ».

Gwalchmei répondit :

« Tu pourrais, s'il te plaisait, tenir un langage plus aimable. Ce n'est pas sur moi que tu devrais venger ta fureur et ton ressentiment.

Il me semble en effet que j'amènerai le chevalier sans me casser ni bras ni épaule ».

« Tu as parlé en sage et en homme sensé, dit Arthur à Gwalchmei. Va, prends des armes convenables et choisis ton cheval ».

XVII

Gwalchmei vient chercher Pérédur — Retour à la cour — Angharat

Gwalchmei s'arma et se dirigea, comme en se jouant, au pas de son cheval, du côté de Pérédur.

Celui-ci, appuyé sur la hampe de sa lance, était toujours plongé dans la même méditation.

Gwalchmei s'approcha de lui, sans aucun air d'animosité et lui dit :

« Si je savais que cela dût t'être aussi agréable qu'à moi, je m'entretiendrais volontiers avec toi. Je viens vers toi en

(1) *Hasowezz* : moy.-bret., *hasouez*, honneur, égards (Le Gonidec, *Azaouez*).

(2) *Blinaw*, affaiblir. *Blin*, faible, débile en Trég. (Grég. de Rost.). Vieux-breton *blin*, mou, pl. *blinion*; *blinder*, mollesse (ERNAULT, *Glossaire*)

(3) *Bliant*, étoffe légère (français du Moyen Age).

(4) Le gallois *gorffowys* est formé du préfixe *gor* et du mot *powys*, repos (bret. *powes*). Le correspondant phonétique eût été *gor bowes*.

« Gwalchmei, heb ef, yspys yw genhyfi y deuy ti ac ef herwyd y avwyneu. Clot bychan hagen ac etmyc yw itt orvot y marchawc lludedic gwedy blinho yn ymlad. Velly hagen y gorfuost ar llawer onadunt wy.

Ac hyt tra barhao genhyt ti dy tavawt ath eireu tec, digawn vyd it or arveu peis o vliant teneu ymdanat.

Ac ny byd reit it torri na gwayw na chledyf yr ymlad ar marchawc a geffych yn yr ansawd honno. »

Ac yna y dywawt Gwalchmei wrth Gei :

« Ti a allut dywedut a vei hygarach pei as mynhut. Ac nyt attafi y perthyn itti dial dy vlwg ath dicofeint.

Tebic yw genhyfi hagen y dygafi y marchawc gyt a mi, heb torri na breich nac yscwyd imi. »

Yna y dywawt Arthur wrth Walchmei :

« Mal doeth a phwyllic y dywedy ti. A dos titheu ragot, a chymer digawn o arveu ymdanat, a dewis dy varch. »

« Gwalchmei, emez-am, en sell ôm e touî te gantam, herwez e landonou. Hogen klod bihan ha hasowez[1] a-zz po o trec'him war eur marc'hek faezz goude blinam[2] en emgann. Hogen velse e-zz eus-te trec'het war gals aneze.

Ha hed tra pado genét-te da deaud ha-zz geiriou braw, awalc'h e vezo dit kaout evel armou eur gwisk bliant[3] tanau emdanout.

Ha ne vezo red dit terrim na gwaf na klezev o-n emlaz gant eur marc'hek hag a gafi en doaré sé. »

Ha neuse e lavaras Gwalchmei da Gei :

« Te a hallsie lavaret traeou hag a visie hegaroc'h ma karsies. Ha n'ew ket warnom-me ew dit venjim da dhrouk ha da dhisplijadur.

Me a gaf dim iwez e tigassim ar marc'hek genêm, heb terrim na brec'h na skoaz dim-me. »

Neuse e lavaras Arzur da Walchmei :

« Vel eun den fur ha poellek e komses te. Ha kes te diragout, ha kemer armou mad emdanout, ha dius da varc'h. »

XVII

Gwalchmei a deu da gerc'het Peredur — Distro d'al lés — Angharat

38. — Gwiscaw a wnaeth Gwalchmei ymdanaw a cherdet racdaw yn chweric ar gam y varch, parth ar lle yd oed Peredur.

Ac yd oed ynteu yn gorffowys[1] wrth paladyr y wayw ac yn medylyaw yr un medwl.

Dyvot a wnaeth Gwalchmei attaw heb arwyd creulonder gantaw, ac y dywawt wrtham :

« Pei gwypwn i bot yn da genhyt ti mal y mae da genhyfi, mi a ymdanwn a

38. — En em wiskam a raezz Gwalchmei, ha kerzet dirazam en eur c'hoari, a doug kam e varc'h, war du al lec'h ez oa Peredur.

Hag ez oa êm en ehan ouzz palazr e waf, hag e prederim en unan prediri.

Dont a raezz Gwalchmei d'e gaout heb arwez divergont gantam, hag e lavaras dézam :

« Ma ouiffen me bout da genét-te vel ma eo da genêm-me, me a gomsfe ganet.

effet de la part d'Arthur, pour te prier de venir le voir. Deux de ses hommes sont déjà venus vers toi à ce sujet.

— C'est vrai, dit Pérédur, mais ils se sont présentés d'une façon désagréable. Ils se sont battus avec moi, à mon grand regret, car il me déplaisait d'être distrait de ma méditation. Je méditais sur la femme que j'aime le plus.

39. — Voici comment ce souvenir m'est venu. Je contemplais la neige, le corbeau, et les gouttes de sang du canard tué par le faucon sur la neige. Et je songeais que son teint avait la blancheur de la neige, que ses cheveux et ses sourcils étaient aussi noirs que le plumage du corbeau, et que les pommettes de ses joues étaient aussi rouges que les deux gouttes de sang.

— Cette méditation n'était pas sans noblesse, dit Gwalchmei, et il n'est pas étonnant qu'il t'ait déplu d'en être distrait.

— Me diras-tu, répliqua Pérédur, si Kei est à la cour d'Arthur ?

— Il y est. C'est le dernier chevalier qui s'est battu avec toi, et il n'a pas eu lieu de s'en féliciter : il a eu le bras droit et l'omoplate brisés par la chute qu'il a reçue de la poussée de la lance.

— Bien ! j'aime autant commencer ainsi à venger l'injure du nain et de la naine ».

40. — Gwalchmei fut étonné de l'entendre parler ainsi du nain et de la naine. Il s'approcha de lui, lui jeta les bras autour du cou et lui demanda son nom.

(1) *Bernout*, importer. Le correspondant phonétique du gallois *tawr* est le breton *teur*, radical de *teurvout*, daigner. — En breton, *n'em teur* signifierait : je ne veux pas.

(2) *Klot*, gloire; vieux-bret. *clot*. J'ai traduit ordinairement *clot* par *brud*, renommée.

(3) *Gwlad*, pays. Le Gon. *glad*.

ihi. Eissoes negessawl wyf ygan Arthur attat, y atolvyn it dyvot y ymwelet ac ef.

Rak en kannad ôm digant Arzur davedout, da c'houlen diganél dont d'en em welet gantam.

A deu wr a doeth kyn no mi ar yr un neges honno.

Ha dow dén a deuzz arauk dim war an unan kannadur-se.

— Gwir yw hynny, heb y Peredur, ac anhygar y doethant : ymlad a wnaethant a mi. Ac nyd oed da genhyf inheu hynny, gyt ac nat oed, da genhyf vyn dwyn y ar y medwl yd oedwn arnaw. Yn medylyaw yd oedwn am y wreic vwyaf a garwn.

— Gwir ew se, eme Beredur, hag en dishégar e oant deut : en emgannam a resiont genêm-me. Ha ned oa da genêmme an dra se, kement ha ned oa da genêm bout tennet diwar ar prediri ez oan warnam. E prederim ez oan war ar wreg vwiam a garen.

39. — Sef achaws y doeth kof im hynny : yn edrych yd oedwn ar yr eira ac ar y vran, ac ar y dafneu o waet yr hwyat a ladassei y walch yn yr eira. Ac yn medylyaw yd oedwn bot yn gynhebic gwynhet yr eira, a duhet y gwallt ae haelen yr vran, ar deu vann gochyon oed yn y grudyeu yr deu dafyn waet.

39. — Setu penaus e teuzz kômv dim diouzz se : e sellet ez oan war an erc'h, ha war ar vran ha war dakennou gwad an houad a oa bet lazet gant ar falhun war an erc'h. Hag o prederim ez oan bout hômval eh gwender ouzz an erc'h, ha duder eh blew hag eh abrantiou ouzz ar vran, hag an dow blass ruz a oa en eh diwjod ouzz an diw daken wad.

— Heb y Gwalchmei : Nyt oed anvonedigeid y medwl hwnnw : ha diryded oed kyn ny bei da genhyt dy dwyn yarnaw.

— Ne oa ket heb noblans ar prediri se, eme Walchmei, ha n'ôm ket souezet ne visie ket da genel da vout te tennet diwarnam.

— Heb y Peredur : A dywedy ti imi a yttiw Kei yn llys Arthur ?

— Ha lavaret a ri dim, eme Beredur, hag êm e man Kei en lés Arzur ?

— Yttiw, heb ynteu. Ef oed y marchawc diwethaf a ymwanawd a ihi. Ac ny bu da y deuth idaw yr ymwan ; torri a wnaeth y vreich deheu, a gwahell y yscwyd gan y kwymp a gafas o wth dy baladyr ti.

— Bez e man, eme egilé. Em oa ar marc'hek diwezam a en emgannas ganét. Ha n'ew ket da vad e teuzz dezam an emgann : terrim a raezz e vrec'h dehou hag askorn e skoaz gant al lamm a gavas diouzz taul da balazr te.

— Ye, heb y Peredur, nym tawr dechreu dial sarhaet y corr ar gorres velly. »

— Ahanta, eme Beredur, ne vern dim dezrou venjim dismégans ar c'horr hag ar gorres velsé. »

40. — Sef a wnaeth Gwalchmei anryfedu y glybot yn dywedut am y corr ar gorres; a dynessau attaw, a mynet dwylaw mynwgyl idaw, a gofyn pwy oed y enw.

40. — Souezim a raezz Gwalchmei ouzz e glewet o koms eus ar c'horr hag ar gorres : ha tostaat dezam, ha monet e zow dorn en dro d'e c'houzouk dezam, ha goulen piw oa e hano.

« C'est Pérédur, fils d'Evrawc, qu'on m'appelle, dit-il. Et toi, qui es-tu ?

— On m'appelle Gwalchmei.

— Je suis heureux de te voir, répliqua Pérédur. J'ai entendu le bruit de ta renommée dans tous les pays où j'ai été, pour ta bravoure et ta loyauté. Je te demande ta compagnie.

— Tu l'auras, par ma foi. Donne-moi aussi la tienne.

— Tu l'auras bien volontiers, répondit Pérédur ».

41. — Ils partirent ensemble, joyeux et unis, vers l'endroit où se trouvait Arthur.

En apprenant qu'ils venaient, Kei s'écria :

« Je savais bien qu'il ne serait pas nécessaire à Gwalchmei de se battre avec le chevalier. Il n'est pas étonnant qu'il se fasse une grande réputation. Il fait plus par ses belles paroles que nous par la force de nos armes ».

Pérédur et Gwalchmei allèrent au pavillon de celui-ci pour se désarmer.

Pérédur prit les mêmes habits que Gwalchmei puis ils se rendirent, la main dans la main, auprès d'Arthur, et le saluèrent.

« Voici, seigneur, dit Gwalchmei, l'homme que tu étais en train de chercher depuis déjà longtemps.

— Sois le bienvenu, seigneur, dit Arthur. Tu resteras auprès de moi.

Si j'avais su que ta valeur dût se montrer comme elle l'a fait, tu ne m'aurais pas quitté. C'est ce que t'avaient prédit le nain et la naine que Kei maltraita. Toi tu les as vengés ».

(1) *Kentcz*. Le gallois *cynnydd* signifie croissance, développement, progrès. Il m'a semblé qu'on pourrait le traduire par son correspondant phonétique breton : *Kentez*, dérivé de *Kent*.

« Peredur vab Efrawc ymgelwir i, heb ef. A thitheu pwy wyt ?

— Gwalchmei ym gelwir i, heb ynteu.

— Da yw genhyf dy welet, heb y Peredur. Dy glot rygigleu ym pob gwlat or ryfuum, o vilwriaeth a chywirdeb. Ath getymdeithas yssyd adolwyn genhyf.

— Keffy, myn vyg cret. A dyro titheu imi y teu.

— Ti ae keffy yn llawen, heb y Peredur. »

41. — Kychwyn a wnaethant y gyt yn hyfryt gyt tuun parth ar lle yd oed Arthur.

A phan gigleu Kei eu bot yn dyfot, ef a dywawt

« Mi a wydwn na bydei reit y Walchmei ymlad ar marchawc. A diryfed yw idaw kaffel klot : mwy a wna ef oe eireu tec no nini o nerth an harveu. »

A mynet a wnaeth Peredur a Gwalchmei hyt yn lluest Walchmei y diot eu harveu.

A chymryt a wnaeth Peredur un ryw wisc a oed y Walchmei; a mynet a wnaethant llaw yn llaw yn yd oed Arthur, a chyfarch gwell idaw.

« Llyma, arglwyd, heb y Gwalchmei y gwr y buost ystalym o amser yn y geissaw.

— Graessaw wrthyt, unben, heb yr Arthur, a chyt a mi y trigye.

A phe gwypwn vot dy gynnyd val y bu, nyt awt ywrthyfi pan aethost.

Hwnnw hagen a darogannwys y corr ar gorres it a vu drwc Kei wrthunt. A thitheu ae dieleist. »

« Peredur vab Evreuk e-m gelwer me, emez-am. Ha te piw out ?

— Gwalchmei e-m gelwer me, eme egilé.

— Da ew genêm da welet te, eme Beredur. Da glot a-m eus klewet en pob gwlad ma ôm bet, ewit da vréselouriezz ha da eünder. Ha da gamaradiezz a-m eus da c'houlen.

— Bez a-zz po, dre ma fez. Ha ro te dim da hini.

— Te eh c'hafo en lowen, eme Beredur.

41. — Monet arauk a resiont kevret lowen ha war eun tu entresek al lec'h ez oa Arzur.

Ha pa glewas Kei ez oant o tont, êm a lavaras.

« Me a ouie na visie ket red da Walchmei en emlazam gant ar marc'hek. Ha n'ew ket souezus dézam kavout brud : mwi a ra êm gant e ghiriou braw, eget ni a nerz on-h armou. »

Ha monet a raezz Peredur ha Gwalchmei belek en tinell Gwalchmei da ziwiskam o-h armou.

Ha kemeret a raezz Peredur an unan doaré gwisk a oa gant Gwalchmei ; ha monet a raesiont dorn ouzz dorn elec'h ez oa Arzur, ha mennat well dézam.

« Sell aman, autrou, eme Walchmei, ar gour ez out bet keit amser en e glask.

— Digemer vad dit, *unben*, eme Arzur; ha genêm-me e chomi.

Ha ma e-m bisie gouvezet bout da gentez [1] vel e voe, ne visies ket aet pell diouzim pan aesiout.

An dra-se: ewit gwir, a dhioganas ar c'horr hag ar gorres dit, hag a voe drouk Kei outê. Ha te a-zz eus o venjet. »

Là-dessus surviennent la reine et les suivantes. Pérédur les salua; elles lui firent un accueil aimable et lui souhaitèrent la bienvenue.

Arthur traita Pérédur avec beaucoup de respect et d'honneur; et ils retournèrent à Kaer Léon.

42. — La première nuit de son séjour à la cour d'Arthur, à Kaer Léon, Pérédur était allé faire un tour dans le château après le repas, lorsqu'il rencontra Angharat Law Eurawc.

« Par ma foi, ma sœur, dit Pérédur, tu es une jeune fille aimable et avenante. Je pourrais m'engager à t'aimer plus que toute autre femme si tu voulais.

— Je donne ma foi, répondit-elle, que je ne t'aime pas, et que jamais je ne voudrai de toi.

— Moi je donne ma foi que je ne dirai pas un mot à un chrétien avant que tu ne reconnaisses que tu m'aimes plus que tout autre homme. »

XVIII

Nouveau départ — La Vallée Ronde

43. — Le lendemain Pérédur partit et suivit la grand'route, le long de la croupe d'une montagne. Arrivé au bout il aperçut une vallée ronde, dont le pourtour était boisé et rocailleux, tandis que le fond uni était en prairies. Des terres labourables se trouvaient entre les prairies et les bois. Au milieu du bois il voyait de grandes maisons noires, d'un travail grossier.

Il descendit et conduisit son cheval du côté du bois. Un peu avant dans le bois il aperçut le flanc d'un rocher aigu. Le

(1) *Angharat Law Eurawc*. Angharat à la main d'or. D'après M. LOTH (*Mabin.*, t. II, p. 82), le surnom de *Law Eurawc* est rappelé dans une poésie adressée à une Angharat moderne : *Llaw rodd arian*, à la main qui donne l'argent.

(2) *Eurien*, bords. Survit sous la forme altérée *elien an tog*, bords d'un chapeau (Trég.). La confusion de *l* et de *r* est extrêmement fréquente en breton.

(3) *Tir*, terre (moyen-breton). V. ERNAULT, *Glossaire*. Ce mot est celtique. Il se retrouve dans le dérivé *tirien* ou *tirion*, et dans le nom de la pointe de Pen-Tir (*Finis Terræ*) dans la presqu'île de Camaret.

— Ac ar hynny vyd y vrenhines ae llawvorynyon yn dyfot. A chyfarch gwell a wnaeth Peredur udunt, a llawen vuant wynteu wrthaw ae raessawu a orugant.

Parch ac enrydet mawr a wnaeth Arthur am Peredur.

Ac ymchoelut a orugant parth a Chaer Llion.

Ha war-se, setu ar rouanes hag eh dimeselled e tont. Ha mennat well a raezz Peredur deze, ha lowen e voant i outam hag e ghrassaat a résiont.

Lorc'h hag enoriou bras a raezz Arzur ewit Peredur.

Hag emzistrei a resiont war du Kaer Leon.

42. — Ar nos gyntaf y doeth Peredur y Gaer Llion y lys Arthur ac yd ydoed yn troi yn y gaer gwedy bwyt, nachaf Agharat Law Eurawc yn kyfarvot ac ef.

« My vyg cret, vy chwaer, heb y Peredur, morwyn hygar garueid wyt ; a mi a allwn arnaf dy garu yn vwyhaf gwreic pei da genhyt.

— Mivi a rodaf vyg cret, heb hi, val hyn : na charafi tidi ac nath vynnaf yn tragywydawl.

— Minheu a rodaf vyg cret, heb y Peredur, na dywedaf inheu eir vyth wrth gristiawn hyny adefych titheu arnat vyg caru yn vwyhaf gwr. »

42. — Hag an nos kentam e teuzz Peredur en Kaer Leon, en lés Arzur, hag ez edoa e trei er gaer goude boet, setu Angharat Law Owrek [1] e-n em zigavout gantam.

« Dre ma fez, ma c'hoar, eme Beredur, eur plac'h iowank hégar ha hwék out; ha me a halfe da garet en mwiam gwrég, ma ve da genét.

— Me a ro ma c'hret, emez-hi vel henn : na-zz karam ket te, ha na-zz mennim bizhwiken

— Me a ro ma c''hret, eme Beredur, na lavarim me geir biken ouzz kristen ken na anzavi te warnout ma c'haret en mwiam gour. »

XVIII

Hat-dilech'erezz — An Drowien Rond

43. — Tranoeth ef a gerdawd Peredur ymdeith; ar priff fford ar hyt kefyn mynyd mawr a dilynwys.

Ac ar diben y mynyd ef a welei dyffryn crwn. A gornoreu y dyffryn yn goedawc karregawc, a gwastad y dyffryn oed yn weirglodeu. a thired ar yrwg y gweirglodyeu ar coet.

Ac ym mynwes y coet y gwelei tei duon mawr anvanawl eu gweith.

A disgynnu a wnaeth ac arwein y varch tu ar coet. Ac am talym or coet ef a welei

43. — Tronos e kerzas Peredur arauk, hag an hent bras war héd kein eur menez meur a heulias.

Ha war diben ar menez ém a wele eun drowien rond. Hag eurien an drowien a oa koadek ha karregiek; ha plad an drowien a oa en prajou, ha tired arat entre ar prajou hag ar c'hoat.

Hag en goelet ar c'hoat e wele tiez du bras, divalau al labour aneze.

Disken a raezz ha rén e varc'h tu ar c'hoat. Hag eur pennad ebarz ar c'hoat,

chemin suivait le bord du rocher, et un lion y dormait, attaché à une chaîne.

Sous le lion était un gouffre profond de dimensions effrayantes, rempli d'ossements d'hommes et d'animaux.

Pérédur dégaina et frappa le lion d'un coup qui le fit tomber, suspendu à la chaîne au-dessus de l'extrémité du gouffre, d'un second coup il brisa la chaîne et le lion tomba dans le gouffre.

Pérédur mena son cheval par le bord du rocher et pénétra dans la vallée.

44. — Au centre de la vallée était un beau château; il s'y dirigea.

Dans la prairie devant le château, il voyait assis un homme aux cheveux gris, de grande taille.

Pérédur n'avait jamais vu d'homme si grand.

Deux jeunes gens étaient en train de lancer les manches de leurs couteaux en os de baleine ; l'un était brun, l'autre blond.

Pérédur se rendit auprès de l'homme aux cheveux gris et le salua.

« Honte sur la barbe de mon portier ! » s'écria celui-ci.

Pérédur comprit alors que le lion était ce portier.

Le vieillard, accompagné des deux jeunes gens, se rendit au château, et Pérédur les suivit. C'était un beau lieu, de noble apparence.

Ils entrèrent dans le hall; les tables étaient dressées, portant en abondance nourriture et boisson.

45. — A ce moment arrivèrent de la chambre une femme

(1) Le gallois *morfil* signifie animal marin, baleine. Le mot *mil*, animal, semble subsister dans quelques expressions et des noms bretons : *Milbéw*, animal vivant (ERNAULT, *Glossaire*). On aurait donc p" traduire *morfil* par le mot identique *morvil*. V. LE GONIDEC-VALLÉE. *Vocab. Fr.-Breton*, s. v. animal.

(2) Le gallois *tlawd*, pauvre, correspond phonétiquement au breton *treut*, maigre. Dans le passage considéré, le gallois *ditlawd* et le breton *didreut* peuvent rendre la même idée.

ochyr carrec lem; ar ffordd yn kyrchu ochyr y garrec, a llew yn rwym wrth gadwyn, ac yn kyscu ar ochyr y garrec.

A phwll dwfyn a thrugar y veint a welei dan y llew, ae loneit yndaw o escyrn dynyon ac aniveileit.

A thynnu cledyf a wnaeth Peredur a tharaw y llew, hyny dygwyd yn dibin wrth y gadwyn uch pen y pwll. Ar eil dyrnawt taraw y gadwyn a oruc Peredur hyny tyrr, ac yny dygwyd y llew yn y pwll.

Ac ar traws ochyr y garrec arwein y varch a oruc Peredur hyny doeth yr dyffryn.

44. — Ac ef a welei am ganawl [y dyffryn] kastell tec, a thu ar kastell y deuth.

Ac ar weirglawd wrth y kastell ef a welei gwr llwyt mawr yn eisted.

Mwy oed noc gwr or a welsei eiroet.

A deu was ieueinc yn saethu karneu eu kyllyl o ascwrn morvil [1] : y neill o honunt yn was gwineu, ar llall yn was melyn.

A dyfot racdaw a wnaeth yn yd oed y gwr llwyt.

A chyfarch gwell a oruc Peredur idaw; ar gwr llwyt a dywawt :

« Mefyl ar varyf vym porthawr. »

Ac yna y deallawd Peredur pan yw y llew oed y porthawr.

Ac yna yd aeth y gwr llwyt ar gweisson gyt ac ef yr kastell ; ac yd aeth Peredur gyt ac wy.

A lle tec enrydedus a welei yno. Ar neuad a gyrchassant. Ar byrdeu oed gwedy eu dyrchafel, a bwyt a llyn didlawd arnadunt.

45. — Ac ar hynny ef a welei yn dyvot

êm a wele bord eur garrek lemm, hag an hent o vont dre vord ar garrek, hag eur léon stag ouzz eur chaden o kousket war vord ar garrek.

Hag eur poull dônn, euzzus e vent a wele dindan ar léon, hag e leizz ennam a eskern tud hag anevaled.

Ha tennam klézév a raezz Peredur, ha skei war al léon, ken e koezas en pign ouzz ar chaden us da benn ar poull. Hag an eil taul skei war ar chaden a eure Peredur ken e torras, ha ma koezas al léon er poull.

Ha war dreus bord ar garrek, rén e varc'h a eure Peredur ken na deuzz en drowien.

44. — Hag êm a wele en peur greis an drowien eur c'hastel kaër, ha tu ar c'hastel e teuzz.

Ha war ar prad ouzz ar c'hastel, êm a wele eur gour louét bras en e goasez.

Brassoc'h oa eget gour en devoe biskoazz gwelet.

Ha dow was iowank o tarc'ha treid o c'hontellou gwrael a askorn morvarc'h [1] ; unan aneze gwas duard, egile gwas melen.

Ha dont dirazam a raezz elec'h ez oa ar gour louét.

Ha mennat well a eure Peredur dezam. hag ar gour louét a lavaras :

« Mézz war varw ma phorzier. »

Ha neuse e komprenas Peredur ez ew ar léon oa ar porzier.

Ha neuse ez aezz ar gour louét hag ar gwased gantam d'ar c'hastel, hag ez aezz Peredur gantè.

Hag eul lec'h kaër enorus a wele eno. Ha d'an nowaz e kerzsiont; hag an taulion oa goude bout bet savet, ha boet hag évaj didreut [2] warnè.

45. — Ha war-se, êm a wele o tont eus

d'un certain âge et une jeune femme. C'étaient les plus grandes qu'il eût jamais vues.

Ils se lavèrent et allèrent manger. L'homme aux cheveux gris se mit au bout de la table, à l'endroit le plus élevé, et la femme d'un certain âge à côté de lui. Pérédur et la jeune fille furent placés l'un à côté de l'autre. Les deux jeunes gens les servaient.

La jeune fille se mit à regarder Pérédur et devint triste. Pérédur lui en demanda la raison.

« Mon âme, dit-elle, à partir du moment où je t'ai vu, c'est toi l'homme que j'ai le plus aimé.

Il m'est dur de voir un homme aussi noble que toi sous le coup du sort qui t'attend demain.

As-tu vu les maisons noires, nombreuses, au fond du bois ? Tous ceux qui les habitent sont des hommes à mon père, l'homme aux cheveux gris, là-bas. Ce sont tous des géants. Demain ils se rassembleront contre toi et te tueront.

C'est la Vallée Ronde que l'on appelle cette vallée.

— Eh bien ! belle pucelle, veux-tu faire en sorte que mon cheval et mes armes soient dans le même logis que moi cette nuit ?

— Je le ferai volontiers, pour moi et Dieu, si je le puis ».

Lorsqu'il leur parut temps d'aller prendre du sommeil plutôt que de rester boire, ils allèrent se coucher.

La jeune fille fit en sorte que le cheval et les armes de Pérédur fussent dans le même logis que lui.

46. — Le lendemain Pérédur entendit le tumulte des hommes et des chevaux autour du château. Il se leva, s'arma, lui et son cheval, et se rendit au pré.

La femme d'un certain âge et la jeune fille allèrent trouver l'homme aux cheveux gris :

(1) *Ramps*. Il est regrettable que le mot *kawr*, géant, ait disparu du breton. Le mot *Ramps*, géant, semble d'origine celtique. *Langouinek*, donné par le Dict. de Le Gonidec serait un emprunt français dialectal (Ernault). Au gallois *kawr* aurait correspondu le breton *kour* ou *kewr*.

or ystafell gwreic ohen a gwreic ieuanc. A mwyaf gwraged or a welsei eiroet oedynt.

Ac ymolchi a orugant a mynet y vwyta. Ar gwr llwyt a aeth y penn y bwrd yn uchat, ar wreic ohen yn nessaf idaw ; a Pheredur ar vorwyn a dodet ygyt ; ar deu was ieueinc yn gwassanaethu arnadunt.

Ac edrych a wnaeth y vorwyn ar Peredur a thristau. A gofyn a oruc Peredur yr vorwyn pa ham yd oed trist :

« Tydi, eneit, yr pan o yth weleis gynsaf, a gereis yn ywyaf gwr.

A thost yw genhyf welet ar was kyn vonhedigeidet a thi y dihenyd a vyd arnat avory.

A weleisti y tei duon, llawer, ymron y coet ? Gwyr yw y rei hyn ym tat i oll, y gwr llwyt racco. A ch i ynt oll.

Ac avory wynt a dygyforant am dy pen ac ath ladant.

Ar dyffryn crwn y gelwir y dyffryn hwn.

— Oi a vorwyn tec, a bery ti bot vym march i am harveu yn un llety a ini heno ?

— Paraf, yrof i a Duw, os gallaf, yn llawen. »

Pan vu amserach ganthunt kymryt hun no chyvedach, y gyscu yd aethant.

Ar vorwyn a beris bot march Peredur ae arveu yn un llety ac ef.

46. — A thranoeth Peredur a glywei gordyar gwyr a meirch yg kylch y kastell.

A Pheredur a gyfodes ac a wiscawd y arveu ymdanaw, ac ymdan y varch. Ac ef a deuth yr weirglawd

Ac y deuth y wreic ohen ar vorwyn at y gwr llwyt :

ar gambr eur wreg amgozz hag eur wreg iowank. Ha brassam gwragez en devoa biskoazz gwelet e oant.

Hag emwalc'hiñ a resiont, ha monet da voéta. Hag ar gour louét a aezz da benn an daul, en uhellañ, hag ar wreg amgozz en nessañ dezañ ; ha Peredur hag ar plac'h iowank a lakaad kichen ha kichen ; hag an dow was iowank o servijim deze.

Ha sellat a raezz ar plac'h iowank war Beredur, ha tristaat. Ha goulen a eure Peredur digant ar verc'h perag ez oa trist :

« Te, ene, a ban e-zz gwelis da gentañ a garis en mwiam gour.

Ha morc'hed a-m eus o welet war was ken nobl ha te an drouziwezz a vezo warnout arc'hoazz.

A gwelet e-zz eus an tiez du, kals, en goeled ar c'hoat ? Tud ew ar re-se da-m zad, i oll, ar gour louet-sont. Ha ramp-sed [1] int oll.

Hag arc'hoazz en em dastumint a enep dit hag e-zz lazint.

Hag an drowien rond a ghelwer an drowien-man.

— Ahanta, merc'h koant, hag ober a ri bout ma marc'h me ha ma-h-armou er memes lojeis ha me fenos ?

— Ober a rim, ewidom ha Doue, mar gallam, en lowen. »

Pa voe amseroc'h gante kemeret hun eget evaj, da gousket ez aésiont.

Hag ar plac'h iowank a raezz bout marc'h Peredur hag e armou er memes lojeis hag êm.

46. — Antronos Peredur a glewe trous tud ha kesek endro d'ar c'hastel.

Ha Peredur a savas hag a wiskas e armou emdanam hag emdan e varc'h. Hag êm a deuzz d'ar prad.

Hag e teuzz ar wreg amgozz hag ar plac'h iowank da gaout ar gour louét :

« Seigneur, dirent-elles, prends la foi du jeune homme qu'il ne dira rien de ce qu'il a vu ici. Nous serons cautions qu'il observera sa promesse.

— Je n'en ferai rien, par ma foi », répondit l'homme aux cheveux gris.

Pérédur se battit avec la troupe, et, vers le soir il en avait tué le tiers, sans qu'aucun mal lui fût survenu.

La femme d'un certain âge dit alors : « Eh bien ! il a tué beaucoup de tes hommes, fais-lui grâce.

— Non, par ma foi, dit-il ».

47. — La femme d'un certain âge et la belle jeune fille, des créneaux du château contemplaient le combat.

A ce moment Pérédur rencontra le jeune homme blond et le tua.

« Seigneur, dit la jeune fille, fais grâce au jeune homme.

— Non, par moi et Dieu ».

Alors Pérédur rencontra le jeune homme brun et le tua.

« Il eût mieux valu pour toi de faire grâce au jeune homme avant qu'il eût tué tes deux fils. C'est à peine que tu pourras toi-même échapper.

— Va, jeune fille, et demande au jeune homme de nous accorder pardon, puisque nous-mêmes nous ne le lui avons pas accordé ».

48. — La jeune fille se rendit auprès de Pérédur et lui demanda grâce pour son père et pour ceux de ses hommes qui étaient encore en vie.

« Tu l'auras, sous la condition que ton père, et tous ceux qui sont sous lui aillent faire hommage à l'empereur Arthur, et lui dire que c'est Pérédur, son vassal, qui lui vaut ce service.

(1) Traduction littérale.

(2) *Ec'hoaz* est le correspondant phonétique du gallois *echwydd*. Le mot *ec'hoaz* désigne le repos du bétail pendant la grande chaleur du jour, tandis que dans le texte *echwydd* signifie le soir.

(3) Le gallois *cygwedd*, détriment, dommage, correspond au vieux-breton *arcogued*, qui serait en breton moderne *argowez*. Ce mot semble perdu.

« Arglwyd, heb wy, kymer gret y maccwy na dywetto dim a welas yma, a ni a vydwn drostaw y keidw.

— Na chymeraf myn vyg cret, heb y gwr llwyt. »

Ac ymlad a wnaeth Peredur ar llu.

Ac erbyn echwyd neur darved idaw llad trayan y llu, heb argywydaw [1] neb arnaw.

Ac yna y dywawt y wreic ohen : « Neur deryw yr maccwy llad llawer oth lu. A dyro nawd idaw.

— Na rodaf, myn vyg cret, heb yr ynteu. »

47. — Ar wreic ohen ar vorwyn tec y ar vwlch y gaer yd oedynt yn edrych.

Ac yn hynny ymgyfarvot o Peredur ar gwas melyn ae lad.

« Arglwyd, heb y vorwyn, dyro nawd yr maccwy.

— Na rodaf, yrof a Duw. »

Ac ar hynny y ymgyfarvot o Peredur ar gwas gwineu ae lad.

« Buassei well itti bei roessut nawd yr maccwy kyn llad dy deu vab; ac abreid vyd ittitheu dy hun or dienghy.

— Dos titheu, vorwyn, ac adolwc yr maccwy rodi nawd inni, kanys roessam ni idaw ef. »

48. — Ar vorwyn a doeth yn yd oed Peredur, ac erchi nawd y that a oruc ac yr sawl a diaghyssei oe wyr yn vyw.

« Kehy, dan amot mynet oth tat a phawb or yssyd y danaw y wrha yr amherawckyr Arthur, ac y dywedut idaw pan yw Peredur, gwr idaw a wnaeth y gwassanaeth hwnn.

« Autrou, emez-e, kémer kret ar pautr iowank na lavaro netra a welas aman ha ni a vezo dreistam ma viro [1].

— Na gemeram, dre ma fez, eme ar gour louet. »

Hag emlazam a raezz Peredur gant an armé.

Hag abenn an abarduez [2] e c'hoarveze dézam bout lazet an drederan eus an armé heb neb argowez [3] warnam.

Ha neuse e lavaras ar wreg amgozz : « Setu deut abenn ar pautr iowank da lazam kals eus da armé. Ha ro neuz vad dezam.

— Na roim, dre ma fez, eme égilé. »

47. — Hag ar wreg amgozz, hag ar plac'h iowank koant, diwar voulc'h ar gaer a oa o sellet.

Ha war-se en em gavas Peredur gant ar gwas melen, hag e lazas.

« Autrou, eme ar verc'h, ro neuz vad d'ar pautr iowank.

— Na roam, ewidom ha Doue. »

Ha war-se en em gavas Peredur gant ar gwas duard hag e lazas.

« Bet e visie well dit ma e-zz pisie roet neuz vad d'ar pautr iowank kent na lazas da dhow vab; hag a vec'h e vezo dit da hun mar diankes.

— Kes te, merc'h, ha goulen digant ar pautr iowank rei neuz vad dimp-ni, pan ew gwir ne rosiomp ni dezam.

48. — Hag ar plac'h iowank a daezz elec'h ez oa Peredur, ha goulen neuz vad ewit eh zad a eure hag ewit ar pezz a oa bet dianket eus e dud en béw. »

« Bez' e-zz po, dindan divis monet da dad ha pob hini ar re so dindannam da ober gwasoniezz d'an impalaer Arzur, ha da lavaret dezam ez ew Peredur, gour dezam a-n deus gwraet ar servij se.

— Nous le ferons volontiers, par moi et Dieu.

— De plus vous prendrez le baptême.

Moi-même j'enverrai vers Arthur pour lui demander de te faire don de cette vallée à toi et à tes héritiers, pour toujours après toi ».

49. — Alors ils entrèrent.

L'homme aux cheveux gris et la grande femme saluèrent Pérédur.

L'homme dit :

« Depuis que je possède cette vallée, je n'ai pas vu d'autre chrétien que toi s'en aller d'ici en vie.

Quant à nous, nous allons faire hommage à Arthur, et prendre foi et baptême.

— Je rends grâce à Dieu, répliqua Pérédur, de n'avoir pas violé mon serment à la femme que j'aime le plus, que je ne dirais mot à nul chrétien ».

Ils restèrent cette nuit au château.

50. — Le lendemain matin, l'homme aux cheveux gris et sa troupe se rendirent à la cour d'Arthur, et lui firent hommage. Arthur les fit baptiser, et le vieillard lui raconta que c'est Pérédur qui l'avait vaincu.

Arthur lui fit don, à lui et aux siens, de la vallée, pour la tenir comme vassaux, ainsi que Pérédur l'avait demandé.

Puis, avec la permission d'Arthur, l'homme aux cheveux gris s'en alla en route vers la Vallée Ronde.

XIX

Le serpent à l'anneau d'or — Retour à la cour — Blessé par Kei — Nouvelle victoire — L'amour d'Angharat

51. — Pérédur, le lendemain matin, marcha devant lui et parcourut une grande étendue de désert sans trouver aucune habitation. Il arriva enfin à une petite maison fort pauvre.

— Gwnawn, yroli a Duw yn llawen.

— A chymryt bedyd o honawch.

A minheu a anvonaf at Arthur y erchi idaw rodi y dyffryn hwn itti ac yth etived byth gwedy ti. »

49. — Ac yna y doethant ymywn.

A chyfarch gwell a wnaeth y gwr llwyt ar wreic vawr y Peredur.

Ac yna y dywawt y gwr llwyt :

« Yr pan yttwyf yn medu y dyffryn hwnn, mi ny weleis gristyawn a elei ae eneit ganthaw, namyn ti.

A ninheu a awn y wrha y Arthur ac y gymryt cret a bedyd »

Ac yna y dywawt Peredur :

« Diolchaf inheu y Duw na thorreis vy llw wrth y wreic vwyhaf a garaf na dywedwn un geir wrth gristiawn. »

Trigyaw yno a wnaethant y nos honno.

50. — Trannoeth y bore yd aeth y gwr llwyt ae niver gantaw y lys Arthur, ac y gwrhayssant y Arthur, ac y paranawd Arthur eu bedydyaw, ac y dywawt y gwr llwyt y Arthur pan yw Peredur ae gorvuassei.

Ac Arthur a rodes yr gwr llwyt a e niver y dyffryn oe gynhal ydanaw ef mal yd erchis Peredur.

A chan ganhat Arthur, y gwr llwyt a aeth ymdeith tu ar dyffryn crwn.

— Ober a reformp, ewidom ha Doue, en lowen.

— Ha kémeret badez ganec'h.

Ha me a zigemeno da Arzur da ghoulen digantam rei an drowien man dit ha da-zz bugale da viken goudé te. »

49. — Ha neuse e teusiont en diabarz.

Ha mennat well a raezz ar gour louét hag ar wreg vras da Beredur.

Ha neuse e lavaras ar gour louét :

« Aban edôm perc'hen an drowien-man, me ne-m eus gwelet kristen ebet a asie ahann hag e ene gantam nemedout.

Ha ni a a d'ober gwasoniezz da Arzur, ha da gemeret fez a badez. »

Ha neuse e lavaras Peredur :

« Me a drugareka Doue na-m eus torret ma lé d'ar wrez a garam ar mwiam na lavarsien gér ouzz kristen. »

Chom éno a résiont an nos sé.

50. — Tronos ar beure ez aezz ar gour louét hag e dud gantam da lés Arzur, hag e resiont gwasoniezz da Arzur, hag a raezz Arzur o badézain, hag e lavaras ar gour louét da Arzur ez ew Peredur a-n nevoa tréc'het warnain.

Hag Arzur a roas d'ar gour louét ha d'e dud, an drowien ewit eh c'hendelc'hen dindannam ém vel en doa arc'het Peredur.

Ha gant autre Arzur, ar gour louét a aezz en hent wardu an drowien rond.

XIX

Serpant ar walen owr — At-distro d'al lés — Gwanet gant Kei — Trec'h a newez — Karantez Angharat

51. — Peredur ynteu a gerdawd y bore tra noeth racdaw talym mawr o diffeith heb gaffel kyfanhed.

51. — Peredur, eus edu, agerzas tronos ar beure dirazam eur pennad mat, en bro diffezz heb kavout annez.

Là il entendit parler d'un serpent couché sur un anneau d'or, et qui ne souffrait aucune habitation à sept milles à la ronde.

Pérédur se rendit à l'endroit où il entendait dire que se trouvait le serpent. Il se battit avec lui furieusement, vaillamment, avec un glorieux succès. Il finit par le tuer et s'empara de l'anneau.

Il mena longtemps cette vie errante, sans adresser la parole à aucune espèce de chrétien. Aussi perdait-il ses couleurs et sa beauté, par suite des regrets excessifs que lui inspiraient la cour d'Arthur, la femme qu'il aimait le plus, et ses compagnons.

52. — Il se dirigea enfin vers la cour d'Arthur.

En chemin il rencontra les gens d'Arthur, et Kei à leur tête, allant remplir un message. Pérédur les reconnut tous, mais nul ne le reconnut.

« D'où viens-tu, seigneur ? » dit Kei.

Il répéta sa question une seconde et une troisième fois.

Pas de réponse. Kei le frappa de sa lance et lui traversa la cuisse.

Pour ne pas être forcé de parler et de violer sa foi, Pérédur passa outre sans se venger de lui.

Gwalchmei dit alors :

« Par moi et Dieu, Kei, tu as mal agi en maltraitant un jeune homme comme celui-ci, parce qu'il ne pouvait pas parler ».

Il s'en retourna à la cour d'Arthur.

« Princesse, dit-il à Gwenhwyvar, vois-tu avec quelle méchanceté Kei a maltraité ce jeune homme parce qu'il ne pouvait parler. Pour Dieu et pour moi, fais-le soigner par les médecins en attendant mon retour. Je te revaudrai ce service.

(1) En gallois, *talu* signifie payer; en breton, le radical *tal* donne le verbe *talvout* ou *talout*, valoir (être de payement). Il semble cependant que dans certains cas on peut aussi l'employer avec le sens de payer, rendre : *me a dalo se dit*, je te vaudrai cela, ou je te rendrai cela.

Ac yn y diwed ef a doeth y gyfanhed bychan amdlawd.

Ac yno y clewei bot sarff yn gorwed ar vodrwy eur, heb adel kyfanhed seith milltir o pop parth idi.

Ac yd aeth Peredur lle y clewei bot y sarff. Ac ymlad a wnaeth ar sarff yn llityawc drut ffenedic valch, ac yn y diwed y lladawd. ac y kymerth y vodrwy idaw ehun.

Ac velly y bu ef yn hir yn yr agherdet hwnnw; heb dywedut un geir wrth neb reyw gristiawn : ac hyny yttoed yn colli y liw ae wed o tra hiraeth yn ol llys Arthur ar wreic vwyaf a garei ae getymdeithon.

52. — Odyna y kerdawd racdaw y llys Arthur.

Ac ar y fford y kyfarvu ac ef teulu Arthur, a Chei yn y blaen yn mynet y neges udunt.

Peredur a atwaenat pawb o nadunt. ac nyt atwaenat neb or teulu efo.

« Pan doi ti, unben ? » heb y Kei. A dwy weith, a their.

Ac nyt attebei ef

Y wan a oruc Kei a gwayw, trwy y vordwyt.

A rac kymell arnaw dywedut a thorri y gret, mynet heibaw a oruc heb ymdiala ac ef.

Ac yna y dywawt Gwalchmei :

« Yrofi a Duw, Gei, drwc y medreist kyflavanu ar vaccwy val hwn yr na allei dywedut. »

Ac ymhoelut traegefyn y lys Arthur.

« Arglwydes, heb ef wrth Gwenhwyfar, a wel dy dryccet y gyflavan a oruc Kei ar y maccwy hwnn yr na allei dywedut ? Ac yr Dow ac yrofi par y vedeginaethu erbyn vyn dyfot trachefyn. A mi a talaf y bwyth it. »

Hag en diwez e teuzz da eun ti bihan powr powr.

Hag eno e klewe ez oa eur serpant en e c'hourvez war eur walen owr, heb lésel ti ebet seizz mil-tir a bop tu dézam.

Hag ez aezz Peredur lec'h e klewe e oa ar serpant. Hag en emgann a raezz gant ar serpant kounnaret hezr, *pennedik* balc'h, hag en diwez e lazas. hag e kemeras ar walen dezam ehun.

Ha velse e voe êm en hir amser en dragerzet se, heb lavaret geir ouzz neb rew gristen. ha ken edo e koll e liw hag e stumm dre hiraezz war lerc'h lés Arzur hag ar wreg vwiam a gare, hag e genlienterien.

52. — Neuse e kerzas dirazam da lés Arzur.

Ha war an hent e tigoezas gantam tud Arzur, ha Kei en o phenn o vonet en kevridi.

Peredur a anavezas pop hini aneze ha neb hini eus an dud n'e anavezas êm.

« A belec'h e teues te, unben ? » eme Gei. Ha diw wézz, ha teir.

Ha ne responte ket êm.

E wanam a eure Kei gant e waf treus e vorzed.

Ha rac own da vout rediet da goms a da dorrim e gret, monet hebïou a eure Peredur heb en em venjim dioutam.

Ha neuse e lavaras Gwalchmei.

« Ewidom ha Doue, Kei. drouk a-zz eus gwraet o hegasim eur pautr iowank vel hennezz ewit an dra n'alle ket koms. »

Ha distrei war e gis da lés Arzur.

« Itron, emez-am, ouzz Gwenhwyvar, a gwelet a res drouket a dreitourezz a eure Kei d'ar pautr iowank-man, o vezam n'alle ket koms ? Hag ewit Doue hag ewidomme, gwra e vezegiam abenn ma teuim war ma gis: ha me a dalo [1] se dit. »

53. — Avant le retour des hommes de leur expédition, un chevalier vint au pré, près de la cour d'Arthur, demander un homme pour se battre.

Et il le trouva.

Il renversa cet adversaire, et, pendant une semaine il fut là, renversant un chevalier par jour.

Un jour Arthur et sa suite se rendant à l'église, aperçurent le chevalier qui avait levé l'étendard de combat :

« Ha ! mes braves, dit Arthur, par la vaillance de mes hommes, je ne partirai d'ici qu'après avoir eu mon cheval et mes armes pour culbuter ce rustre là-bas ».

Alors des pages allèrent lui chercher son cheval et ses armes.

Ils passèrent en revenant à côté de Pérédur, qui prit le cheval et les armes et se rendit au pré.

54. — Tous alors, en le voyant se lever et partir au combat contre le chevalier montèrent sur le toit des maisons, sur les collines et les lieux élevés pour contempler le combat.

Pérédur fit signe au chevalier avec la main pour lui demander de commencer l'attaque.

Le chevalier le chargea, mais Pérédur ne bougea pas de place.

A son tour il excita son cheval et s'élança, furieux et vaillant, terrible et dur, ardent et fier et donna au chevalier, sous le menton, un coup aigu et empoisonné, dur et cuisant, digne d'un guerrier vigoureux, le souleva de sa selle, et le lança à une bonne distance de lui.

Puis il retourna sur ses pas et laissa comme auparavant le cheval et les armes aux écuyers. Lui-même, à pied, rentra à la cour.

On l'appela alors le jeune homme muet.

53. — A chyn dyvot y gwyr oc eu neges, ef a deuth marchawc yr weirglawd, y emyl llys Arthur, y erchi gwr y ymwan. A hwnnw a gafas.

A bwrw hwnnw a wnaeth.

Ac wyth nos y bu yn bwrw marchawc beunyd.

A diwarnawt yd oed Arthur ae teulu yn dyfot yr eglwys. Sef y gwelynt y marchawc gwedy drychafel arwyd ymwan.

« Ha wyr, heb yr Arthur, myn gwrhyt gwyr, nyt af odyma hyny gaffwyf vy march am harveu y vwrw y ioghwr racco. »

Yna yd aeth gweisson yn ol y varch ac arveu y Arthur.

A Pheredur a gyfarvu ar gweisson yn mynet heibaw, ac a gymerth y march ar arveu; ar weirglawd y gyrchwys.

54. — Sef a wnaeth pawb o welet ef yn kyfodi ac yn mynet y ymwan yr marchawc : mynet ar pen y tei, ar brynneu, a lle aruchel y edrych ar yr ymwan.

Sef a wnaeth Peredur : ymneidaw a e law ar marchawc y erchi idaw dechreu arnaw.

Ar marchawc a ossodes arnaw, ac nyt ysgoges ef or lle yr hynny.

Ac ynteu Peredur a ordinawd y varch ac a kyrchawd yn llityawc drut, engiryawl chwerw, awydvalch, ac ae gwant dyrnawt gwenwynic lym, tost drut, milwreidffyryf, y dan y y dwyen, ac y drechefis oa gyfrwy, ac y byryawd ergyt mawr y wrthaw.

Ac yd ymchoelawd trachefyn ac yd edewis y march ar arveu gan y gweisson mal kynt.

Ac ynteu ar y troet a gyrchawd y llys.

Ar macwy mut y gelwit Peredur yna.

53. — Ha kent dont an dud eus o c'hevridi, e teuzz eur marc'hek d'ar prad, en kichen lés Arzur, da ghoulen eur gour da'n emgannam Ha se a gavas.

Ha diskar hennezz a raezz.

Hag eizz dez e voe o tiskarr eur marc'hek bomdez.

Hag eun dewezz ez oa Arzur hag e dud e tont d'an ilis. Setu e welent ar marc'hek hag èm savet gantam arouez an emgann.

« Ha pautred, eme Arzur, dre nerz ma zud, ned àm ahann ken na-m mo ma marc'h ha ma-h-armou da bimpoellat ar lann kouer sont. »

Neuse ez aezz gwased da gerc'het e varc'h hag e armou da Arzur.

Ha Peredur a-n em gavas gant ar gwased o vonet hebïou, hag a gemeras ar marc'h hag an armou ; ha d'ar prad e kerzas.

54. — Setu neuse ar pézz a raezz pop hini, o welet anezam o sevel hag o vonet da en emgann gant ar marc'hek : monet war benn an tiez, hag en tossennou hag al lec'hiou uhel da sellet war an emgann.

Ar pezz a raezz Peredur a oa ober sin gant e dhorn d'ar marc'hek, da arc'ham dezam dezrow warnam.

Hag ar marc'hek a-n em daulas warnam, ha ne fimwas ket èm eus al lec'h ewit se.

Ha Peredur d'e dro a vroudas e varc'h ha a dhilammas warnam, kounnaret-hezr, chwerw dreist geir, birwidik-balc'h, hag a roas dezam eun dornad beninus-lemm, nerzus-kaled, bresellouriek-stard, dindan e dhiw-ghen hag en savas diwar e dhibr, hag en darchaas eun taulad mat dioutam.

Hag e tistroas war e gis, hag e lésas ar marc'h hag an armou gant ar gwased evel kent.

Hag ém war e droad a gerzas d'al lés.

Hag ar Pautr iowank mud e ghelwed Peredur neuse.

55. — A ce moment Angharat Law Eurawc se rencontra avec lui :

« Par moi et Dieu, seigneur, dit-elle, c'était grand'pitié que tu ne pusses parler. Si tu le pouvais je t'aimerais plus que tout autre homme, et, par ma foi, bien que tu ne le puisses pas, je t'aimerai quand même le plus au monde.

— Dieu te le rende, ma sœur; par ma foi, moi aussi je t'aime ».

Alors on reconnut Pérédur.

Il tint compagnie à Gwalchmei, à Owein fils d'Urien, et à tous ceux de la maison, et demeura à la cour d'Arthur.

DEUXIÈME PARTIE

XX

Le noir arrogant

56. — Arthur se trouvait à Kaer-Léon sur Wyse; il alla à la chasse. et Pérédur l'accompagna.

Pérédur lança son chien sur un cerf ; le chien tua le cerf dans un endroit désert. A quelque distance de lui, Pérédur apercevait des indices d'habitation ; il se dirigea de ce côté.

Il vit un hall, et, à la porte, trois valets chauves et basanés jouant aux échecs.

En entrant il aperçut trois jeunes filles assises sur un banc, portant des vêtements d'or, comme des personnes de haut rang

Il alla s'asseoir à côté d'elles sur le banc.

L'une des jeunes filles le regarda gravement et se mit à pleurer. Pérédur lui demanda pourquoi elle pleurait.

(1) Livre Rouge *Gryssyn*, gall. mod. *gresyn*, pitié, misère

(2) *Gwyddbwyll*, sorte de jeu d'échecs, se jouant sur une table spéciale, *clawr*. Ces termes n'ayant pas d'analogues en breton, je les ai traduits par leurs correspondants phonétiques : *gwezboell*, *kleur*

55. — Nachaf Agharat Llaw Eurawc yn kyfarvot ac ef.

« Yrofi a Duw, unben oed glyssyn [1] na allut dywedut. A phei gallut dywedut mi ath garwn yn vwyaf gwr. Ac myn vyg cret kyn nys gellych, mi ath garaf yn vwyaf.

— Duw a talho it, vy chwaer. Myn vyg cret, minheu ath garaf ti. »

Ac yna y gwybuwyt mae Peredur oed ef.

Ac yna y delis ef gedymdeithas a Gwalchmei ac Owein vab Uryen, ac a phawb or teulu, ac y trigywys yn llys Arthur.

55. — Setu Angarad-Law-Owrek o-n em gavout gantam.

« Ewidom ha Doue, *unben*, ez oa truez n'allès ket koms. Ha ma c'hallsies koms, me a-zz karsie en mwiam gour. Ha dre ma fez, goude n'ellés ket, me a-zz karo ar mwiam.

— Doue a dalo dit, ma c'hoar. Dre ma féz, me iwez a-zz kar. »

Ha neuse e ghouvezad ez ew Peredur oa êm.

Ha neuse e talc'has êm kevredigezz gant Gwalchmei hag Ewan vab Urien, ha gant pop hini eus an tiegezz, hag e chomas en lés Arzur

EIL RANNAD

XX

An Du Trahawk

56. — Arthur a oed yg Kaer Llion ar Wysc; a mynet a wnaeth y hela, a Peredur gyt ac ef.

A Pheredur a ellygawd y gi ar hyd, ar ki a ladawd yr hyd mywn diffeithwch. Ac ym pen ruthur y wrthaw, ef a welei arwyd kyfanhed.

A thu ar kyfanhed y deuth. Ac ef a welei neuad; ac ar y drws y neuad ef a welei tri gweis moel gethinyon yn gware gwydbwyll.

A phan deuth ymywn, ef a welei teir morwyn yn eisted ar leithic, ac eurwiscoed ymdanunt mal y dylyei am dylyedogyon.

Ac ef a aeth y eisted attunt yr lleithic.

Ac un or morynion a edrychawd ar Peredur yn graff, ac wylaw a wnaeth. A Peredur a ofynnawd idi beth a wylei.

56. — Arzur a oa en Kaer Léon-war-Wysk, ha monet a raezz da emolc'h, ha Peredur gantam.

Ha Peredur a lauskas e gi war eur c'harw, hag ar c'hi a lazas ar c'harw en kreis lec'h diffezz. Hag eur pennad hent diouitam êm a wele arouez annez.

War du an annez e teuzz. Hag êm a wele eun nowaz, hag en dor an nowaz êm a wele tri gwas moal rous o c'hoari gwezboell [2].

Ha pa deuzz ebarz, êm a wele teir phlac'h iowank en o c'hoasez war eur bank, ha gwiskou owr emdanne vel ez oa dleet da verc'het a di.

Hag êm a aezz da asezam en o c'hichen war ar bank.

Hag unan eus ar merc'hed iowank a sellas ponner war Beredur, ha gouelam a raezz. Ha Peredur a c'houlennas diganti perag e ouele.

« A cause du chagrin que j'ai, dit-elle, à voir tuer un jeune homme aussi beau que toi.

— Qui me tuerait, moi ?

— S'il n'était dangereux pour toi d'attendre en ce lieu, je te le dirais.

— Si grande que puisse être l'adversité pour moi en attendant, j'écouterai.

— L'homme qui est notre père possède cette cour; et il tue tous ceux qui y viennent sans sa permission.

— Quelle espèce d'homme est donc votre père, pour qu'il puisse tuer chacun ainsi ?

— C'est un homme qui opprime et violente tous ses voisins et ne fait justice à personne autour de lui ».

57. — A ce moment il vit les jeunes gens se lever et débarrasser l'échiquier des pièces. Il entendit un grand bruit, et, aussitôt après, entra un homme noir de grande taille, borgne. Les jeunes filles se levèrent à sa rencontre et lui retirèrent ses vêtements. Lui-même alla s'asseoir. Lorsqu'il eut repris ses sens et son calme, il jeta les yeux sur Pérédur, et demanda qui était ce chevalier.

« Seigneur, dit-elle, c'est le jeune homme le plus beau et le plus noble que tu aies jamais vu. Pour Dieu et au nom de ta dignité sois modéré avec lui.

— Pour l'amour de toi je le serai, et je lui accorderai la vie pour cette nuit ».

Pérédur s'approcha d'eux, devant le feu; il mangea, but, et causa avec les dames.

Lorsqu'il eut la tête échauffée par la boisson, il dit à l'homme noir :

(1) *Drouket.* M. ERNAULT (*Glossaire*) cite plusieurs emplois analogues du superlatif d'exclamation.

(2) Le manuscrit porte *hyt* au lieu de *byt*. La correction a été faite d'après M. LOTH. (*Mabinogion*, t. II (1913), p. 206.)

(3) Tréguier.

(4) Voir note 1 ci-dessus.

(5) *Gwerin*, troupe, multitude; désigne ici les troupes de pièces du jeu. Le mot *gwerin* se trouve avec le sens de *peuple, multitude*, en moy.-breton (ERNAULT, *Dictionnaire étym.*).

(6) *Unlagadek*, borgne. Non usité en breton, mais très compréhensible.

(7) *Tomm ew dézam* signifie : il est un peu échauffé par la boisson.

« Rac dryccét genhyf gwelet lleassu gwas kyn deccet a thi.

— Pwy am lleassei i?

— Pei na bei byt[2] it arhos yn y lle hwn, mi ae dywedwn it

— Yr meint vo y gwrthret arnaf yn arhos, mi ae gwarandawaf.

— Y gwr yssyd tat inni bien y llys hon; a hwnnw a lad pawb or a del yr llys hon heb y ganhat.

— Py gyfryw wr yw awch tat chwi pan allo lleassu pawb velly?

— Gwr a wna treis ac anvod ar y gymodogyon, ac ny wna iawn y neb ymdanaw. »

57. — Ac yna y gwelei ef y gweisson y kyfodi ac yn arllwyssaw y clawr or werin. Ac ef a glewei twrwf mawr; ac yn ol y twrwf, ef a welei wr du mawr unllygeityawe yn dyfor ymywn.

Ar morynyon a gyfodussant yn y erbyn, a diot y wisc y amdanaw a wnaethant.

Ac yntcu a aeth y eisted. A gwedy dyfot y bwyll idaw ac arafhau, edrych a oruc ar Peredur, a gofyn pwy y marchawe.

« Arglwyd, heb yr hithen, y gwas teccaf a bonhedigeidaf or a weleist eiroet. Ac yr Duw ac yr dy syberwyt pwylla wrthaw.

— Yrot ti, mi a bwyllaf ac a rodaf y eneit idaw heno. »

Ac yna Peredur a doeth attunt wrth y tan, ac a gymerth bwyt a llyn; ac ymdidan ar rianed a oruc.

Ac yna y dywawt Peredur gwedy y vrwyscaw :

« Bag droukct[1] ma ew genêm gwelet lazam gwas ken koant ha te.

— Piw a-m lazfe me?

— Ma ne visie gwallus dit gortos el lec'h man, me a lavarsie dit.

— Pegen bras ma vo an enebiezz varnom o c'hortos, me a selowo.

— Ar gour so tad dimp-ni a biow ar lés-man; ha hennezz a lazz pop hini a deu dar lés-man heb e autre.

— Petore[3] gour ew oh tad c'hwi pan all lazam pop hini vel-se?

— Eur gour hag a ra treitourezz hag enebiezz d'e ameseien, ha na ra ewn da neb hini endro dezam. »

57. — Ha neuse e wele êm ar gwased o sevel hag e tiúoim ar c'hleur[4] eus ar gwerin[5]. Hag êm a glewe trous vras; ha goude an drous êm a wele eur gour du bras *unlagadek*[6] o tont ébarz.

Hag ar merc'hed iowank a savas en e arben, ha tennam e wisk diwarnam a résiont.

Hag êm a aezz da asézam. Ha goude deut e boell dezam hag êm distawet, eur sell a eure war Beredur, ha goulen piw ar marc'hek.

« Autrou, emez-hi, ar gwas koantam ha nopiam a welas-te biskoazz. Hag ewit Doue, hag ewit da lorc'h, poella outam.

— Ewidout te, me a bwellao hag a roo e ene dezam fenos. »

Ha neuse Peredur a deuzz davetè ouzz an tan, hag a gemeras boét hag évaj; ha kauséal gant an dimeseled a eure.

Ha neuse e lavaras Peredur goude oa deut tomm dezam[7] :

« Je suis surpris que tu te dises si fort. Qui donc t'a enlevé ton œil ?

— Une de mes habitudes était que quiconque me poserait la question que tu me poses n'obtiendrait de moi la vie sauve ni par grâce ni pour argent.

— Seigneur, dit la jeune fille, quoi qu'il puisse te dire par légèreté et sous l'excitation de l'ivresse, sois fidèle à ta parole de tout à l'heure et à la promesse que tu m'as faite.

— Volontiers pour l'amour de toi, dit l'homme noir; je lui laisserai la vie cette nuit. » Ils en demeurèrent là cette nuit.

58. — Le lendemain l'homme noir se leva, se revêtit de ses armes, et donna cet ordre à Pérédur :

« Lève-toi, homme, pour souffrir la mort ».

Pérédur répondit ainsi à l'homme noir :

« Fais l'un ou l'autre, l'homme noir, si tu veux te battre avec moi : dépouille tes armes, ou donne m'en d'autres pour le combat.

— Ha, l'homme ! tu pourrais te battre si tu avais des armes ? Prends celles que tu voudras ».

La jeune fille apporta à Pérédur des armes qui lui convinrent.

Il se battit avec l'homme noir jusqu'à ce que celui-ci se trouvât forcé de lui demander grâce.

« Tu auras ta grâce, l'homme noir, pendant le temps que tu mettras à me raconter qui tu es et qui t'enleva ton œil.

59. — Seigneur, je te le dirai : c'est en me battant avec le serpent noir du *Carn*. Il y a un monticule qu'on appelle le *Cruc Galarus* (le Tertre Douloureux): sur ce monticule il y a un *Carn*; dans le carn il y a un serpent, et dans la queue du serpent il y a une pierre.

(1) *Agentow*, correspondant phonétique de *gynheu* : Le Gon. *agentaou*, tantôt, tout à l'heure (dans le passé).

(2) *Karn*, tas, pyramide de pierres (Loth). Cité par La Villemarqué dans le Dict. de Le Gonidec avec le sens de grosse pierre.

(3) *Kruk*, radical du mot *krugel*, monticule, qui existe en breton.

(4) *Prêmv*, correspondant phonétique du gallois *Pryf*. Le sens du mot gallois est plus étendu que celui du breton; ce dernier désigne uniquement un *ver*. On peut admettre qu'il s'agit ici d'un *ver* monstrueux. Le breton *amprévan*, dérivé de *prêmv*, a le sens plus général de vermine.

« Ryfed yw genhyf kadarnet y dywedy ti dy vot. Pwy a diodes dy lygat?

— Un om kynedveu oed : pwy bynnac a ofynnhei imi yr hyn yd wyt ti yn y ofyn, ny chaffei y eneit genhyf nac yn rat nac ar werth.

— Arglwyd, heb y vorwyn, kyt dywetto efo, o fered a brwysked a meddawt, parthred ac attat ti, kywira y gen a dywedesti gynheu ac a edeweist wrthyfi.

— A minheu a wnaf hynny yn llaw en yrot ti. Mi a ataf y eneit idaw yn llawven heno. »

Ac ar hynny y trigyassant y nos honno.

58. — A tranoeth kyfodi a oruc y gwr du, a gwiseaw arveu ymdanaw, ac erchi y Peredur :

« Kyfot dyn y vynyd y diodef agheu, heb y gwr du. »

Peredur a dywawt wrth y gwr du :

« Gwna y neill peth y gwr du; os ymlad a vynny a mi : ae diost dy arveu y ymdanad, ae titheu a rodych arveu ereill im y ymlad a thi.

— Ha dyn, heb ef, ae ymlad a allut ti, pei kaffut arveu ? Kymer yr arveu a vynnych. »

Ac ar hynny y deuth y vorwyn, ac arveu y Peredur, a oed hoff ganthaw.

Ac ymlad a wnaeth efo ar gwr du, hyny vu reit yr gwr du erchi nawd y Peredur.

« Y gwr du, ti a geffy nawd tra vych yn dywedut im pwy wyt, a pwy a tynnawd dy lygat.

59. — Arglwyd, mi ae dywedaf : yn ymlad ar pryf du or garn. Cruc yssyd a elwir y Cruc Galarus; ac yn y cruc y mae carn ; ac yn y garn y mae pryf ; ac yn lloscwrn y pryf y mae maen.

« Eur souez ew ganèm pegen kadarn e leveres te da vout. Piw a dennas da lagad diganèt?

— Unan a-m boasiou a oa : piw bennag a c'houlennsie diganèm ar pezz a out te o c'houlen, ne gaffsie e ene ganêm nag a ghrad vad nag ewit gwerz.

— Autrou, eme ar plac'h iowank, petra bennag e lavaro èm, dre skanv-benn ha tommder ha mezwenti, a enep dit, mir ar gér a-zz eus lavaret agentow [1], hag ar pezz a-zz eus promettet dim.

— Ha me a rey se en lowen ewidout-te. Me a léso e ene gantam en lawen fenos. »

Ha war-se e chomsiont an nos se.

58. — Antronos sevel a eure ar gour du, ha gwiskam armou emdannam, hag arc'ham da Beredur :

« Sav, dén, e-zz sav, da c'houzàmv ankou, eme ar gour du. »

Peredur a lavaras d'ar gour du :

« Gwra an eil pe égilé, gour du, ma vennes en emgannam ganèm : pe diwisk, da armou a emdanout, pe te a roo armou all dim da en emgannam ganét.

— Ha dén, emez-am, ag en emgannam a allsies te ma kaffsies armou? Kemer an armou a venni. »

Ha war se e teuzz ar plac'h iowank hag armou da Beredur hag a blijas dezam.

Hag en emgannam a raezz èm gant ar gour du, ken e voe red d'ar gour du arc'ham neuz vad digant Peredur.

« Gour du, te a-zz po neuz vad tra vi o lavaret dim piw out, ha piw a dennas da lagad.

59. — Autrou, me ae lavaro : o-n emgannam gant ar prêmv du eus ar Garn [2]. Eur c'hruk [3] s. a ghelwer ar C'hru'k Glac'harus; hag er c'hru'k ez eus eur garn, hag er garn ez eus eur prêmv [4], hag en lost ar prémv ez eus eur maen.

La pierre possède cette vertu que quiconque la tiendrait d'une main trouverait dans son autre main tout ce qu'il voudrait d'or.

C'est en me battant avec ce serpent que j'ai perdu mon œil. Mon nom à moi est le Noir Arrogant (Du Trahawc). Voici pourquoi on m'a appelé ainsi : je n'ai laissé personne autour de moi sans l'opprimer et je n'ai jamais fait droit à personne.

60. — Bien ! dit Pérédur, à quelle distance d'ici se trouve le mont que tu dis ?

— Je vais te compter les étapes qu'il y a jusque-là et te dire à quelle distance il se trouve.

Le jour que tu partiras d'ici tu arriveras à la cour des enfants du Roi des Souffrances.

— Pourquoi les appelle-t-on ainsi ?

— L'*addanc* du lac les tue une fois par jour. De là tu te rendras à la cour de la Comtesse des Prouesses.

— Quelles sont donc ses prouesses ?

— Sa suite se compose de trois cents hommes. A tout étranger qui arrive à la cour on raconte les prouesses de la maison. C'est pour cette raison que les trois cents hommes s'assoient le plus près de la comtesse, non par manque d'égards pour les hôtes, mais pour exposer les prouesses de la maison.

Le jour où tu partiras de là, tu iras jusqu'au Mont Douloureux. Là, autour du mont, sont établis les propriétaires de trois cents pavillons, faisant la garde autour du serpent.

— Puisque tu as été si longtemps un fléau, je vais pourvoir à ce que tu ne le sois pas plus longtemps ».

Et il le tua.

61. — La jeune fille qui avait commencé à causer avec lui, lui dit alors :

(1) *Trahawk*, arrogant.

(2) J'ai cru pouvoir rétablir le mot *brientin* qui existait en vieux-breton et correspond phonétiquement au gallois *brenhin*.

(3) *Avank*, castor. Le mot *afanc*, crocodile ou castor, existe en gallois moderne. L'*addanc* du texte désigne sans doute un monstrueux *afanc*, castor ou crocodile.

(4) Le mot *perc'hen*, quoique au singulier, désigne un pluriel. J'ai conservé la construction galloise qui est également usitée dans le langage populaire breton.

A rinwedeu y maen ynt : pwy bynhac ae kaffei yn y neill law, a vynnei o eur, ef ae kaffei ar llaw arall idaw.

Ac yn ymlad ar pryf hwnnw, y colleis i vy llygad.

Am henw inheu yw y Du Trahawc. Set achaws ym gelwit y Du Trahawc : nyt adwn un dyn ym kylch nys treisswn ; a iawn nys gwnawn y neb.

— Ie, heb y Peredur, py gybellet odyma yw y cruc a dywedy ti ?

60. — Mi a rifaf yt ymdeithceu hyt yno, ac a dywedaf it py gybellet yw.

Y dyd y kychwynnych odyma, ti a doy y lys meibon y Brenhin y Diodeifeint.

— Py hain y gelwir wy velly ?

— Adanc [2] llyn ae llad un weith beunyd.

— Pan elych odyno ti a deuy hyt yn llys iarlles y kampeu.

— Py gampeu yssyd erni hi ?

— Tri chanhwr teulu yssyd idi. Pob gwr dieithyr a del yr llys, ef a dywedir idaw kampeu y theulu.

Sef achaws yw hynny, y trichanhwr teulu a eisted yn nessaf yr arglwydes. Ac nyt amharch yr gwesteion, ramyn yr dywedut campeu y theulu.

Y nos y kychwynych odyno, ti a ey hyt y Cruc Galarus. Ac yno y maent perchen try chant pebyll yg kylch y cruc, yn kadw y pryf.

— Can buost ormes yn gyhyt a hynny : mi a wnaf na bych byth bellach. »

Ae lad a wnaeth Peredur idaw.

61. — Ac yna y dywawt y vorwyn a dechreussei ymdidan ac ef :

Ha vertuziou ar maen so : piw bennag en dalc'hfe en un eus e zowarn, ar pezz a vennfe a owr, êm en kavfe en e zorn all.

Hag o-n emgannam gant ar prêmv-se e kollis me ma lagad.

Ha ma hano me ew an Du Trahawk [1]. Selu perag e-m gelwet an Du Trahawk : ne lesen ket eun dén endro dim na dreitoursien anezam; hag eün na raen da nefs hini.

— Mad, eme Beredur, pegeit ahanu eman ar C'hruk a leveres-te ?

60. — Me a gonto dit an hentadou betek eno, hag a lavaro dit pegen pell ew.

An dez ez i arauk ahaun, te a deuy da lés mibien Brientin [2] ar Gouzâmvou.

— Perag o gelwer i velsé.

— Avank [3] a lenn o laz eur wezz bemdez.

— Pa i ahane te a deuy bete lés komtes an Tauliou-Kaer.

— Pe zoare tauliou kaer eh deus-hi ?

— Tri c'hant dén tiégezz so dezi. Pob dén estren a deu d'al lés, e leverer dezam tauliou-kaer eh c'hoskor.

Selu rak se an tri c'hant dén koskor a asez en nessam d'an itron. Ha n'ew ket direspet ewit an estren, nemet ewit lavaret tauliou kaer eh c'hoskor.

An nos ez i arauk ahane, te a iel betek ar C'hruk Glac'harus. Hag eno emau perc'hen [4] tri c'hant pavillon, endro d'ar c'hruk, o tiwall ar prêmv.

— Evel ma out bet eur gwasker en keit ha se me a rei na vi biken pelloc'h. »

Hag e lazam a raezz Peredur uczam.

61. — Ha neuse e lavaras ar plac'h iowank eh devoa dezrowet da gauseal gantam :

« Si tu étais pauvre en venant ici, tu seras riche désormais du trésor de l'homme noir que tu as tué.

Et tu vois aussi quelles aimables jeunes filles il y a dans cette cour. Tu obtiendrais l'amour de celle que tu voudrais.

— Je ne suis pas venu de mon pays, princesse, pour chercher femme. Mais je vois ici des jeunes gens aimables : que chacun de vous s'apparie avec l'autre comme il voudra. Je ne veux rien de votre bien; je n'en ai pas besoin ».

XXI

Les fils du Roi des Souffrances — Moutons blancs et moutons noirs — Il tue l'addanc

62. — De là il se rendit à la cour des fils du Roi des Souffrances.

En y entrant il ne voyait que des femmes. Elles se levèrent au-devant de lui et lui firent un accueil aimable.

Il commençait à causer avec elles, lorsqu'il vit venir un cheval sellé avec un cadavre sur la selle. Une des femmes se leva, retira le cadavre de la selle, le baigna dans une cuve remplie d'eau chaude qui se trouvait plus bas que la porte, et lui appliqua un onguent précieux. L'homme se releva en vie et vint auprès de Pérédur; il le salua et lui montra joyeux visage.

Deux autres cadavres entrèrent encore, portés sur leurs selles. La femme leur appliqua le même traitement qu'au premier.

Pérédur demanda au chef pourquoi ils se trouvaient dans cet état.

Ils lui dirent qu'il y avait dans une grotte un *addanc* qui les tuait tous les jours.

Ils en demeurèrent là cette nuit.

(1) *Mougew*, grotte, caverne sous-marine.

« Bei bydut tlawt yn dyfot yma, kyfoethawc vydut bellach o tressor y gwr du a ledeist.

A thi a wely y sawl vorynyon hygar yssyd yny llys hon ? Ti a gallut orderchat ar yr un y mynhut.

— Ny deuthum i om gwlat, arglwydes, yr gwreicea. Namyn gweisson hygar a welaf yma. Ymgyffelybet pawb o honawch ae gilyd mal y mynho.

A dim oc awch da nys mynnaf, ac nyt reit im wrthaw. »

« Ma visies bet powr o tont aman, pinvidik e vefes a vreman gant tensor ar gour du a-zz eus lazet.

A gwelet a rés nag a verc'hed iowank hégar so el lés-man ? Te a gavfe karantez an hini a garfes diouti.

— N'ôm ket deut me eus ma bro, itron ewit gwreka. Nemet gwased hegar a wélam aman. Em hevelebet pop hini ahanoc'h gant egile evel ma karo.

Ha netra eus oh mad ne vennam, nag ezom dim dioutam. »

XXI

Bugale Roue ar Gouzâmvou — Dèmved gwenn ha dèmved du — Laz an Avank

62. — Odyna y kychwynnawd Peredur racdaw, ac y doeth y lys meibon Brenhin y Diodeifeint.

A phan deuth yr llys ny welei namyn gwraged. Ar gwraged a gyfodes racdaw ac a vuont lawen wrthaw.

Ac ar dechreu eu hymdidan, ef a welei varch yn dyfot, a chyfrwy arnaw, a chelein yn y kyfrwy. Ac un or gwraged a gyfodes y vynyd ac a gymerth y gelein or kyfrwy ac ac heneinawd ymywn kerwyn oed is law y drws, a dwfyr twymym yndi; ac a dodes eli gwerthvawr arnaw. Ar gwr a gyfodes yn yvyw, ac a deuth yn yd oed Peredur. Ac raessawu a oruc a bot yn llawen wrthaw.

A deu wr ereill doethant ymywn yn eu kyfrwyeu. Ar un diwygyat a wnaeth y vorwyn yr deu hynny ac yr un gynt.

Yna y gofynnawd Peredur yr unben py ham yd oedynt velly. Ac ynteu a dywedassant vot adanc ymywn gogof, a hwnnw a ladei wy peunyd.

Ac ar hynny y trigyassant y nos honno.

62. — Ahané ez aezz Peredur dirazam, hag e teuzz da lés mibien roue ar Gouzâmvou.

Ha pa deuzz el lés ne wele nemet gwragez. Hag ar gwragez a savas dirazam hag a voe lowen oulam.

Ha war dezrow oh c'haus, èm a wele eur marc'h o tont, hag eun dibr warnam, hag eur c'horf marw war an dibr. Hag unan eus ar gwragez a savas en eh sav, hag a gemeras ar c'horf eus an dibr, hag e welc'has ebarz eur veaul a oa a is d'an nor, ha dour tomm enni, hag a lakaas trét gwerzveur warnam. Hag ar gour a savas en béw hag a deuzz elec'h ez oa Peredur; hag e saludim a eure, ha bout lowen outam.

Ha dow den all a deuzz ebarz war o dibrou. Hag ar mémes lousowim a raezz ar plac'h d'an dow-sé ha d'an hini kentam.

Neuse e c'houlennas Peredur digant an unben perag ez oant velse. Hag i a lavaras e oa eun avank ebarz eur vougew [1], ha hennezz o laze i bomdez.

Ha war se e chomsiont an nos sé.

63. — Le lendemain les jeunes gens se levèrent pour partir, et Pérédur leur demanda au nom de leurs amours de le laisser aller avec eux.

Ils refusèrent.

« Si on te tuait là-bas, dirent-ils, tu n'aurais personne qui te rappelât à la vie ».

Ils se mirent alors en route et Pérédur marcha à leur suite.

Après qu'ils eurent disparu à ses yeux, il rencontra, assise sur le haut d'un tertre, la femme la plus belle qu'il eût jamais vue.

« Je connais, dit-elle, l'objet de ton voyage : tu vas te battre avec l'*addanc* et c'est lui qui te tuera, non par vaillance mais par ruse. Il a une grotte, à l'entrée de laquelle se trouve un pilier de pierre; il voit tous ceux qui entrent, et personne ne l'aperçoit. Et, abrité derrière ce pilier, d'un javelot de pierre empoisonné, il les tue tous. Si tu me donnais ta parole de m'aimer plus que toute autre femme, je te ferais don d'une pierre qui te permettrait de le voir en entrant sans être vu de lui.

« Je te la donne, par ma foi, dit-il; dès le premier instant que je t'ai vue je t'ai aimée. Où irai-je te chercher ?

— Quand tu me chercheras, marche vers l'Inde ».

La jeune fille disparut après avoir remis la pierre dans la main de Pérédur.

64. — Quant à lui, il se dirigea vers une vallée arrosée par une rivière. Les contours en étaient boisés, mais, des deux côtés de la rivière s'étendaient des prairies unies.

Sur l'une des rives il y avait un troupeau de moutons blancs, et sur l'autre un troupeau de moutons noirs. Chaque fois que bêlait un des moutons blancs, un mouton noir traversait la rivière et devenait blanc, et lorsque bêlait un des

(1) *Diskedim*, disparaître. Le gallois *diflanu* est formé de *di* et du radical *blan*, splendeur. J'ai formé *diskédim* de la même manière avec le même préfixe et le radical *sked*, éclat, splendeur.

(2) *Lec'hwaf*, mot à mot, *dard en pierre*. *Lec'h*, pierre plate.

63. — A thranoeth y kyfodes y maccwyeid racdunt, ac yd erchis Peredur yr mwyn eu godercheu y adel gyt ac wynt.

Wynt ae gomedassant.

« Pei lledit ti yno, nyt oed it ath wnelei yn vyw drachefyn. »

Ac yna y kerdassant wy racdunt; ac y kerdawd Peredur yn eu hol.

A gwedy eu diflannu hyt nas gwelei, ac yna y kyfarvu ac ef yn eisted ar ben cruc, y wreic teccaf or a welsei eiroet.

« Mi a wn dy hynt. Myned yd wyt y ymlad ar adanc ac ef ath lad.

Ac nyt oe dewred namyn o ystryw.

Gogof yssyd idaw; a philer maen yssyd ar drws yr gogof; ac ef a wyl pawb or a del y mywn, ac nys gwyl neb efo.

Ac a llechwayw gwenwynic ogyscawt y piler y llad ef bawb.

A phei rodut ti dy gret vyg caru yn vwyaf gwreic, mi a rodwn it vaen val y gwelut ti efo pan elut ymywn, ac ny welei ef tidi.

— Rodaf myn vyg cret, heb y Peredur. Yr pan yth weleis gyntaf, mi ath gereis. A phy le y keisswn i tydi.

— Pan geissych ti vivi, keis parth ar India. »

Ac y difflanwys y vorwyn ymdeith gwedy rodi y maen yn llaw Peredur.

64. — Ac ynteu a doeth racdaw parth a dyffryn avon. A gororeu y dyffryn oed yn goet, ac o pop parth yr avon yn weirglodeu gwastat.

Ac or neill parth yr afon y gwelei kadw o defeit gwynyon, ac or parth arall y

63. — Hag autronos e savas ar bautred iowank, hag e c'houlennas Peredur en hano o c'harantezìou d'e lesel da vonet gante.

I a enebas.

« Ma e-zz lasfed te eno, ne ve dén dit hag e-zz gwrafe en béw en distro. »

Ha neuse e kersiont i diraze: hag e kerzas Peredur d'o heul.

Ha goude ez-oant diskedet[1] ken n'o gwele kén, neuse en em gavas gantam, en eh c'oasez war ben eur c'hrec'h, ar wreg koantam en devoa ém gwelet biskoazz.

« Me a oar da hent. O vonet ez out da-n emgann gant an avank, hag ém a-zz lazo ; ha n'ew ket dre e dhewrez, nemet dre dhrouk strif.

Eur vougew a-n neus; hag eur piller maen so war zor ar vougew; hag ém a wel pop hini a zeu ebarz, ha n'en gwel nep hini ém.

Ha gant eur *b'c'hwaf*[2] benimus, a drek skeud ar piller, e laz ém pop hini.

Ha ma rofes te da gret da-m c'haret en mwiam gwreg, me a rofe dit eur maen, vel e welfes te anezam pa afes ebarz, ha ne welfe ket ém ahanout.

— Roam, ma fez, eme Beredur.

A ban e-zz gwelis da gentam, me a-zz karis. Ha pelec'h e klaskfen me ahanout ?

— Pa glaski te ahanom, kes entresek an Indres. »

Hag e tiskedas ar plac'h iowank en hent goude reim ar maen en dorn Peredur.

64. — Hag ém a deuzz dirazam entresek trowien eun avon. Hag eurien an drowien a oa en koat, hag a bop tu d'an avon en prajou plén.

Hag en eun tu d'an avon e wele eur bagad démved gwenn, hag en tu all e

moutons noirs, un mouton blanc traversait la rivière et devenait noir.

Sur le bord de la rivière il voyait un grand arbre, dont la moitié était en feu depuis la racine jusqu'au sommet, tandis que l'autre moitié portait un feuillage vert.

65. — Plus haut il voyait un jeune homme, assis sur un monticule, tenant en laisse deux lévriers au poitrail blanc tachetés, couchés à côté de lui.

Pérédur était certain qu'il n'avait jamais vu à personne un air aussi royal.

Dans le bois, en face, il entendait des chiens courants, levant un troupeau de cerfs.

Pérédur salua le jeune homme, qui lui rendit son salut.

Il voyait trois routes partant du monticule; deux d'entre elles étaient larges, la troisième étroite; il demanda où elles conduisaient.

« L'un de ces trois chemins, dit-il, mène à ma cour; et je te conseille l'une des deux choses que voici : ou tu iras à la cour, tout droit, vers ma femme, qui s'y trouve, ou tu attendras ici, et tu verras les chiens courants chasser les cerfs fatigués hors du bois dans la plaine; et tu verras les lévriers les meilleurs que tu aies jamais vus, les plus vaillants sur les cerfs, les tuer près de l'eau devant nous.

Et quand il sera temps pour nous d'aller manger, mon serviteur viendra à ma rencontre avec mon cheval, et tu trouveras là-bas bon accueil cette nuit.

(1) Le même épisode se retrouve dans le récit irlandais : *La navigation de Mael Duin.*

(2) La forme *blein* est conservée en vannetais. Dans les autres dialectes, *blein* est devenu *lein.*

(3) *Gell*, brun, fauve; *koun*, chiens, pluriel tombé en désuétude. La prononciation palatale du *g* explique la transformation fréquente de *gell* en *yell*, comme celle de *geut* ou *geot* en *yeut*. De même dans la prononciation locale du français, beaucoup de personnes disent *Yingamp*, *Tréyier*, au lieu de Guingamp, Tréguier.

(4) Le *t* suivi de *i* bref devant une voyelle donne régulièrement la prononciation *ch* en breton; le mot *heutiou* doit donc se prononcer *heuchou.*

(5) *Glew*, brave; moy.-bret. *gleu* ou *gleo*. Conservé dans le nom propre *Le Gleo.*

gwelei kadw o defeit duon; ac val y brefei un or- defeit gwynyon, y deuei un or defeit duon drwod ac y bydei yn wen. Ac val y brefei un or defeit duon, y deuei un or defeit gwynnyon drwod ac y bydei du.

A phren hir a welei ar lan yr afon; ar neill hanher oed idaw yn llosci or gwreid hyt y vlaen, ar hanher arall a deil ir arnaw.

wele eur bagad dêmved du; ha vel e vleje un eus an dêmved gwenn e teue un eus an dêmved du a dreus, hag e veze du. Ha vel e vleje un eus an dêmved du e teue un eus an dêmved gwenn a dreus hag e veze du [1].

Hag eur wezen hir a wele war ghlan an avon; hag eun hanter anezi a oa o leskiñ adalek ar wrizien betek ar blein [2], hag an hanter all e oa deliou glas warnam.

65. — Ac uch llaw hynny, y gwelei mackwy yn eisted ar pen cruc, a deu vilgi vronwynyon vrychyon mywn kynllyfan yn gorwed ger y law.

A diheu oed ganthaw na welsei eiroet maccwy kyteirneidet ac ef.

Ac yn y coet gyfarwyneb ac ef, y clywei ellgwn yn kyfodi hydgant.

A chyfarch gwell a wnaeth yr maccwy, ar maccwy a gyfarchawd well y Peredur.

A their fford awelei Peredur yn mynet y wrth y cruc : y dwy fford yn vawr, ar tryded yn llei.

A gofyn a oruc Peredur py le yd aei y teir fford.

« Un or ffyrd hyn a a ym llys i; ac un or deu a gyghoraf itti : ae mynet yr llys or blaen, at vyg gwreic i yssyd 'no; ae titheu a arhoych yma, a thi a wely y gellgwn yn kymell yr hydot blin or coet yr maes ; a thi a wely y milgwn goreu a weleist eiroet, a glewhaf ar hydot, yhy llad ar y dwfyr ger an llaw.

A phan vo amser in mynet yn bwyt, ef a daw vyg gwas am march ym herbyn. A thi a geffy lewenyd yno heno.

65. — Hag a us da se e wele eur pautr iowank en e goasez war benn eur c'hrec'h, ha dow levran bronn -wenn brizz gantam héd eur chaden, en o gourvez en e gichen.

Ha dihow oa gantam n'en nevoa gwelet biskoazz pautr iowank ken tiernek hag êm.

Hag er c'hoat a gever dezam e klewe gell-goun [3] o sevel eud bagad kirwi.

Ha saludim a raezz êm ar pautr iowank, hag ar pautr iowank a saludas Peredur.

Ha tri hent a wele Peredur o vonet diouzz ar c'hrec'h : dow hent bras, an drede bihannoc'h.

Ha goulen a eure Peredur pelec'h ez ae an tri hent.

« Unan eus an hentiou [4] se a a d'am lès me; hag unan eus an dow dra a gusuliam me dit : pe monet d'al lés es-eûn da gaout ma gwreg, so eno: pe te a c'horton aman, ha te a welo ar gell-goun e hargass ar c'hirwi blin eus ar c'hoat e maes: ha te a welo al levrini gwellam a welas te biskoazz, ar *glewam* [5] war girwi, en o laz war an dour en on c'hichen.

Ha pa vo amser dimp da vonet d'ar boét e teuy ma gwas ha ma marc'h emharbenn. Ha te a gavo lewenez eno fenos.

— Que Dieu te le rende; mais je ne resterai pas; je continuerai ma route.

— L'autre chemin mène à une ville ici près, où on trouve pour de l'argent nourriture et boisson.

Le chemin le plus étroit mène à la grotte de l'addanc.

— Avec ta permission jeune homme, c'est vers là que je me dirige ».

66. — Pérédur marcha vers la grotte, tenant la pierre de la main gauche et sa lance de la main droite.

En entrant il aperçut l'*addanc*; il lui donna un coup de lance qui le traversa de part en part et lui coupa la tête.

En sortant de la grotte voilà qu'il rencontre à l'entrée les trois compagnons.

Ils saluèrent Pérédur et lui dirent qu'il était prédit que c'était lui qui tuerait ce fléau.

Il donna la tête aux jeunes gens.

Ceux-ci lui offrirent pour épouse celle qu'il voudrait de leurs trois sœurs et la moitié de leur royaume avec elle.

« Je ne suis pas venu ici pour chercher femme. Si j'en voulais une, j'aurais peut-être donné la préférence à votre sœur ».

XXII

Etlym Gleddyv Coch et la comtesse des Prouesses

67. — Pérédur se remit en route. Entendant du bruit à sa suite, il jeta un regard en arrière.

Il aperçut un homme monté sur un cheval rouge et revêtu d'une armure rouge.

Le cavalier arriva au niveau de Pérédur et le salua au nom de Dieu et des hommes.

— Duw a talho it. Ny thrigyaf, namyn ragof yd af.

— Yr eil fford a a yr dinas yssyd yma yn agos ; ac yn hwnnw y keffir bwyt a llyn ar werth.

Ar fford yssyd lei nor rei ereill, a a parth a gogof yr adanc.

— Gan dy ganhat, vaccwy, parth ac yno yed afi. »

66. — A dyfot a wnaeth Peredur parth ar ogof, a chymryt y maen yn y llaw asseu, ae wayw yny llaw deheu.

Ac val y daw y mywn, arganvot yr adanc a wnaeth, ae wan a gwayw trwydaw, a llad y penn.

A phan daw y maes or ogof, nachaf yn drws yr ogof y tri chetymdeith.

A chyfarch gwell a wnaethant y Peredur a dywedyt pan yw idaw yd oed darogan llad yr ormes honno.

A rodi y pen a wnaeth Peredur yr maccwyeit.

A chynnic a wnaethant wynteu idaw yr un a dewissei oe teir chwiored y briawt, a hanher eu brenhinyaeth y gyt a hi.

« Ny deuthum i yma yr gwreicca. A phei mynhwn un wreic, ac atvyd awch chwaer chwi a vynnwn yn gyntaf. »

— Doue a dalo dit. Ne chomam, nemet diragom ez âm.

— An eil hent a a d'ar gaer so aman en ogos; hag en honnezz e kever boéd hag évaj en gwerz.

Hag an hent ha so bihannoc'h eget ar re all a a wardu mougew an avank.

— Gant da autré, dén iowank, entresek eno ez âm. »

66. — Ha dont a raezz Peredur war du ar vougew, ha kemaret ar maen en e zorn kleiz, hag e waf en e zorn dehou.

Ha vel e teue ebarz, gwelet an avank a raezz, hag e wanam gant ar gwaf a dreus dezam, ha troc'ham ar penn.

Ha pa deu emaes ar vougew, setu war doull an nor an tri genhenter.

Ha mennat vad a resiont da Bérédur ha lavaret az ew dezam ez oa diouganet laz ar walen-se.

Ha rei ar penn a raezz Peredur d'ar bautred iowank.

Ha kinnigam a resiont i dezam an hini a diussie eus o zeir c'hoar da bried, hag eun hanter eus o brientiniezz ganti

« N'ôm ket deut me aman ewit gwreka. Ha ma vennsien eur wreg, martese ew oh c'hoar c'hwi a vennsien da gentam. »

XXII

Etlym Glezev Ruz ha Kontes ar C'hampou

67. — A cherdet racdaw a wnaeth Peredur. Ac ef glywei twrwf yn y ol : ac edrych a wnaeth ef yn y ol.

Ac ef a welei gwr ar geffyn march coch, ac arveu cochyon ymdanaw.

Ar gwr a doeth ar ogyfuch ac ef, a chyfarch gwell a wnaeth y Peredur, o Duw

67. — Ha kerzet dirazam a raezz Peredur. Hag êm a glewe trous en e heul: a seliet a raezz war e lerc'h.

Hag êm a wele eur gour war gein eur march ruz, hag armou ruz warnam.

Hag ar gour a deuzz war géver ganlam, ha mennat vad a raezz da Beredur, en

Pérédur aussi salua le jeune homme amicalement.

« Seigneur, dit celui-ci, je suis venu pour te faire une demande.

— Que demandes-tu ? répliqua Pérédur.

— Que tu me prennes pour ton homme.

— Qui prendrais-je comme homme si je te prenais ?

— Je ne te cacherai pas mon origine. On m'appelle Etlym Gleddyf Coch (à l'épée rouge), comte des marches de l'Est.

— C'est une surprise pour moi que tu te proposes comme homme à quelqu'un dont les domaines ne sont pas plus grands que les tiens. Moi-même je ne possède qu'un comté. Puisque tu juges digne de toi d'être mon homme, je te prends volontiers ».

68. — Ils se dirigèrent vers la cour de la comtesse. On leur fit accueil courtois. On leur dit que si on les plaçait à table plus bas que la famille ce n'était pas pour leur manquer d'égards, mais que la coutume de la cour le voulait ainsi : quiconque terrasserait les trois cents hommes de la comtesse s'assoirait à table le plus près d'elle, et elle-même l'aimerait plus que tout autre homme.

Quand Pérédur eut renversé les trois cents hommes de la comtesse et se fut assis à côté d'elle :

« Je remercie Dieu d'avoir eu un jeune homme aussi beau et aussi brave que toi, puisque je n'ai pas obtenu l'homme que j'aimais le plus.

— Qui était l'homme que tu aimais le plus ?

— Sur ma foi, Etlym Gleddyf Coch était l'homme que j'aimais le plus, et je ne l'ai jamais vu.

— En vérité, dit-il, Etlym est mon compagnon, et le voici. C'est pour l'amour de lui que je suis venu jouter avec tes gens.

(1) Il serait intéressant de savoir si le mot *stlés* ou peut-être *stléch* est usité quelque part au sens de *bord*, *lisière*.

(2) *Dwyrein*, est. Le radical est le même que celui du breton *doaré*, apparence.

(3) *Gwiw*, digne. Le mot *gwiw* (Le Gon., *gwiou*) existe bien en breton, mais avec le sens de *gai*, *alerte*, *vif*. *Gwiw*, digne, semble avoir une autre origine: il existe en vieux breton sous la forme *uuiu* (LOTH, *Chrestomathie*, 176).

ac o dyn. Ac yneu Peredur a gyfarchawd gwell yr macewy yn garedic.

« Arglwyd. dyfot y erchi itti yd wyfi.

— Beth a erchy ti ? heb y Peredur.

— Vyg kymryt yn wr itt.

— Pwy a gymerwn i yn gwr, bei as kymerwn ?

— Ny chelaf vyg kystlwn ragot. Etlym Gledyf-Coch ym gelwir, iarll o ystlys [1] y dwyrein [2].

— Ryfed yw genhyfi ymgynnic o honawt yn wr y wr ny bo mwy y gyfoeth no thi. Nyt oes iminheu namyn iarllaeth arall.

A chanys gwiw genhyt dyfot yn wr imi, mi ath gymeraf yn llawen. »

68. — Ac y doethant parth a llys yr iarlles. A llawen vuwyt wrthunt yn y llys ; a dywedut wrthunt a wnaethpwyt. nat yr amharc'h arnunt y dodit is llaw y teulu, namyn kynnedys y llys a oed y velly. Kanis y neb a vyryei y thri chanhwr teulu hi, bwyta a gaffei yn nessaf idi, a hi ae karei ef yn vwyhaf gwr.

A gwedy y bwrw o Peredur y thri chanhwr teulu yr llawr ac eisted ar y neill law.

« Y diolchaf y Duw kaffel gwas kyn deccet a chyn dewret a thi, kany chefeis y gwr mwyhaf a garwn.

— Pwy oed y gwr mwyhaf a garut titheu ?

— Myn vyg cret Etlym Gledyf coch oed y gwr mwyhaf a garwn i. Ac nys gweleis eiroet.

— Dioer, heb ef, ketymdeith imi yw Etlym, a llyma efo. Ae yr y vwyn ef y

heno Doue ha dén. Ha Peredur d'e dro a vennas vad d'ar pautr iowank en karedik.

« Autrou, o tont da c'houlen eun dra diganét óm-me.

— Petra a c'houlennes-te ? eme Beredur.

— Ma c'hemeret en gour dit.

— Piw a gemerfen me en gour ma e-zz kemerfeu ?

— Ne guzzim ket ma c'herentiezz ragout. Etlym Glezev-Ruz em gelwer, komt a vord [1] ar sav-heaul [2].

— Eur souez ew genêm-me, em ginnigam ahanout en gour da eur gour ha n'ew brassoc'h e zanvez eget da hini. Ne-m eus dim me iwez nemet eur c'homlad all.

Ha pan ew gwiw [3] genét da vout en gour dim-me, me a-zz kemero en lowen. »

68. — Hag e teusiont wardu lés ar gomtes. Ha lowen e voed outé el lés; ha lavaret deze a resiod n'ew ket dre dhirespet ewite o lakaed en-penn isel an tiegezz, nemet kustum al lés a oa evelse. Rak neb a ziskarsie eh zri c'hant den koskor hi, da voeta a gafsie en nessam dezi, ha hi en karsie êm en mwiam gour.

Ha goude diskaret gant Peredur eh zri c'hant den koskor el leur, hag êm asezet en tu dezi :

« Trugarekaat a ràm Doue a vout kavet gwas ken koant ha ken dewr ha te, pa ne-m eus ket kavet ar gour a garen ar mwiam.

— Piw oa ar gour a garès te ar mwiam ?

— Ma fez Etlym Glezev-Ruz oa ar gour a garen me ar mwiam. Ha ne-m eus e welet biskoazz.

— En han Doue, emez-am, kenhenter dim ew Etlym, ha setu êm aman. Ha

Il aurait pu le faire mieux que moi s'il l'eût voulu. Je te donne à lui.

— Que Dieu te remercie, beau jeune homme. J'accepte l'homme que j'aime le plus ».

Cette nuit-là Etlym et la comtesse dormirent ensemble.

XXIII

Le Tertre Douloureux — Il tue le Serpent

69. — Le lendemain Pérédur partit vers le Mont Douloureux.

« Par ta main, seigneur, dit Etlym, je vais avec toi ».

Ils marchèrent jusqu'à ce qu'ils aperçussent le Mont et les pavillons.

« Va vers ces gens-là, dit Pérédur à Etlym, et commande leur de venir me faire hommage ».

Etlym s'avança vers eux et leur parla ainsi :

« Venez faire hommage à mon seigneur.

— Qui est ton seigneur ? dirent-ils.

— C'est Pérédur Baladyr Hir qui est mon seigneur, répondit Etlym.

— S'il était permis de mettre à mort un messager, tu ne serais pas retourné vivant vers ton maître, pour avoir adressé à des rois, des comtes et des barons un ordre aussi insolent que de venir faire hommage à ton seigneur ».

Etlym revint vers Pérédur; celui-ci lui ordonna de retourner vers eux et de leur donner le choix, ou de lui faire hommage, ou de se battre avec lui.

70. — Ils préférèrent se battre. Pérédur renversa ce jour-là les propriétaires de cent pavillons. Le lendemain il jeta à terre les propriétaires de cent autres.

deuthum i y whare ath teulu. Ac ef ae gallei yn well no mi bei as mynhei.

A minheu ath rodaf titheu idaw ef.

— Duw a diolcho ititheu vaccwy tec. A minheu a gymeraf y gwr mwyhaf a garaf.

Ar nos honno kyscu a wnaeth Etlym ar iarlles ygyt.

dre garantez ewitam ôm me deut da c'hoari gant da goskor. Hag êm en gallsie welloc'h ewidôm ma karsie.

Ha me a-zz ro te dezam.

— Doue da-zz trugerakao, den iowank koant. Ha me a gemero ar gour a garam ar mwiam. »

Hag an nos se, kousket a raezz Etlym hag ar gomtes kevret.

XXIII

Ar C'hruk Glac'harus — Laz ar Prèmv

69. — A thranoeth kychwynnu a wnaeth Peredur parth ar Cruc Galarus.

« Myn dy law ti, arglwyd, mi a af ygyt a thi » heb yr Etlym

Wynt a doethant racdunt hyt y lle y gwelynt y cruc ar pebylleu.

« Dos, heb y Peredur, at y gwyr racco, wrth Etlym, ac arch udunt dyfot y wrhau imi. »

Ef a deuth Etlym attunt, ac a dywawt val hyn.

« Dowch y wrha ym harlwyd i.

— Pwy yw dy arglwyd ti, heb yr wynt.

— Peredur Baladyr Hir yw vy arglwyd i, heb yr Etlym.

— Pei dylyetus difetha kennal, nyt aut ti trachefyn yn vyw at dy arglwyd : am erchi arch mor trahaus y vrenhined a ieirll, a barwneit, a dyfot y wrhau yth arglwyd ti. »

Etlym a deuth tra y gefyn at Peredur. Peredur a erchis idaw vynet traegefyn attunt y rodi dewis udunt ae gwrhau idaw, ae ymwan ac ef.

69. — Hag antronos monet a raezz Peredur entresek ar C'hruk Glac'harus.

« Dre da zorn te, autrou, me a iel ganét-te » eme Etlym.

I a deuzz diraze betek elec'h e welent ar c'hruk hag ar pavillonou.

« Kes, eme Beredur ouzz Etlym, da gaout an dud sont, hag arc'h deze donet d'ober gwasoniezz dim. »

Hag e teuzz Etlym deze, hag e lavaras vel-henn.

« Deuct d'ober gwasoniezz d'am autrou.

— Piw ew da autrou te, emeze.

— Peredur Balazr hir ew ma àutrou me, eme Etlym.

— Ma visie deread distrujam kennad n'asies ket te war da gis en bêw da gaout da autrou : ewit arc'ham goulen ken arabadus da rouanez, ha komted, ha baroned, evel dont d'ober gwasoniezz da-zz autrou te. »

Etlym a deuzz war e gis davet Peredur. Peredur a archas dezam monet war e gis d'o c'havout, a reim dius deze pe ober gwasoniezz dezam, pe en emgannam gantam.

70. — Wynt a dewissyssant ymwan ac ef. A Pheredur a vyryawd perchen cant pebyll y dyd hwnnw yr llawr.

70. — I a diusas en emgannam gantam. Ha Peredur a ziskaras perc'hen kant pavillon an dez se el leur.

Les cent derniers se décidèrent alors à lui faire hommage. Pérédur leur demanda ce qu'ils faisaient là; ils répondirent qu'ils montaient la garde autour du serpent jusqu'à ce qu'il fût mort.

« Ensuite nous nous battrions entre nous pour la pierre, et le vainqueur l'obtiendrait.

— Attendez-moi ici, dit Pérédur, je vais rendre visite au serpent.

— Non pas, seigneur, dirent-ils. Allons ensemble nous battre avec lui.

— Non, dit Pérédur, je ne l'entends pas ainsi. Si l'on tuait le serpent je n'en aurais pas plus de gloire que l'un d'entre vous ».

Il alla à l'endroit où se trouvait le serpent et le tua. Puis il revint vers eux :

« Comptez votre dépense depuis que vous êtes venus ici, dit-il, et je vous rembourserai sur parole ».

Il paya chacun d'après ce qu'il prétendait lui être dû et ne leur demanda rien autre chose que de se reconnaître ses hommes. Puis il dit à Etlym :

« C'est vers la femme que tu aimes le plus que tu retourneras, tandis que moi je continuerai ma route. Je veux te payer pour avoir été à mon service. » Et il donna la pierre à Etlym.

« Que Dieu te le rende, dit Etlym, et aplanisse la voie devant toi. »

XXIV

L'Impératrice de Cristinobyl la Grande

71. — Pérédur se remit en route, et arriva à une vallée arrosée par une rivière, la plus belle qu'il eût jamais vu. Il y

(1) *Ar clr*, breton *war gher*, sur parole. Correction indiquée par M. LOTH (*Mab.*, t. II, p. 207). Le texte porte *ar cur* (mot à mot breton *war owr*).

(2) *Da*, ton (possessif); mot à mot : ton être homme à moi.

(3) De *rwez*, dre[illegible], uni, clair.

(4) Le manuscrit Peniarth 7 commence le récit de cet épisode par la phrase d'introdution suivante : Ac odyna y kerdawd Peredur y geisslaet chwedleu ywrth y wreic a rodes y maen ydaw. (Hag ahanc e kerzas Peredur da glask kelou diouzz ar wreg a roas ar maen dezam.)

A thranoeth ef a vyryawd perchen cant ereill yr llawr.

Ar trydyd cant a gawssant yn eu kynghor gwrhau y Peredur.

A Pheredur a ofynnawd udunt beth a wneynt yno; ac wynt a dywedassant pan yw gwarchadu y pryf hyny vei varw.

« Ac yna ymlad a wnaem ninheu am y maen; ar neb a vei trechaf o honam a gaffei y maen.

— Arowch vi yma, mi a af y ymwelet ar pryf.

— Nac ef, arglwyd, heb wynt. Awn y gyt y ymlad ar pryf.

— Ie, heb y Peredur, ny mynnaf i hynny : pei lledit y pryf ny chawn i oglot mwy noc un o honawch chwitheu. »

A mynet a wnaeth yr lle yd oed y pryf ae lad; a dyfot attunt wynteu.

« Kyfrifwch awch treul yr pan doettoch yma, a mi ae talaf iwch ar eir [1] heb y Peredur. »

Ef a dalawd udunt kymeint ac a dywawt pawb y dylyu ohonaw. Ac nyt erchis dim udunt eithyr adef eu bot yn wyr idaw.

Ac ef a dywawt wrth Etlym :

« At y wreic vwyhaf a gery yd ey ti; a minheu a af ragof, ac a dalaf it dy fot yn wr im. »

Ac yna y rodes ef y maen y Etlym.

« Duw a talho it, ha rwydheyt Duw ragot ! »

Hag antronos êm a ziskaras perc'hen kant arall el leur.

Hag an drede kant a gafas en o meno ober gwasoniezz da Beredur.

Ha Peredur a c'houlennas digante petra a raeut eno; hag i a lavaras ez oa ewezzhaat ar prêmv ken na visie marw.

« Ha neuse en emgannam a rafemp ni ewit ar maen, hag an hini a vefe trec'ham ahanomp a gaffe ar maen.

— Ma gortoït me aman; me a a d'en emwelet gant ar prêmv.

— Nan, autrou, emezè. Ni a iel genét d'en emgannam gant ar prêmv.

— Iè, eme Beredur, ne vennam me sé : ma ez lazfed ar prêmv ne gaffen ket a vrud mwi eget unan ahanoc'h c'hwi. »

Ma monet a raezz elec'h ez oa ar prêmv hag en lazas. Ha donet davetè.

« Kontet oh lispign aban e teusioc'h aman, ha me a baeo dec'h war gher [1] eme Beredur. »

Em a baeas deze kement hag a lavaras pop hini a dleed dezam; ha ne arc'has netra deze nemet anzav o bout tud dezam.

Hag êm a lavaras da Etlym : « Davet ar wreg a geres ar mwiam ez i te; ha me a a diragom, hag a bæ dit da [2] vout gour dim. »

Ha neuse e roas êm ar maen da Etlym.

« Doue da-zz pœo, ha rwezhaet [3] Doue diragout. »

XXIV

Impalaeres Kristinobyl veur [4]

71. — Ac ymdeith yd aeth Peredur. Ac ef a deuth y dyffryn afon teccaf a welsei eiroet. A llawer o pebylleu amliw a welei yno; a ryfedach ganthaw no hynny,

71. — Hag en hent ez aezz Peredur. Hag êm a deuzz da eun drowien avon, ar c'haerrara en devoa gwelet biskoazz. Ha kals a bavillonou a bop liw a wele

vit une multitude de pavillons de différentes couleurs; mais ce qui l'étonna davantage, ce fut d'y trouver tant de moulins à eau et de moulins à vent.

Il se heurta à un homme brun, de grande taille, ayant l'aspect d'un *saer* (1) et lui demanda qui il était.

« Je suis, répondit l'homme, le chef meunier de tous ces moulins-là.

— Trouverai-je un logement chez toi ? demanda Pérédur.

— Volontiers, répliqua l'autre ».

Il alla chez le meunier et y vit un beau logement qui lui convint.

Puis il lui demanda de l'argent en prêt pour acheter de la nourriture et de la boisson pour lui et les gens de la maison: il s'engageait à le rembourser avant de partir.

Il demanda au meunier la cause de tout ce rassemblement.

« De deux choses l'une, dit le meunier, ou tu viens de loin, ou tu n'es pas dans ton bon sens. Ici se trouve l'impératrice de Cristinobyl-la-Grande, qui ne veut pour époux que l'homme le plus vaillant, car elle n'a nul besoin de biens.

C'est parce qu'il serait impossible d'apporter ici des vivres pour tant de milliers d'hommes qu'on a établi cette multitude de moulins ».

Cette nuit-là ils prirent du repos.

72. — Le lendemain Pérédur se leva, se revêtit de ses armes et équipa son cheval pour aller au tournoi.

Au milieu des pavillons il en distingua un, le plus beau qu'il eût jamais vu.

Il y voyait une belle jeune fille qui avançait la tête à la fenêtre du pavillon : il n'en avait jamais contemplé de plus belle. Elle portait un vêtement de *paile*.

(1) *Saer*, ouvrier en pierre ou en bois, charpentier

gwelet y sawl a welei o velineu ar dwfyr a melineu gwynt.

Ef a gyhyrdawd ac ef gwr gwineu mawr a gweith saer arnaw. A gofyn pwy oed a oruc Peredur.

« Pen melinyd wyfi ar y melineu racco oll.

— A gaffafi lety genhyt ti ? heb y Peredur.

— Keffy, heb ynteu, yn llawen. »

Ef a deuth y ty y melinyd; ae ef a welas llety hoff tec y melinyd.

Ac erchi a wnaeth Peredur aryant yn echwyn yr melinyd y brynu bwyt a llyn idaw ac y tylwyth y ty; ac ynteu a talei idaw kyn y vynet odyno.

Gofyn a oruc yr melinyd py achaws yd oed y dygyfor hwnnw.

Y dywawt y melinyd wrth Peredur : « Mae y neill peth : ac tydi yn wr o bell, ac titheu yn ynvyt. Yma y mae amherodres Cristinobyl vawr; de ny myn honno namyn y gwr dewraf, canyt reit idi da.

Ac ny ellit dwyn bwyt yr sawl vilyoed yssyd yma; ac o achaws hynny y mae y sawl velineu. »

Ar nos honno kymryt esmwyther a wnaethant.

72. — A thranoeth kyfodi y vynyd a wnaeth Peredur, a gwisiaw ymdanaw ac ywdan y varch, y vynet yr twrneimeint.

Ac ef a welei bebyll ym plith y pebilleu ereill, teuaf or a welsei eiroet.

A morwyn tee a welei yn ystynnu y phen trwy ffenestyr ar y pebyll. Ac ny welsei eiroet morwyn tegach. Ac emwisc o bali ymdanei.

Ac edrych a wnaeth ar y vorwyn yn graff, a mynet y chariat yndaw yn vawr.

éno, ha souezussoc'h dezam eget se, gwelet kement a velinou war dhour ha melinou awel.

En em stokom a raezz outam eun den duard bras ha stum *saer*[1] warnam. Ha goulen piw a oa a eure Peredur.

« Penn meliner ôm-me war ar melinou sont oll.

— Ha kavout a rim-me lojeis genét-te ? eme Beredur.

— Kavout a ri, eme egile, en lowen. »

Em a deuzz da di ar meliner; hag êm a welas lojeis plijus koant ar meliner.

Ha goulen a raezz Peredur arc'hant en amprest digant ar meliner da brénam boet hag évaj dézam ha da dud an ti; hag êm a baesie dezam kent monet ahane.

Goulen a eure digant ar meliner perag az oa ar reus se.

Hag e lavaras ar meliner da Beredur : « Pe an eil pe égile : pe te so eun den a bell, pe te so diskiant. Aman e man impalaeras Kristinobyl veur; ha ne venn hounezz nemet ar gour dewram, rag n'ew ket red dezi kaout madou.

Ha ne helled dougen boét da gement a vilierou tud ha so aman, hag ewit se ez eus kement a velinou. »

Hag an nos se kemeret ehan a resiont.

72. — Antronos sevel a raezz Peredur, ha gwiskam emdanam hag emdan e varc'h da vonet d'an tournament.

Hag êm a wele eur pavillon en mesk ar pavillonou all, ar c'haerram en devoa gwelet biskoazz. Hag eur plac'h iowank koant a wele o-h asten eh phenn dre brennest ar pavillon. Ha n'en devoa gwelet biskoazz plac'h iowank koantoc'h. Hag eur gwisk pali ganti.

Ha sellet a raezz stard ouzz ar plac'h iowank, ha monet eh c'harantez ennam en meur.

Il la regarda fixement et son amour le pénétra profondément.

Et il resta ainsi, contemplant la jeune fille, depuis le matin jusqu'à midi et depuis midi jusqu'au soir. Alors le tournoi prit fin.

Il revint à son logis, retira ses armes et demanda au meunier de l'argent en prêt. La femme du meunier s'irrita contre lui, mais néanmoins le meunier lui en prêta.

Le lendemain il se conduisit comme la veille.

Le soir il revint à son logis et emprunta de l'argent au meunier.

73. — Le troisième jour pendant qu'il se trouvait au même endroit, contemplant la jeune fille, il sentit un coup violent entre l'épaule et le cou, du manche d'une cognée. Il se retourna et vit le meunier qui lui dit :

« Fais l'un ou l'autre : retire ta tête d'ici, ou va au tournoi ».

Pérédur sourit au meunier et se rendit au tournoi.

Tous ceux qui se rencontrèrent avec lui ce jour-là, il les jeta à terre.

Il envoya les hommes en présent à l'impératrice, les chevaux et les armes en présent à la femme du meunier comme acompte de son argent.

Pérédur suivit le tournoi jusqu'à ce qu'il eût terrassé tout le monde.

Les hommes, il les envoya à la prison de l'impératrice, les chevaux et les armes à la femme du meunier, en acompte sur l'argent emprunté.

74. — L'impératrice dépêcha vers le chevalier du Moulin pour lui demander de la venir voir.

(1) Remarquer l'emploi de *klewet* pour *sentir*. De même dans les contes populaires : *Chwêzz ar c'hristen a glewam, eme ar jeant*; je *sens* l'odeur de chrétien, dit le géant.

Ac velly y bu yn edrych ar y vorwyn o'r bore hyt hanher dyd; ac o hanher dyd hyny oed pryt nawn.

Ac yna neur darved y twrneimeint.

A dyfot a oruc y lety, a thynnu a oruc arveu y ymdanaw, ac erchi aryant yr melinyd yn echwyn.

A dic vu wreic y melinyd wrth Peredur, ac eissoes y melinyd a rodes aryant yn echwyn idaw.

A thrannoeth y gwnaeth yr un wed, ac a wnathoed y dyd gynt.

Ar nos y doeth oe lety, ac y kymerth aryant yn echwyn ygan y melinyd.

73. — Ar trydyd dyd, pan yttoed yn yr un lle yn edrych ar y vorwyn, ef a glewei dyrnawt mawr rwg ysewyd a mynwgyl a mynybyr bwyall. A phan edrychawd draegefyn ar y melinyd, y melinyd a dywawt wrthaw.

« Gwna y neyll peth, heb y melinyd; ae tidy a tynho dy penn ymdeith, ae titheu a el yr twrneimeint. »

A gowenu a wnaeth Peredur ar y melinyd, a mynet yr twrneimeint.

Ac a gyfarfu ac ef y dyd hwnnw, ef a vyryawd oll yr llawr wynt.

A chemeint ac a vyryawd a anvones, y gwyr yn anrec yr amherodres, ar meirch ar arveu yn anrec y wreic y melinyd yr ymaros am y haryant echwyn.

Dilin a oruc Peredur y twrneimeint hyny vyryawd pawb yr llawr.

Ac a vyrywys ef yr llawr, anvon y gwyr a oruc y garchar yr amherodres, ar meirch ar arveu y wreic y melinyd yr ymaros am yr aryant echwyn.

74. — Yr amherodres a anvones y at

Ha velse e voe o sellet ouzz ar plac'h iowank diouzz ar beure bete kreistez; ha diouzz kreistez ken ez oa abardaez.

Ha neuse e voe diwez an tournament.

Ha donet a eure d'e lojeis ha tennam a eure e armou a emdanam, ha goulen arc'hant digant ar meliner en amprest.

Ha drouk voe en gwreg ar meliner ouzz Peredur, ha na wit se ar meliner a roas arc'hant en amprest dézam.

Antronos e raezz hevelep neuz evel e-n devoa gwraet an dez kent.

Hag an nos e teuzz d'e lojeis, hag e kemeras arc'hant en amprest digant ar meliner.

73. — Hag an drede dez, pan edo er mémes lec'h e sellet war ar plac'h iowank, èm a *glewe*(1) eun dornad bras entre skoaz ha gouzouk gant eun troad bouhaill. Ha pa sellas drek e gein war ar meliner, ar meliner a lavaras dezam :

« Gwra an eil pe egile, eme ar meliner; pe te a denno da benn ahann, pe te a iel d'an tournament. »

Ha mousc'hwerzin a raezz Peredur ouzz ar meliner, ha monet d'an tournament.

Ha neb a c'hoarvezas gantam an dez se èm o diskaras oll el leur.

Ha kement hag a ziskaras a gassas, an dud en kinnig d'an impalaeres, ar c'hések hag an armou en kinnig da wreg ar meliner ewit gortos war eh arc'hant amprest.

Delc'hen a eure Peredur en tournament ken na dhiskaras pop hini el leur.

Ha neb a dhiskaras èm el leur, kass an dud a eure da brison an impalaeres hag ar c'hesek hag an armou da wreg ar meliner en gortos war an arc'hant amprest.

74. — An impalaeres a gassas da gaout

Pérédur négligea le premier et le second message qui lui furent adressés.

La troisième fois elle envoya cent chevaliers pour lui mander de la venir voir, avec ordre de l'amener de force s'il ne venait de bon gré.

Ils allèrent à lui, et lui exposèrent le message de l'impératrice.

Il joua franc jeu avec eux; il les fit lier comme on lie un chevreuil et jeter dans le fossé (bief) du moulin.

L'impératrice demanda l'avis d'un homme sage qui faisait partie de son conseil : « J'irai, dit-il, le trouver, comme ton messager ».

Il vint trouver Pérédur, le salua, et lui demanda au nom de son amante de venir voir l'impératrice.

Il vint, en compagnie du meunier.

75. — En arrivant dans le pavillon, il s'assit au premier endroit venu, et elle vint auprès de lui.

Il y eut entre eux un court entretien, après quoi il prit congé et retourna à son logis.

Le lendemain il retourna la voir.

En entrant au pavillon il vit qu'il n'y avait nul endroit préparé avec moins de soin que les autres, car on ne savait pas où il irait s'asseoir.

Pérédur s'assit à côté de l'impératrice et causa avec elle amicalement.

76. — Sur ces entrefaites ils virent entrer un homme noir, ayant à la main un gobelet d'or rempli de vin.

Il tomba à genoux devant l'impératrice et lui demanda de ne le donner qu'à celui qui viendrait se battre avec lui à propos d'elle.

varchawc y velin y erchi idaw dyfot y ymwelet a hi.

A ffalu a wnaeth yr gennat gyntaf, ar eil a aeth attaw.

A hitheu y trydyd weith a anvones cant marchawc y erchi idaw dyvot y ymwelet a hi; ae, ony delhei oe vod, erchi udunt y dwyn oe anvod.

Ac wynt a doethant attaw ac a dywedassant eu kenhadwri wrth yr amherodres.

Ynteu a wharaiawd ac wynt yn da. Ef a barawd eu rwymaw rwymat iwrch, ac eu bwrw yn clawd y velin

Ar amherodres a ofynnawd kyghor y wr doeth oed yn y chyghor. A hwnnw a dywawt wrthi :

« Mi a af attaw ar di gennat. »

A dyfot at Peredur, a chyfarch gwell idaw, ac erchi idaw, yr mwyn y orderch, dyfot y ymwelet ar amherodres.

Ac ynteu a deuth, ef ar melinyd.

75. — Ac yn y gyfeir gyntaf y deuth yr pebyll, eisted a wnaeth, a hitheu a deuth ar y neill law.

A byr ymdidan a vu rwgthunt : a chymryt canhat a wnaeth Peredur, a mynet oe lety.

Tranoeth ef a aeth y ymwelet a hi, a phan deuth yr pebyll, nyt oed gyfeir ar y pebyll a vei waeth y geweirdeb noe gilyd, kany wydynt wy py le yd eistedei ef.

Eisted a oruc Peredur ar neill law yr amherodres, ac ymdidan a wnaeth yn garedic.

76. — Pan yttoedynt velly, wynt a welynt yn dyfot y mywn, gwr du a gorflwch eur yn y law, yn llawn o win.

A dygwedaw a oruc ar pen y lin ger bron yr amherodres, ac erchi idi nas rodei onyt yr neb a delei y ymwan ac efo ymdanei.

marc'hek ar velin da arc'ham dézam dont d'en emwelet ganti.

Ne raezz van ewit ar c'hennad kentam nag ewit an eil a aezz dezam.

Ha hi an drede gweizz a gassas kant marc'hek da arc'ham dézam donet d'en emwelet ganti; ha ma ne deusie a c'hrad vad, arc'ham deze e dhigass a enep-grad.

Hag i a deuzz dezam hag a lavaras o c'hennadur a beurz an impalaeres.

Èm a c'hoarias gantè da vad. Èm a raezz o eréim evel ma eréer eur iourc'h, hag o zaul en kleuz ar velin.

An impalaeres a c'houlennas ali digant eur gour fur a oa en eh c'husuil. Ha hennezz a lavaras dezi :

« Me a a dezam evel da gennad. »

Ha dont da gaout Peredur, ha mennat vad dezam, hag arc'ham dezam en hano e garantez dont d'en emwelet gant an impalaeres.

Hag èm a deuzz, èm hag ar meliner.

75. — Hag en tu gentam e teuzz er pavillon, asezam a raezz, ha hi a deuzz en e gichen.

Ha berr gomsaden a voe entréze : ha kemeret autre a raezz Peredur, ha monet d'e lojeis.

Antronos, èm a aezz d'en emwelet ganti, ha pa deuzz er pavillon, ned oa neb tu er pavillon a visie wazz e gempenn ewit egile, rak ne ouient -i pelec'h ez asezsie èm.

Asezam a eure Peredur en kichen an impalaeres, ha kauséal a raezz en karedik.

76. — Pan edoant velsé, i a wele e tont ebarz, eur gour du, hag eun hanaf owr en e zorn, leun a win.

Ha koezam a eure war benn e c'hlin dirak an impalaeres, hag arc'ham dezi n'en rosie nemet da neb a deusie da-n emgann gantam ewiti.

Elle regarda Pérédur.

« Princesse, dit-il, donne-moi le gobelet ».

Il but le vin et donna le gobelet à la femme du meunier.

77. — A ce moment entra un homme noir plus grand que le premier, ayant à la main un ongle de *pryv*, taillé en forme de coupe et rempli de vin. Il le donna à l'impératrice en la priant de n'en faire don qu'à celui qui se battrait avec lui.

« Princesse, dit Pérédur, donne-le moi ».

Pérédur but le vin et donna le gobelet à la femme du meunier.

Alors entra un homme aux cheveux rouges frisés, plus grand qu'aucun des deux autres, ayant à la main un gobelet de cristal, rempli de vin.

Il fléchit un genou et remit le gobelet dans la main de l'impératrice en la priant de ne le donner qu'à celui qui viendrait se battre pour elle avec lui.

Elle le donna à Pérédur qui l'envoya à la femme du meunier.

78. — Cette nuit Pérédur retourna à son logis. Le lendemain il s'habilla, équipa son cheval, se rendit au pré et tua les trois hommes.

Alors il vint au pavillon, et l'impératrice lui dit :

« Beau Pérédur, rappelle-toi la foi que tu m'as donnée quand je te fis don de la pierre et que tu tuas l'*addanc*.

— Princesse, répondit-il, tu dis vrai; moi aussi je m'en souviens ».

Pérédur gouverna avec l'impératrice pendant quatorze années selon que rapporte l'histoire.

(1) *Krec'h*, crépu, frisé.

A hitheu a edrychawd ar Peredur.

« Arglwydes. heb ef, moes imi y gorvluch. »

Ac yfet y gwin a wnaeth, a rodi y gorflwch y wreic y melinyd.

77. — A phan yttoedynt velly, nachaf wr du oed vwy nor llall; ac ewin pryf yn y law ar weith gorflwch, ae loneit o win. Ae rodi yr amherodres, ac erchi idi nas rodei onyt yr neb a ymwanei ac ef.

« Arglwydes, heb y Peredur, moes imi. »

Ae rodi y Peredur, a wnaeth hi.

Ac yvet y gwin a oruc Peredur, a rodi y gorflwch y wreic y melinyd.

Pan yttoedynt velly, nachaf gwr pengrych coch a oed vwy noc un or gwyr ereill, a gorflwch o vaen crissant yny law ae loneit o win yndaw.

A gostwg ar pen y lin, ae rodi yn llaw yr amherodres, ac erchi idi nas rodei onyt yr neb a ymwanei ac efo ymdanei.

Ae rodi a wnaeth hitheu y Peredur, ac ynteu ae hanvones y wreic y melinyd.

78. — Y nos honno mynet y letty.

A thrannoeth gwiscaw ymdanaw ac am y varch, a dyfot yr weirglawd, a llad y try wyr, a oruc Peredur.

Ac yna y deuth yr pebyll.

A hitheu a dywawt wrthaw :

« Peredur tec, coffa y gret a rodeist ti imi, pan rodeis i itti y maen, pan ledeist ti yr adanc.

— Arglwydes, heb ynteu, gwir a dywedy, a minheu ae coffaaf. »

Ac y gwledychwys Peredur gyt ar amherodres, pedeir blyned ar dec, megys y dyweit yr historya.

Ha hi a sellas war Beredur.

« Itron, emezam. ro dim an hanaf. »

Hag evam ar gwin a raezz, a rei an hanaf da wreg ar meliner.

77. — Ha pan edoant evelse, setu eur gour du a oa brassoc'h ewit egilé; hag eun iwin amprévan en e dhorn, en stum hanaf, hag e leizz a win. Hag en rei d'an impalaeres, hag arc'ham dezi n'en rosie nemet da neb a-n emgannsie gantam.

« Itron, eme Beredur, ro dim. »

Hag e rei da Beredur a raezz hi.

Hag evam ar gwin a eure Peredur, ha rei an hanaf da wreg ar meliner.

Pan edoant velse, setu eur gour penn-kréc'h[1] ruz, a oa brassoc'h eget unan eus an dow all, hag eun hanaf maen kristal en e dhorn, hag e leizz a win ennam.

Ha stouet war benn e ghlin, hag e rei en dorn an impalaeres, hag arc'ham dezi n'en rosie nemet da neb en emgannsie gantam ewit-hi.

Hag e rei a raezz hi da Beredur, hag êm e gassas da wrég ar meliner.

78. — An nos se, monet d'e lojeis.

Antronos, gwiskam emdannam hag em dan e varc'h, ha dont d'ar prad, ha lazam an tri gour a eure Peredur.

Ha neuse e teuzz d'ar pavillon.

Ha hi a lavaras dezam :

« Peredur koant, kômva ar gret a roaste dim, pa roïs-me dit ar maen, pa lazas te an avank.

— Itron, emez-am, gwir a leveres, ha me en kômva. »

Hag e renas Peredur gant an impalaeres, pewarzek bloazwezz evel e lavar an histor.

TROISIÈME PARTIE

XXV

La Fille Noire

79. — Arthur se trouvait à Caer-Léon sur Wyse, sa principale cour.

Au milieu du hall, quatre hommes étaient assis sur un tapis de paile : Owein, fils d'Urien, Gwalchmei, fils de Gwyar, Howel, fils d'Emyr Lhydaw, et Pérédur Baladyr Hir (à la longue lance).

Tout à coup ils virent entrer une jeune fille aux cheveux noirs crépus, montée sur un mulet jaune, tenant à la main des lanières grossières pour diriger sa monture. Elle avait un aspect rude et désagréable. Son visage et ses mains étaient plus noirs que le fer le plus noir trempé dans la poix. Mais son teint n'était pas ce qu'il y avait de plus laid : c'était la forme de son corps : les joues relevées et le visage allongé vers le bas; le nez court, aux narines distendues; l'un des yeux gris vert étincelant, l'autre noir comme le jais au fond de la tête; des dents longues, jaunes, plus jaunes que les fleurs du genêt. Son ventre se relevait de la poitrine plus haut que son menton. Son échine avait la forme d'une crosse. Ses cuisses étaient larges, osseuses, et, au-dessous, tout était mince, à l'exception des pieds et des genoux qui étaient gros.

80. — Elle salua Arthur et toute sa cour, à l'exception de Pérédur. A Pérédur elle parla en termes irrités, désagréables.

(1) *Llydaw* désigne la Bretagne armoricaine.

(2) *Banazl*, genêt; conservé dans le dialecte de Vannes. Métathétisé ailleurs en *bazlan*. Cf. les noms propres *Ploubazlanec* (Tréguier), *Bannalec* (H.-Cornouaille).

(3) *Klezren eh diw vron*, traduction littérale de *cledyr y dwy vron*, l'os de la poitrine, le sternum. Le mot *cledyr* (mod. *cledr*) signifie en général : corps plat, bois de toiture, douve, bardeau, grille. Le breton *klezren* (z muet dans la prononciation moderne) a à peu près les mêmes significations : glace superficielle, barres dans une charrette, principale pièce de bois d'une claie, etc. (ERNAULT, *Glossaire*, 106).

(4) *Klun*, cuisse, fesse (moy. bret. et vannetais).

TREDE RANNAD

XXV

Ar Plac'h du

79. — Arthur a oed yg Kaer Llion ar Wysc, prif lys idaw.

Ac yghanawl llawr y neuad yd oed petwar gwyr yn eisted ar len o bali : Owein vab Uryen, a Gwalchmei, vab Gwyar, a Hywel, vab Emyr Llydaw, a Pheredur Baladyr Hir.

Ac ar hynny, wynt a welynt yn dyfot ymywn morwyn bengrych du ar gefyn mul melyn, a charreieu anvanawl yn y llaw yn gyrru y mul, a phryt anvanawl agharueid arnei.

Duach oed y hwyneb ac dwylaw nor hayarn duhaf a darffei y bygu.

Ac nyt y lliw hacraf, namyn y llun. Grudyeu aruchel, ac wyneb kycir y waeret; a thrwyn byr ffroenvoll; ar neill lygat yn vrithlas tratheryll, ar llall yn du val y muchyd, ygheuhynt y phen; danhed hiryon melynyon, melynach no blodeu y banadyl. Ae chroth yn kychwynnu o gledyr y dwy vron yn uch noe helgeth. Ascwrn y chefyn oed ar weith bagyl ; y dwy glun oed yn llydan yscyrnic, ac yn vein oll o hynny y waeret, eithyr y traet ar glinyeu oed vras.

79. — Arzur a oa en Kaer Léon war Wisk, kentam lés dézam.

Hag en kreis leur an nowaz ez oa pewar gour en o c'hoasez war eur lenn pali : Ewan vab Uryen, ha Gwalc'hmei vab Gwyar, ha Howel vab Emyr Lydaw [1], ha Peredur Balazr Hir.

Ha war-se i a wele o tont ebarz, eur plac'h penkrec'h du, war gein eur mul melen, ha landonou rust en eh dorn da rén ar mul, ha stum garw dishégar warni.

Duoc'h oa eh dremm hag eh dowarn ewit an houarn duam a dheufet da begam.

Ha ne oa ket eh liw an hakram, nemet eh stumm. Diw jod uhel ha dremm hir war drow, ha fri ber fron ledan; hag unan eus eh dowlagad brizz-g'hlas lugernus, egile du vel ar jed, en kein eh phenn; dent hir melen, melenoch ewit bleuziou ar banazl [2]. Hag eh c'hof o sevel a glezren eh diwvron [3] uhelloc'h eget eh elgezz. Askorn eh c'hein oa en gwezz kammel; eh diw glun [4] oa ledan eskernek, hag en moan oll ahane war drow, nemet eh zreid hag eh dowlin a oa téw.

80. — Kyfarch gwell y Arthur ae teulu oll eithyr y Peredur a oruc. Ac wrth Peredur y dywawt geireu dic anhygar.

80. — Mennat well da Arzur ha d'e diegezz oll nemet da Beredur a eure. Ha da Beredur e lavaras geiriou dik, dishegar.

« Pérédur, dit-elle, je ne te salue pas, car tu ne le mérites point. La destinée était aveugle quand elle t'accorda faveur et gloire. Quand tu allas à la cour du roi boiteux et que tu y vis la lance sanglante, de la pointe de laquelle sortait une goutte de sang, qui coulait en torrent jusqu'à la main du jeune homme, et d'autres prodiges encore, tu n'en demandas ni le sens ni la cause. Si tu l'avais fait, le roi eût obtenu la santé pour lui et la paix pour ses états; tandis que désormais il n'y aura que guerres et combats, chevaliers tués, femmes laissées veuves, dames sans moyens de subsistance. Et tout cela à cause de toi. »

81. — Alors s'adressant à Arthur :

« Avec ta permission, seigneur, dit-elle, mon logis est loin d'ici, c'est au Château Orgueilleux qu'il se trouve.

Je ne sais si tu en as entendu parler. Il y a là cinq cent soixante-six chevaliers ordonnés, et chacun d'eux a avec lui la femme qu'il aime le plus. Quiconque voudra gagner la gloire des armes, des luttes et des combats la trouvera là s'il en est digne.

Mais celui qui aspirerait au sceptre de la gloire et de l'honneur, je sais où il le trouverait. Sur une montagne que l'on voit de toutes parts se dresse un château où réside une jeune fille et que l'on tient étroitement assiégée. Quiconque pourrait la délivrer acquerrait la plus grande renommée du monde ».

En disant ces paroles elle sortit.

« Par ma foi, dit Gwalchmei, je ne dormirai pas tranquille avant d'avoir su si je peux délivrer la jeune fille ».

Beaucoup des hommes d'Arthur adoptèrent le sentiment de Gwalchmei.

(1) *Limvadek*, de *limvam*, couler, déborder; même racine que le gallois *llifeit*. *Gwaf limvadek*, mot à mot : lance coulante.

(2) *Ster*, signification, sens (moy.-bret.), d'où *dister*.

(3) *Dellez*, de *delled*, mériter (comme *gonez* de gonid).

« Peredur, ny chyfarchaf i well itti, kanys dylyy. Dall vu y tyghetven pan rodes itti dawn a chlot.

Pan doethost y lys y brenhin cloff, a phan weleist yno y maccwy yn dwyn y gwayw llifeit : ac o vlaen y gwayw dafyn o waet, a hwnnw yn redec yn rayadyr hyt yn dwrn y maccwy; ac enryfedodu ereill hevyt a weleist yno, ac ny ofynneisti eu hystyr nac eu hachaws.

A phei as gofynnut, iecheit a gaffei y brenhin, ae gyfoeth yn hedwch.

A bellach brwydreu, ac ymladeu, a cholli marchogyon, ac adaw gwraged yn vedw, a rianed yn diossymdeith. A hynny oll oth achaws ti. »

81. — Ac yna y dywawt hi wrth Arthur: « Gan dy ganhat, arglwyd, pell yw vy llety odyma; nyt amgen yg Kastell Syberw : ny wnn a glyweist y wrthaw.

Ac yn hwnnw y mae whech marchawc a thrugeint a phym cant o varchogyon urdawl; ar .eic vwyhaf a gar pob un get ac ef.

A phwy bynhac a vynho ennill clot o arveu ac o ymwan, ac o ymlad, ef ae keiff yno os dirper.

A vynnei hagen arbenhierwyd clot ac etmyc, gwn y lle y kaffei.

Kastel yssyd ar vynyd amlwc, ac yn hwnnw y mae morwyn, ac yn y gyfeisledyaw yd yttys. A phwy bynhac a allei y rydhau, pen clot y byt a gaffei. »

Ac ar hynny kychwynu ymdeith a oruc.

Heb y Gwalchmei : Myn vyg cret ny chysgaf hun lonyd, nes gwybot a allwyf ellwng y vorwyn. »

A llawer o teulu Arthur a g'ttunnawd ac ef.

« Peredur, ne ràm ket ma gourc'hemenou dit rag n'ew ket dleci. Dall voe an tonkadur pa roas dit donaeson ha brud.

Pa deuzziout da lós ar brientin kamm, ha pa welas-te eno ar pautr iowank o tougen ar gwaf limvadek (1), hag a vlein ar gwaf eun daken wad, ha honnezz o redek en froud betek en dorn ar pautr iowank : ha burzudou all ivez a welas-te eno, ha ne c'houlennas ket o ster (2) nag o c'haus.

Ha ma-zz pisie goulennet, iec'hed a-n divisie kavet ar roue, hag e zanvez en peuc'h.

Ha breman breseliou, hag emlazou, ha koll marc'heien, ha lesel gwragez intàmvesed ha itronesed en dieznes. Ha se oll en abek dit. »

81. — Ha neuse e lavaras hi da Arzur : « Gant da aütre, autrou, pell ew ma lojeis ahann: en Kastel Superb end-eün eman: n'oun ket a te a glewas dioutam.

Hag en hennezz ez eus c'hwec'h marc'hek ha triugent war bemp kant a varc'heien urzel : hag ar wreg vwiam a gar pop hini gantam.

Ha piw bennag a venno gonid clod a armou hag a emgann, hag a emlaz, èm o c'hafo èno mar dellez (3).

Hogen an hini a venufe *pennediyezz* ar vrud hag an enor, me a oar al lec'h e kaffe.

Eur c'hastel so war eur menez a weler tro dro, hag en hennezz so eur plac'h iowank, hag en eh sezizam e ver. Ha piw bennag a hallfe eh frankaad, pen clod ar bed a gaffe ».

Ha war se monet arauk a eure.

Gwalchmei a lavaras : « Dre ma fez ne gouskim hun en peuc'h nes gouzout a me hallo leuskel ar plac'h iowank ».

Ha kals a diegezz Arzur a unanas gantam.

Mais Pérédur s'exprima autrement :

« Par ma foi je ne dormirai pas d'un sommeil tranquille tant que je n'aurai pas su l'histoire et le sens de la lance dont a parlé la fille noire ».

XXVI

Aventure de Gwalchmei

82. — Chacun était en train de s'équiper lorsque se présenta à l'entrée un chevalier ayant la stature et la vigueur d'un guerrier, bien équipé de cheval et d'armes. Il s'avança et salua Arthur et toute sa maison, à l'exception de Gwalchmei. Le chevalier portait sur l'épaule un écu émaillé d'or, barré d'une traverse d'azur bleu, et toutes ses armes étaient de cette couleur.

S'adressant à Gwalchmei, il dit : « Tu as tué mon seigneur par tromperie et trahison, et je le prouverai contre toi ».

Gwalchmei se leva : « Voici, dit-il, mon gage contre toi, ici ou à l'endroit que tu voudras, que je ne suis ni trompeur ni traître.

— C'est devant le roi, mon suzerain, que je veux que notre rencontre ait lieu.

— Volontiers, dit Gwalchmei; marche devant, je te suis ».

Le chevalier partit.

Gwalchmei s'équipa. On lui proposa beaucoup d'armes, mais il ne voulut que les siennes propres.

83. — Gwalchmei et Pérédur se revêtirent de leurs armes et marchèrent à la suite du chevalier, à cause de leur compagnonnage et de leur grande affection l'un pour l'autre.

Ils ne se mirent pas en quête ensemble mais chacun de son côté.

(1) *Kroezr*, crible. Dans le gallois, *eurgrwydyr*, le second terme du composé semble identique au vieux gallois *cruitr*, équivalent au moyen-breton *kroezr*. C'est pourquoi j'ai traduit par le correspondant phonétique *owr-groezr* : sur lequel l'or se trouve éparpillé comme par un crible, émaillé d'or.

(2) *Barad*, tromperie, trahison.

Amgen hogen y dywawt Peredur :
« Myn vyg cret ny chyscaf hun lonyd nes gwybot chwedyl ac ystyr y gwayw a dywawt y vorwyn du ymdanaw. »

En doare all hogen e komsas Peredur :
« Dre ma fez ne gouskin hun en peuc'h nés gouzout histor ha ster ar gwaf a gomsas ar plac'h du dioutàm ».

XXVI

Digoézad Gwalc'hmei

82. — A phan yttoed pawb yn ymgyweiraw, nachaf varchawc yn dyfot yr porth, a meint milwr ae angerd yndaw, yn geweir o varch ac arveu. Ac a deuei racdaw, ac a gyfarchei well y Arthur ac teulu oll eithyr y Walchmei.

Ac ar yscwyd y marchawc yd oed taryan eurgrwydyr, a thrawst o lassar glas yndi; ac un liw a hynny yd oed y arveu oll.

Ac ef a dywawt wrth Walchmei :

« Ti a lèdeist vy arglwyd oth twyll ath vrat. A hynny mi ae profaf arnat. »

Kyfodi a wnaeth Gwalchmei y vynyd.

« Llyma, heb ef, vyg gwystyl yth erbyn, ae yma, ae yn y lle y mynhych, nat wyf na thwyllwr na bradwr.

— Ker bron y brenhin yssyd arnali y mynhaf bot y gyfranc yrofi a thi.

— Yn llawen, heb y Gwalchmei, dos ragot, mi yth ol. »

Racdaw yd aeth y marchawc.

Ac ymgeweiraw a wnaeth Gwalchmei; a llawer o arveu a genigwyt idaw, ac ny mynnawd onyt y rei ehun.

82. — Ha pan edo pop hini o-n em gempen, setu eur marc'hek o tont er porz, ment bresellour hag e nerz gantam, en kempen a varc'h hag a armou. Hag a deue dirazam, hag a salude Arzur hag e diegezz oll nemet Gwalc'hmei.

Ha war skoaz ar marc'hek ez oa eun tarian owr-groezr [1], hag eun treusiad asur glas ennam; hag a eul liw evel hennezz ez oa e armou oll.

Hag èm a lavaras da Walc'hmei :

« Te a lazas ma autrou dre da dwell ha da varad [2]. Ha se me a brouvo warnout. »

Sevel a raezz Gwalchmei en e sav.

« Setu aman, emez-am, ma gwestl ezz arbenn, pe aman, pe elec'h a gari na òm na tweller na barader.

— Dirag ar brientin so warnom-me e vennam bout ar c'hoari ewidom ha te.

— En lowen, eme Walc'hmei, kes dirazout, me a-zz heul. »

Dirazam ez aezz ar marc'hek.

Hag en emgempen a raezz Gwalchmei; ha kals a armou a ginnigat dezam ha ne vennas nemet e re ehun.

83. — Gwiscaw a wnaeth Gwalchmei a Pheredur ymdanunt, ac y kerdassant yn y ol o achaws eu ketymdeithas a meint yd ymgerynt.

Ac nyt ymgynhalyssant y gyt : namyn pob un yn y gefeir.

83. — Gwiskam a raezz Gwalc'hmei ha Peredur emdanne, hag e kerzsiont en e heul abalamour d'o c'hevredigezz hag ar vent en em garent.

Ha n'en em heuilsiont ket kevret : nemet pop hini en e du.

84. — Gwalchmei, dans la jeunesse du jour, parvint à une vallée où il aperçut une forteresse, avec un grand château surmonté de tours superbes et très élevées.

Il en vit sortir un chevalier partant pour la chasse, monté sur un palefroi d'un noir luisant, aux narines larges, avide de voyager, à l'allure égale et fière, vive et rapide, au pas sûr. C'était le propriétaire du château.

Gwalchmei le salua.

« Que Dieu te donne bien, seigneur, dit le chevalier, d'où viens-tu ?

— Je viens de la cour d'Arthur.

— Es-tu homme d'Arthur ?

— Oui, par ma foi, dit Gwalchmei.

— Je sais pour toi un bon conseil, reprit le chevalier. Je te vois fatigué, harassé. Va à la cour, et tu y resteras cette nuit si tu le juges à propos.

— Bien, seigneur, que Dieu te le rende.

— Prends cet anneau comme signe de passe pour le portier; et va ensuite droit à cette tour là-bas. Ma sœur s'y trouve. »

85. — Gwalchmei se présenta à l'entrée, montra l'anneau au portier et se dirigea vers la tour. A l'intérieur brûlait un grand feu à flamme claire, élevée, sans fumée; une jeune fille majestueuse, accomplie était assise sur une chaise devant le feu.

La jeune fille fut aimable envers lui, le salua et alla à sa rencontre.

Il alla s'asseoir à côté d'elle. Ils prirent leur repas, et continuèrent ensuite à causer amicalement.

Tout à coup on vit entrer et se diriger vers eux un homme aux cheveux blancs, respectable

(1) *Iowankis en dez* pour signifier *matin* devait être une expression littéraire courante chez les bardes. On la trouve également dans d'autres récits, par exemple dans le *Mabinogi* de PWYLL, pendevig Dyved.

(2) *Didramgoez*. Le gallois *tramgwyddo*, trébucher, buter, paraît susceptible d'être adopté en breton. *Didramgoez*, qui ne bute pas. Il serait intéressant de rechercher si ces mots sont usités quelque part en Bretagne.

84. — Gwalchmei yn ieuenctit y dyd a deuth y dyffryn; ac yn y dyffryn y gwelei kaer, a llys vawr o vywn y gaer, a thyreu aruchelvalch yny chylchyn.

Ac ef a welei varchawc yn dyfot yr porth allan y hela, yar palfrei gloyw du, ffroenvoll, ymdeithic, a rygig wastatvalch, escutlym, difamgwyd ganthaw.

Sef oed hwnnw y' gwr bieoed y llys.

Kyfarch gwell a wnaeth Gwalchmei idaw :

« Duw a rotho da it, unben; a phan doy titheu ?

— Pan deuaf, heb ef, o lys Arthur.

— Ae gwr y Arthur wyt ti ?

— Ie, myn vyg cret, heb y Gwalchmei.

— Mi a wn gyghor da it,, heb y marchawc. Blin a lludedic yth welaf; dos yr llys ac yno y trigy heno, os da genhyt.

— Da, arglwyd, a Duw a talho it.

— llwde vodrwy yn arwyd at y porthawr; a dos ragot yr twr racco.

A chwaer yssyd iminheu yno. »

85. — Ac yr porth y doeth Gwalchmei, a dangos y vodrwy a wnaeth, a chyrchu y twr. A phan daw yd oed ffyryflan mawr yn llosci, a fflam oleu uchel, difwc o honaw; a morwyn vawrhydic telediw, yn eisted y mywn kadeir wrth y tan.

Ar vorwyn a vu lawen wrthaw, ac raessawu a oruc, a chychwynu yn y erbyn.

Ac ynteu a aeth y eisted ar neill law y vorwyn. Eu kinyaw a gymersant, a gwedy eu kinyaw dala ar ymdidan hygar a orugant.

A phan yttoedynt velly, llyma yn dyfot ymywn attunt g[illegible]r gwynllwyt telediw.

84. — Gwalc'mei en iowankis [1] an dez a deuzz da eun drowien; hag en drowien e wele eur gaer, hag eul lés veur ebarz ar gaer, ha touriou uhel-valc'h endro dezi.

Hag èn a wele eur marc'hek o tont d'ar porz emaes, da emolc'h, war eur palfre luc'heus-du, difron-ledan, kerzermad hag eun tizz goustad-balc'h, eskuil-lemm *didramgoez* [2] gantam.

Sefu oa hennezz ar gour a biowe al lés.

Salud a raezz Gwalchmei dezam :

« Doue da roo vad dit unben; a belec'h e teues te ?

— Dont a râm, emez-am a lés Arzur.

— A gour da Arzur out te ?

— Ia, ma fez, eme Walchmei.

— Me a oar eun ali mad dit, eme ar marc'hek. Blin ha skwizz e-zz gwelam; kes d'al lés, hag éno e chomi fenos ma vez da genét.

— Mad, autrou, ha Doue da-zz paeo.

— Dal eur walen en arouez d'ar porzier; ha kes ragout d'an tour sont.

Hag eur c'hoar so dim me eno. »

85. — Ha d'ar porz e teuzz Gwalchmei, [illegible] kottez e walen a raezz, ha kerzet d'a[illegible] tour. Ha pa deue ez oa eur pezz tan, bras o leskim, ha flamm goloüs, uhel, divoged anezam; hag eur plac'h iowank meurdezus, seven, en eh c'hoasez ebarz eur gadoer ouzz an tan.

Hag ar plac'h iowank a voe lowen outam hag e saludim a eure, ha dont en e arbenn.

Hag èm a aezz da asézam en kichen ar plac'h iowank. O lein a gemersiont, ha goude o lein, delc'hen war gaus hégar a résiont.

Ha pan edoant velse, setu aman o tont ebarz d'o c'haout, eur gour gwenn-loued seven :

« Ah ! misérable putain, s'écria-t-il, si tu savais comme il te convient de jouer et de t'asseoir en compagnie de cet homme, assurément tu ne le ferais pas ! ».

Il se retira aussitôt et s'éloigna.

« Seigneur, dit la jeune fille, si tu suivais mon conseil, de peur qu'il n'y ait danger pour toi de la part de cet homme, tu fermerais la porte ».

Gwalchmei se leva. En arrivant à la porte il vit l'homme, lui soixantième, complètement armé ainsi que ses compagnons, montant à la tour.

A l'aide d'une table de jeu d'échecs, Gwalchmei parvint à empêcher aucun d'eux de monter, jusqu'au retour du comte de la chasse.

86. — Quand le comte arriva :

« Qu'est ceci ? s'écria-t-il.

— Une bien vilaine chose, dit l'homme aux cheveux blancs. La malheureuse, là-haut, est restée jusqu'au soir, assise et buvant avec l'homme qui a tué votre père. C'est Gwalchmei, fils de Gwyar.

— Arrêtez maintenant, dit le comte, je vais entrer ».

Le comte fut courtois envers Gwalchmei.

« Seigneur, dit-il, tu as eu tort de venir à notre cour, si tu savais avoir tué notre père. Bien que nous ne puissions, nous-mêmes, le venger, Dieu le vengera sur toi.

— Mon âme, dit Gwalchmei, voici ce qu'il en est. Ce n'est ni pour avouer que j'ai tué votre père, ni pour le nier que je suis venu ici.

Je suis en mission pour le compte d'Arthur et le mien. Je demande un délai d'un an, jusqu'au retour de ma mission; et alors, sur ma foi, je viendrai à cette cour pour avouer ou pour nier ».

Ce délai lui fut accordé volontiers. Il passa cette nuit à la cour.

(1) J'ai conservé le mot à mot gallois : *kamm oa dit*, tu avais tort.

« Oi a achenoges butein, heb ef, bei gwyputi iawnet itt chwarе ac eisted gyt ar gwr hwnnw, nyt eistedut, ac ny chwaryut. »

A thynnu y pen allan ac ymdeith.

« A unben, heb y vorwyn, pei gwnelut vyg kyghor i, rac ofyn bot pyt gan y gwr it, ti a gayat y drws, heb hi. »

Gwalchmei a gyfodes y vynyd, a phan daw tu ar drws, yd oed y gwr ar y trugeinvet yn llawn arvawc yn kyrchu y twr y vynyd.

Sef a oruc Gwalchmei : a chlawr gwyd bwyll diffryt rac dyfot neb y vynyd hyny doeth y gwr o hela.

86. — Ar hynny llyma y iarll yn dyvot :

« Beth yw hyn, heb ef ?

— Peth hagyr, heb y gwr gwynnlwyt. Bot yr achenoges racco educher, yn eisted ac yn yfet gyt ar gwr a ladawd awch tat.

A Gwalchmei vab Gwyar, yw ef.

— Peidwch bellach, heb yr iarll; mivi a af y mywn. »

Y iarll a vu lawen wrth Walchmei.

« A, unben, heb ef, kam oed it dyfot y an llys o gwyput lad an tat ohonot.

Kyny allom ni y dial, Duw ae dial arnat.

— Eneit, heb y Gwalchmei, llyna mal y mae am hynny. Nac y adef llad awch tat chwi nac y diwat ny deuthum i. Neges yd wyfi yn mynet y Arthur ac imi hun.

Archafl oet vlwydyn hagen, hyny del hwyf om neges. Ac yna ar vyg cret, vyn dyfot yr llys hon y wneuthur un or deu, ae adef ae wadu. »

Yr oet a gafas yn llawen. Ac yno y bu y nos honno.

« Oh ! ankeneges gast, emez-am, mar gouvezsies pegen déréad ew dit c'hoari hag asezam gant ar gour se, ne asezsies ha ne c'hoarisies. »

Ha tennam e benn emaes, hag arauk.

« Ah ! unben, eme ar plac'h iowank, ma rasies ma ali me, rag own na vez danjer gant ar gour ewidout, te a serrsie an nor, emez-hi. »

Gwalc'hmei a savas en e sav, ha pan deue tu an nor, ez oa ar gour hag êm triugentved, armet en leun, o kerzet d'an tour d'ar krec'h.

Setu ar pezz a eure Gwalc'hmei : gant eur c'hleur *gwez-boell*, diwall na deusie neb hini e krec'h ken na deuzz ar gour eus an emolc'h.

86. — War se setu aman ar c'homt o tont :

« Petra ew se, emez-am ?

— Pezz hagr, eme ar gour gwenn-loued. Bout an ankeneges sont bete nos o-h asezam hag o-h evam gant ar gour a lazas oh tad.

Ha Gwalc'hmei vab Gwyar ew êm.

— Poweset breman, eme ar c'homt; me a a ebarz. »

Ar c'homt a voe lowen ouzz Gwalc'hmei.

« Ah ! unben, emez-an, *kamm oa dit* (1) dont d'on lés ma ouies ez oa lazet on tad ganét.

Petra bennag n'allomp-ni e venjim, Doue e venjo warnout.

— Ene, eme Walc'hmei, setu vel eman an traeou war se. Na da anzav laz oh tad-hu, na d'en nac'h n'ôm me deut. En kevridi ez ôm-me o vonet, ewit Arzur ha me ma hun.

Goulen a râm hed eur bloazwezz hogen, ken na deuim eus ma c'hevridi. Ha neuse, war ma fez, e teuim d'al lés-man d'ober unan eus an dow, pe anzav, pe nac'h. »

Ar c'heit amser-se a gavas en lowen. Hag eno e voe an nos-se.

Le lendemain il se remit en route.

L'histoire n'en dit pas plus long de Gwalchmei à propos de cette affaire.

XXVII

Le Prêtre

87. — Pérédur marcha devant lui. Il erra à travers l'île, cherchant des nouvelles de la fille noire, et n'en trouva pas.

Il arriva en une terre qu'il ne connaissait pas, dans le vallon d'une rivière. En cheminant à travers cette vallée, il vit venir un cavalier, ayant les insignes d'un prêtre. Il lui demanda sa bénédiction.

« Malheureux, répondit ce cavalier, tu ne mérites pas de recevoir une bénédiction, et il ne te portera pas bonheur de revêtir des armes un jour aussi saint que celui-ci.

— Quel jour est-ce donc aujourd'hui ? demanda Pérédur.

— C'est le vendredi saint.

— Ne me fais pas de reproches, je ne le savais pas. Il y a un an aujourd'hui que je suis parti de mon pays ».

Il descendit alors à terre, et mena son cheval à la main.

Il suivit quelque temps la grand'route, puis il rencontra un chemin de traverse, qui le mena à travers un bois

88. — De l'autre côté du bois il aperçut un château sans tours, qui paraissait habité.

Il s'y dirigea, et, à l'entrée du château, il retrouva le prêtre qu'il avait déjà rencontré.

(1) Même lacune dans le texte français de Chrestien (Potvin, II, p. 253) cité par M. Loth :

De monsignor Gauvain se taist
Ici li contes a estal;
Si commence de Perceval.

(2) Mot à mot : *Château chauve*.

Tranoeth kychwyn ymdeith a oruc. Ac ny dyweit yr istorya, am Walchmei, hwy no hynny, yny gyfeir honno.

Tronos monet arauk a eure. Ha ne lavar an histor diwar Walc'hmei, netra hirroc'h ewit se, er pezz a sell an dra sé(1).

XXVII

Ar Belek

87. — A Pheredur a gerdawd racdaw. Crwydraw yr ynys a wnaeth Peredur, y geissan chwedlydyaeth y wrth y vorvyn du; ac nys kavas.

87. — Ha Peredur a gerzas dirazam. Kantreal en énes a raezz Peredur, da glask kelou diouzz ar plac'h du; ha ne gavas ket.

Ac ef a deuth y tir nys atwaenat mywn dyffryn avon. Ac val yd ytoed yn kerzel y dyffryn, ef a welei varchawc yn dyfot yn y erbyn, ac arwyd balawc arnaw. Ac erchi y vendith a wnaeth.

Hag èm a deuzz da eun *tir* ha n'anaveze ket e-barz eun drowien avon. Ha vel ez edo o kerzel en drowien, èm a wele eur marc'hek o tont en e arbenn, hag arwez belek warnam. Hag arc'ham e vennozz a raezz :

« Och a truan, heb ef, ny dylyy gaffel bendith; ac ny frwytha it am wiscaw arveu dyd kyfuch ar dyd hediw.

« Oh truant, emez-am, ne dléés ket kavout bennozz; ha ne froezzhao ket dit o wiskam armou eun dez ken uhel hag an dez hidiw.

— A phy dyd yw hediw, heb y Peredur ?

— Ha pe dez ew hidiw, eme Beredur ?

— Duw gwener croclith yw hediw.

— Dez gwener ar groas ew hidiw.

— Na cheryd vi, ny wydwn hyny.

— Na-m karez, ne ouien ket se.

Blwydyn y hediw y kychwynneis om gwlat. »

Blizen so hidiw ez is eus ma bro. »

Ac yna disgynnu yr llawr a wnaeth, ac arwein y varch yn y law.

Ha neuse diskenn er leur a raezz, ha rén e varc'h en e zorn.

A thalym or prifford a gerdawd hyny gyfarvu ochelffordd ac ef; ac yr ochelfford trwy y coet.

Hag eur pennad eus an hent bras a gerzas ken na digoezas eun hent treus gantam; hag an hent treus dre eur c'hoat.

88. — Ar parth arall yr coet, ef a welei gaer voel, ac arwyd kyfanhed a welei or gaer.

88. — Hag en tu all d'ar c'hoat, èm a wele eur *c'hastel moal*(2), hag arouez annez a wele war ar c'hastel.

A pharth ar gaer y doeth, ac ar borth y gaer y kyfarvu ac ef y balawc a gyfarvuassei ac ef kyn no hynny.

Ha wardu ar c'hastel e teuzz, ha war borz ar c'hastel en em gavas gantam ar belek a-n nevoa kavet kent da se.

Il lui demanda sa bénédiction.

« Que Dieu te bénisse, dit le prêtre. Il est plus convenable de marcher ainsi. Tu resteras avec moi cette nuit. »

Pérédur passa la nuit au château.

Le lendemain il songeait à repartir. Le prêtre lui dit : « Ce n'est pas un jour aujourd'hui pour voyager, pour qui que ce soit.

Tu resteras avec moi aujourd'hui, demain et après-demain.

Je te donnerai les meilleures indications que je pourrai sur ce que tu cherches ».

Le quatrième jour il se mit en devoir de repartir et demanda au prêtre des renseignements au sujet du château des Merveilles.

« Tout ce que j'ai appris, dit celui-ci, je te le dirai. Franchis cette montagne là-bas. De l'autre côté du mont il y a une rivière, et, dans la vallée de cette rivière se trouve un château royal.

C'est là que fut le roi à Pâques. Si tu peux obtenir en quelque lieu des nouvelles du château des Merveilles, tu les trouveras là ».

XXVIII

Pérédur et la fille du Roi — Bataille et victoire

89. — Pérédur marcha devant lui et arriva à la vallée de la rivière, où il rencontra une troupe de gens allant à la chasse, et, au milieu d'eux, un homme de haut rang. Pérédur le salua :

« Choisis, seigneur, dit cet homme, ou d'aller à ma cour, ou de m'accompagner à la chasse; ou bien j'enverrai un des hommes de ma suite pour te recommander à ma fille qui est là-bas, afin que tu prennes à manger et à boire en attendant mon retour de la chasse.

Ac erchi y vendith a oruc.

« Bendith Duw it, heb ef. A iawnach yw kerdet velly. A chyt a mi y bydy heno. »

A thrigyaw a wnaeth Peredur y nos honno.

Tranoeth, arofun a wnaeth Peredur ymdeith.

« Nyt dyd hediw y neb y gerdet.

Ti a vydy gyt a mi hediw ac a vory a threnhyd.

A mi a dywedaf it y kyfarwydyt goreu a allwyf am yr hynn yd wyt yn y geissaw. »

Ar petweryd dyd arofun a wnaeth Peredur y ymdeith, ac adolwyn yr balawc dywedut kyfarwydyt y wrth gaer yr enryfedodeu.

« Kymeint a wypwyfi, mi ae dywedaf it.

Dos dros y mynyd racco. A thu hwnt yr mynyd y mae afon; ac yn dyffryn yr avon y mae llys brenhin; ac yno y bu y brenhin y pasc.

Ac or keffy yn un lle chwedyl y wrth Gaer yr Enryfedodeu ti ae keffy yno. »

Ha goulen e vennozz a eure.

« Bennozz Doue dit, emez-am. Hag ewnoc'h ew kerzet velsé. Ha ganêm e vezi fenos. »

Ha chomm a raezz Peredur an nos sé.

Antronos, klask a raezz Peredur monet arauk.

« N'ew ket dez hidiw da neb den da gerzet.

Te a vezo ganêm hidiw, hag arc'hoazz hag an dez war lerc'h.

Ha me a lavaro dit an arwezinti gwellam a hallim war ar pezz ez out en e glask. »

Hag ar bewarez dez, klask a raezz Peredur monet arauk, ha goulen digant ar belek lavaret arwezinti diouzz kaer ar Burzudou.

« Kement a ouvezim me a e lavaro dit.

Kes dreist ar menez sont. Hag en tu hont dar menez ez eus eun avon; hag en trowien an avon e man lés eur Roue; hag eno e voe ar roue da Bask.

Ha mar kefes en eul lec'h kelou diouzz Kaer ar Burzudou, te o c'hafo eno. »

XXVIII

Peredur ha merc'h ar Brientin — Emgann ha gonid

89. — Ac yna y kerdawd racdaw ac y deuth y dyffryn yr afon, ac y kyfarvu ac ef nifer o wyr yn mynet y hela. Ac ef a welei ymplith y nifer gwr urdedic; a chyfarch gwell idaw a oruc Peredur.

« Dewis ti, unben, ae ti a elych yr llys, ae titheu dyvot gyt a mi y hela; ae minheu a yrraf un or teulu yth orchymyn y verch yssyd im yno, y gymryt bwyt a llyn hyny delwyf o hela.

89. — Ha neuse e kerzas dirazam, hag e teuzz da drowien an avon, hag en em gavas ganlam eun niver a dud o vonet da emolc'h. Hag êm a wele emesk an niver eur gour urzet; hag e saludim a eure Peredur.

« Dius te, unben, pe te a iel d'ar lés, pe te a deuy ganêm da emolc'h pe me a gasso un eus ar c'hoskor da-zz gourc'hemenen da eur verc'h so dim eno, da gemeret boét hag evaj ken na deuim eus an émolc'h.

Et si ce que tu cherches est de telle nature que je puisse te le procurer, je le ferai volontiers. »

Le roi fit accompagner Pérédur par un valet court et blond.

Lorsqu'ils arrivèrent à la cour, la princesse venait de se lever et allait se laver.

Pérédur s'avança ; elle le salua avec courtoisie et lui fit place à côté d'elle.

Ils prirent leur repas.

A toute parole que lui adressait Pérédur, elle riait très haut, au point qu'elle était entendue de tout le monde à la cour.

Le petit blond dit alors à la princesse :

« Par ma foi, si tu as jamais eu un mari, c'est bien ce jeune homme. S'il ne l'a pas encore été, ton esprit et ta pensée sont fixés sur lui. »

90. — Le petit blond retourna auprès du roi et lui dit qu'à son avis, suivant toute vraisemblance, le jeune homme qu'il avait rencontré était le mari de sa fille :

« S'il ne l'est pas encore, ajouta-t-il, il va le devenir tout de suite, à moins que tu ne t'y opposes.

— Quel est ton avis, valet ?

— Je suis d'avis de lancer sur lui des hommes vaillants, et de le tenir prisonnier jusqu'à ce que tu n'aies plus d'incertitude à ce sujet. »

Le roi envoya des hommes contre Pérédur, pour le saisir et le mettre en geôle.

91. — La jeune fille vint à la rencontre de son père, et lui demanda pourquoi il avait fait emprisonner le jeune homme de la cour d'Arthur.

« En vérité, dit-il, il ne sera libre ni ce soir, ni demain, ni après-demain ; et il ne sortira pas du lieu où il se trouve. »

Ac or byd dy negesseu hyt y gallwyti eu kaffel, ti ae keffy en llawen. »

A gyrru a wnaeth y brenhin gwas byrrvelyn gyt ac ef.

A phan doethant yr llys, yd oed yr unbennes gwedy kyfodi ac yn mynet y ymolchi.

Ac y deuth Peredur racdaw, ac y graessawawd hi Peredur yn llawen, ae gynnwys ar y neill law.

A chymryt eu kinyaw a orugant.

A pheth bynhac a dywettei Peredur wrthi, wherthin a wnai hitheu yn uchel, mal y clewei pawb or llys.

Ac yna y dywawd y gwas byrrvelyn wrth yr unbennes.

« Myn vyg eret, heb ef, or bu wr itti eiroet, y maccwy hwnn a vu. Ac ony bu wr it, mae dy vryt ath vedwl arnaw. »

90. — Ar gwas byrr velyn a aeth parth ar brenhin, ac ynteu a dywawt mae tebyccaf oed gantaw vot y maccwy a gyfarvu ac ef yn wr oe verch.

« Ac onyt gwr, mi a tebygaf y byd gwr idi yn y lle onyt ymogely racdaw.
— Mae dy gyghor ti was ?
— Kyghor yw genhyf ellwg dewr wyr am y pen, ac dala hyny wypych diheurwyd am hynny. »

Ac ynteu a ellygawd gwyr am pen Peredur, oe dala ac y dodi ymywn geol.

91. — Ar vorwyn adoeth yn erbyn y that ac ofynnawd idaw py achaws y parassei karcharu y maccwy o lys Arthur.

« Dioer, heb ynteu ny byd ryd heno, nac avory, na threnhyd, ac ny daw or lle y mae. »

Ha mar bez da gevridlou herwez e c'hallim o c'hafout, te o c'hafo en lowen. »

Ha kass a raezz ar roue eur gwas berrmelen gantam.

Ha pa deuzziont er lès ez oa an unbennes goude sevel, hag o vonet da en emwelc'him.

Hag e teuzz Peredur dirazam, hag e saludas hi Peredur en lowen, hag en lakaas en eh c'hichen.

Ha kemeret o lein a résiont.

Ha petra bennag a lavare Peredur dezi, c'hwerzin a rae hi uhel ken e klewe pop hini eus al lés.

Ha neuse e lavaras ar gwas berr melen d'an unbennes :

« Dre ma fez, emez-am, mar so bet den dit biskoazz, ar pautr iowank-man a voe; ha mar n'ew bet den dit, eman da véno ha da sonj warnam. ».

90. — Ar gwas berr melen a aezz entresek ar roue, hag a lavaras penaus, ar mwiam kredabl a gave dezam, ez oa ar pautr iowank a oa en em gavet gantam dén eh verc'h.

« Ha ma n'ew eh dén, me a gred e vezo dén dezi en berr, ma ne ziwalles rakzam.
— Pehini ew da ali, gwas ?
— Ali a-m eus da leuskel pautred dewr war e benn, hag e zelc'hen ken na ouvezi en dihow diwar-se. »

Hag èm a lauskas pautred war benn Peredur, d'e zelc'hen ha d'e lakat ebarz eur prison.

91. — Hag ar plac'h iowank a deuzz en arbenn eh zad, hag a c'houlennas digantam perak en devoa gwraet prisonniam ar pautr iowank a lés Arzur.

« Doue a oar, emez-am, ne vezo libr fénos, nag arc'hoazz, nag an dez warlerc'h ha ne zeuy eus al lec'h eman. »

Elle ne protesta pas contre les paroles du roi ; elle se rendit auprès du jeune homme et lui dit :

« T'est-il désagréable d'être ici ?

— J'aimerais autant, répondit-il, ne pas y être.

— Ton lit, ta situation, ne seront pas plus mauvais que ceux du roi.

Les meilleurs chants de la cour, tu les auras à ton gré. Et si tu trouves plus agréable que j'établisse mon lit ici pour causer avec toi, je le ferai volontiers.

— Je ne m'oppose pas à cela. »

Il passa cette nuit en prison, et la jeune fille tint ce qu'elle lui avait promis.

92. — Le lendemain Pérédur entendait du bruit dans la ville.

« Belle jeune fille, dit-il, quel est ce bruit ?

— L'armée du roi et toutes ses forces viennent dans la ville aujourd'hui.

— Que veulent-ils ainsi ?

— Il y a près d'ici un comte, possédant deux comtés, et aussi puissant qu'un roi. Il y aura lutte entre eux aujourd'hui.

— J'ai une prière à t'adresser, dit Pérédur. Procure-moi un cheval et des armes pour assister à la lutte. Je jure de retourner à ma prison.

— Volontiers, répondit-elle, je te procurerai cheval et armes. »

Elle lui donna un cheval et des armes, une cotte d'armes toute rouge par-dessus son armure, et un écu jaune à l'épaule.

Il arriva au combat, et tous ceux qu'il rencontra des hommes du comte ce jour-là, il les terrassa. Puis il rentra dans sa prison.

(1) *Kataill*. Ce mot, que j'ai entendu en Tréguier, paraît être formé du celtique *kad*, combat, contaminé par le français *bataille*.

Ny wrthneuawd hi ar y brenhin yr hyn a dywawt. A dyfot at y maccwy :

« Ae anigryf genhyt ti dy vot yma ?

— Nym torei kyny bydwn.

— Ny byd gwaeth dy wely ath ansawd noget un y brenhin; ar kerzeu goreu yny llys, ti ae keffy wrth dy gyghor.

A phei didanach genhyt titheu no chynt vot vyg gwely i yma y ymdidan a thi, ti ae kaffut yn llawen.

— Ny wrthneuafi hynny. »

Ef a vu yg karchar y nos honno, ar vorwyn a gywirawd yr hyn a a adawssei idaw.

92. — A thranoeth y clewei Peredur kynhwrwf yn y dinas :

« Oi a vorwyn tec, py gynhwrwf yw hwnn ?

— Llu y brenhin ae allu yssyd yn dyfot yr dinas hwnn hediw

— Peth a vynant wy velly ?

— Iarll yssyd yn agos yma, a dwy iarllaeth idaw. A chyn gadarnet yw a brenhin, a chyfranc a vyd yrwgdunt hediw.

— Adolwyn yw genhyfi, heb y Peredur, itti peri imi varch ac arveu y vynet y discwyl ar y gyfranc, ar vyg kywirdeb inheu dyfot ym karchar trachefyn.

— Yn llawen, heb hitheu, mi a baraf itt varch ac arveu. »

A hi arodes idaw march ac arveu, a chwnsallt purgoch ar uchaf y arveu, a tharyan velen ar y yscwyd.

A dyfot yr gyfranc a wnaeth. Ac a gyfarvu ac ef o wyr yr iarll y dyd hwnnw, ef ae byrywawd oll yr llawr.

Ac ef a doeth drachefyn oe garchar.

Ne enebas ket hi ouzz ar roué ewit ar pézz a lavare. Ha dont da gavout ar pautr iowank :

« A displijus ew ganét-te da vout aman?

— Kouls e visie ganêm ha pa ne visien ket.

— Ne vezo gwazz da wele ha da stad eget hini ar roue ; hag ar gwersiou gwellam eus ar lés, te a-zz po aneze ouzz da c'hoant.

Ha ma ve dihudussoc'h ganét te eget kent bout ma gwele me aman da gauséal ganét, te a gaffe se en lowen.

— N'enebam ket ouzz se. »

Em a voe en prison an nos se, hag ar plac'h iowank a zalc'has ar pezz eh devoa promettet dezam.

92. — Hag antronos e klewe Peredur trous er gaer :

« He merc'h koant, pe drous ew hennezz ?

— Armé ar roué hag e c'halloud so o tont d'ar gaer-man hidiw.

— Petra a vennont i velsé ?

— Eur c'homt so en ogos aman, ha dow gomtad dezam. Ha ken kadarn ew hag eur brientin, ha kataill[1] a vezo entrezè hidiw.

— Da c'houlen e-m eus, eme Beredur, diganét, ober reim dim marc'h hag armou da vont da welet ar c'hataill, war ma ger da zont en prison war ma c'his.

— En lowen, emez-hi, me a rey dit kaout marc'h hag armou. »

Ha hi a roas dezam marc'h hag armou hag eur vantel peur-ruz war c'hourre e armou, hag eun tarian melen war e skoaz.

Ha dont d'ar c'hataill a raezz. Ha neb a-n emgavas gantam eus a dud ar c'homt an dez se, êm o diskaras oll el leur.

Hag êm a deuzz war e gis d'e brison.

La princesse demanda des nouvelles à Pérédur, mais il ne lui répondit pas un mot.

Elle alla aux renseignements auprès de son père, et lui demanda qui avait été le plus vaillant de sa maison.

Il répondit qu'il ne le connaissait pas :

« C'était un homme ayant une cotte d'armes rouge sur son armure et un bouclier jaune à l'épaule. »

Elle sourit et retourna auprès de Pérédur.

Il fut traité cette nuit-là avec de grands égards.

93. — Trois jours de suite Pérédur tua les hommes du comte, et, avant que personne ne parvînt à savoir qui il était, il retournait à sa prison.

Le quatrième jour Pérédur tua le comte lui-même.

La jeune fille vint à la rencontre de son père et lui demanda des nouvelles.

« Bonnes nouvelles, dit le roi : Le comte a été tué, et je suis maître des deux comtés.

— Sais-tu, seigneur, qui l'a tué ?

— Je le sais, dit le roi. C'est le chevalier au manteau rouge et à l'écu jaune qui l'a tué.

— Seigneur, dit-elle, je connais celui-là.

— Au nom de Dieu, qui est-ce ?

— Seigneur, cet homme, c'est le chevalier que tu tiens en prison. »

94. — Il se rendit auprès de Pérédur, le salua et lui dit qu'il le récompenserait du service qu'il lui avait rendu comme il le voudrait lui-même.

Quand on se mit à table, Pérédur fut placé à côté du roi, et la jeune fille de l'autre côté de Pérédur.

Après le repas le roi lui dit :

Gofyn chwedleu a wnaeth hi y Peredur, ac ny dywawt ef un geir wrthi.

A hitheu a aeth y ofyn chwedleu oe that. A gofyn a wnaeth pwy a vuassei oreu oe teulu.

Ynteu a dywawt mas atwaenat :

« Gwr oed a chwnsallt coch ar uchaf y arveu, a tharyan velen ar y yscwyd. »

A gowenu a wnaeth hitheu, a dyfot yn yd oed Peredur.

A da vu y barch y nos honno.

93. — A thri dieu ar untu y lladawd Peredur wyr yr iarll.

A chyn caffel o neb wybot pwy vei, y doei oe garchar trachefyn.

Ar petweryd dyd y lladawd Peredur yr iarll ehun.

A dyfot a oruc y vorwyn yn erbyn y that, a gofyn chwedleu idaw.

« Chwedleu da, heb y brenhin : llad yr iarll, heb ef, a minheu bieu y dwy iarllaeth.

— A wdost ti, arglwyd, pwy ae lladawd ?

— Gwn, heb y brenhin : marchawc y cwnsallt coch ar taryan velen ae lladawd.

— Arglwyd, heb hi, mivi a wn pwy yw hwnnw.

— Yr Duw, heb yr ynteu, pwy yw ef ?

— Arglwyd, yr marchawc yssyd yg karchar genhyt yw hwnnw. »

94. — Ynteu a doeth yn yd oed Peredur, a chyfarch gwell idaw a wnaeth, a dywedut idaw y gwassanaeth a wnathoed y talei idaw megys y mynhei ehun.

A phan a aethpwyt y vwytta, Peredur a dodet ar neill law y brenhin, ar vorwyn y parth arall y Peredur.

A gwedy bwyt, y brenhin a dywawt wrth Peredur :

Goulen kelou a raezz hi digant Peredur, ha ne lavaras êm eur geir outi.

Ha hi a aezz da c'houlen kelou digant eh zad. Ha goulen a raezz piw a oa bet ar. gwellam eus ar c'hoskor.

Êm a lavaras n'en anaveze ket.

« Eur gour oa, hag eur vantel ruz war benn e armou, hag eun tarian melen war e skoaz. »

Ha mousc'hwerzin a raezz hi, ha dont elec'h ez oa Peredur.

Ha respet kaer a voe ewitam an nos se.

93. — Ha tri dewezz war eun tu e lazas Peredur tud ar c'homt.

Ha kent kavout a nep hini gouzout piw e visie, e teue d'e brisou war e gis.

Ha ar pewarre dez e lazas Peredur ar c'homt ehun.

Ha dont a eure ar plac'h iowank en arbenn eh zad, ha goulen kelou digantam.

« Kelou mad eme ar roué : lazet ar c'homt, emez-am, ha me a biow an dow gomtad.

— A gouzout a rés, autrou, piw e lazas ?

— Gonn, eme ar roue : marchek ar vantel ruz hag an tarian melen e lazas.

— Autrou, emez-hi, me a oar piw ew hennezz.

— En han Doue, emez-am, piw ew êm ?

— Autrou, ar marc'hek so er prison ganit, ew hennezz. »

94. — Êm a deuzz lec'h ez oa Peredur, hag e saludas hag a lavaras dezam penaus ar servij a-n nevoa gwrael e paesie dezam egis e karsie ehun.

Ha pan aesiod da voeta, Peredur a laksiod en kichen ar roue, hag ar plac'h iowank en tu all da Beredur.

Ha goude boét, ar roue a lavaras da Beredur :

« Je te donne ma fille en mariage et la moitié de mon royaume avec elle. Et je te fais présent des deux comtés.

— Seigneur, que Dieu te le rende, mais je ne suis point venu ici pour prendre femme.

— Que cherches-tu, seigneur ?

— Je cherche des nouvelles du Château des Merveilles.

— La pensée de ce seigneur est bien plus haut que là où nous la cherchions, dit la princesse. Tu auras des nouvelles du château, et des guides pour t'accompagner à travers les états de mon père, et de quoi défrayer ta route.

Tu es, seigneur, l'homme que j'aime le plus. »

Puis elle ajouta :

« Franchis la montagne là-bas, et tu verras un étang, et un château au milieu de l'étang. C'est celui qu'on appelle le Château des Merveilles. Nous ne savons rien de ses merveilles, si ce n'est qu'on l'appelle ainsi. »

XXIX

Le Château des Merveilles — Le Jeu d'Echecs — L'homme noir de Caer Ysbidinongyl

95. — Pérédur se dirigea vers le château. Le portail était ouvert: quand il arriva au hall il trouva la porte ouverte.

Il entra et aperçut un jeu d'échecs; les deux troupes de pièces jouaient l'une contre l'autre.

Celle à qui il donnait son aide perdait la partie, et l'autre jetait un cri comme si les pièces eussent été des hommes.

Il se fâcha, prit les pièces dans son giron, et jeta l'échiquier dans le lac.

A ce moment entra la jeune fille noire qui lui dit :

« Puisse Dieu ne pas t'accorder sa grâce. Il t'arrive plus souvent de faire du mal que du bien.

« Mi a rodaf it vym merch yn briawt, a hanher vym brenhinyaeth genthi. Ar dwy iarllaeth a rodaf it yth gyfarws.

— Arglwyd, Duw a talho it : ny deuthum i yma y wreicca.

— Beth a geissy titheu, unben ?

— Keissaw chwedleu yd wyf ywrth gaer yr enryfedodeu.

— Mwy yw medwl yr unben noc ydym ni yn y geissaw, heb y vorwyn.

Chwedleu ywrth y gaer ti ae keffy, a chanhebrygyeit arnat trwy gyfoeth vyn tat, a threul digawn.

A thydi, unben, yw y gwr mwyhaf agarafi. »

Ac yna y dywawt wrthaf.

« Dos dros y mynyd racco, a thi a wely lyn, a chaer o vywn y llyn; a honno a elwir Kaer yr Enryfedodeu. Ac ny wdam ni dim oc enryfedodeu hi, eithyr y galw velly. »

« Me a ro dit ma merc'h en pried, ha hanter ma rouantelezz ganti. Hag an dow gomtad a roam dit en kinnig.

— Autrou, Doue d'azz paeo; n'òm ket deut me unan da wreka.

— Petra a gleskes te, unben ?

— O klask kelou ez òm diouzz kaer ar Burzudou.

— Brassoc'h ew menos an unben eget n'edomp ni 'en e glask.

Kelou diouzz ar Gaer te a-zz po, hag ambrougerien genét treus danvez ma zad, a dispign ar pezz a vezo ezom.

Ha te, unben, ew ar gour mwiam a garam me. »

Ha neuse e lavaras dezam :

« Des dreist ar menez sont, ha te a welo eul lenn, hag eur gaer ebarz al lenn, ha honuezz a ghelwer Kaer ar Burzudou. Ha ne ousomp ni netra eus eh burzudou hi, nemet eh galw velse. »

XXIX

Kaer ar Burzudou — Ar c'hoari gwez-boell — Gour du Kaer Ysbidinongyl

95. — A dyfot a oruc Peredur parth ar gaer: a phorth yr gaer oed agoret; a phan doeth tu ar neuad, y drws oed agoret.

Ac val y deuth ymywn, gwydbwyll a welei yn y neuad : a phob un or dwy werin yn gware yn erbyn y gilyd.

Ar un y bydei borth ef idi, a gollei y gware, ar llall a dodei awr yn un wed a phe bydynt gwyr.

Sef a wnaeth ynteu digyaw, a chymryt y werin yn y arfet, a thaflu y clawr yr llyn.

A phan yttoed velly, nachaf y vorwyn du yn dyvot y mywn.

« Ny bo graessaw Duw wrthyt. Mynychach yw it wneuthur drwc no da.

95. — Ha dont a eure Peredur entresek ar gaer; ha porz ar gaer oa digor: ha pa deuzz tu an nowaz, an nor oa digor.

Ha vel e teuzz ebarz, eur gwez-boell a wele en nowaz, ha pop hini eus an diw werin e c'hoari a enep d'eben.

Hag an hini e visie èm en sikour dezi, a golle ar c'hoari, hag ébén a lauske eun huchaden en gwezz ha pa visient tud.

Ar pezz a raezz èm, oa monet drouk eunam, ha kemeret ar gwerin en e varlen, ha taul ar c'hleur el lenn.

Ha pan edoa velsé setu ar plac'h du o tont ebarz.

« Na vo grasson Doue genét. Aliessoc'h ew dit ober drouk eget vad.

— Que me réclames-tu, la fille noire ?

— Tu as fait perdre à l'impératrice sa table de jeu, ce qu'elle n'eût pas voulu pour son empire.

— Y aurait-il moyen de la retrouver ?

— Oui, si tu allais à Kaer Ysbidinongyl. Il y a là un homme noir qui dévaste une grande partie des domaines de l'impératrice. En le tuant tu auras la table. Mais si tu y vas tu n'en reviendras pas vivant.

— Veux-tu me guider jusque-là ?

— Je vais t'indiquer le chemin. »

96. — Il se rendit à Kaer Ysbidinongyl et se battit avec l'homme noir.

Celui-ci demanda grâce :

« Je te l'accorde, dit Pérédur, à condition que la table de jeu soit où elle était à mon entrée dans la salle. »

Alors arriva la fille noire.

« Que la malédiction de Dieu soit sur toi en retour de ta peine, pour avoir laissé en vie ce fléau qui est en train de dévaster les domaines de l'impératrice.

— Je lui ai laissé la vie, dit Pérédur, pour qu'il remît la table.

— Elle n'est pas à l'endroit où tu l'as trouvée d'abord. Retourne sur tes pas, et tue-le. »

Pérédur alla et tua l'homme.

XXX

Le Cerf merveilleux – L'Homme noir de la Pierre Plate

97. — Quand il revint au château la fille noire s'y trouvait.

« Jeune fille, dit Pérédur, où est l'impératrice ?

(1) *Ma edy*, où est (moy.-bret.).

— Beth a holy di imi, y vorwyn du?

— Colledeu ohonot yr amherodres oe chlawr, ac ny mynnei hynny yr y amherodraeth.

— Oed wed y keffit y clawr?

— Oed bei elhut y Gaer Ysbidinongyl.

Mae yno wr du yn diffeithaw llawer o gyfoeth yr amherodres. A llad honno ti a gaffut y clawr. Ac ot ey ti yno, ny doy yn vyw trachefyn.

— A vydy ti gifarwyd imi yno?

— Mi a vanagaf fford it yno. »

— Petra a houlles-te diganêm, plac'h du?

— Gwraet ew ganét koll d'an impalaeres eh c'hleur, ha ne g'houllsie ket se ewit eh impalaerded.

— Ha bez' e ve tu e kaffed ar c'hleur?

— Bez' e ve, ma ez affes da Gaer Ysbidinongyl.

Eno ez eus eur gour du o tiffezzam kals a dhanvez an impalaeres. A lazam hennezz te a gaffe ar c'hleur. Ha ma'z és te di, ne deuï ket en béw war da gis.

— A bez' e vi te arwezeres dîm da vont di?

— Me a vénégo dit an hent di. »

96. — Ef a deuth hyt yg Kaer Ysbidinongyl, ac a ymladawd ar gwr du.

Ar gwr du a erchis nawd y Peredur :

« Mi a rodaf nawd it : par vot y clawr yn y lle yd oed pan deuthum i yr neuad. »

Ac yna y doeth y vorwyn du :

« Emellith Duw it, yn lle dy lafur : am adaw yr ormes yn vyw, yssyd yn diffeithaw kyfoeth yr amherodres.

— Mi a edewis, heb y Peredur, idaw y y eneit yr peri y clawr.

— Nyt yttiw y clawr y lle kyntaf y keveist. Dos trachefyna llad ef. »

Mynet a oruc Peredur a llad y gwr.

96. — Em a deuzz bete Kaer Ysbidinongyl hag a-n emgannas gant ar gour du.

Hag ar gour du a g'houlennas neuz vad digant Peredur :

« Me a roo neuz vad dit : gwra ma vo ar c'hleur elec'h ez oa pa deüis me en nowaz. »

Ha neuse e teuzz ar plac'h du :

« Mallozz Doue dit ewit da labour : lésel ar walen-se en bew, so e tiffezzam danvez an impalaeres.

— Me a lésas, eme Beredur, gantam e ene ewit hatdigass ar c'hleur.

— Ned edy ar c'hleur e lec'h kentam en kavas-te. Des war da gis ha laz anezam. »

Monet a eure Peredur, ha laz ar gou.

XXX

Ar c'harw Souezus — Gour du al lec'h

97. — A phan doeth yr llys yd oed y vorwyn du yn y llys.

« Ha vorwyn, heb y Peredur, mae yr amherodres?

97. — Ha pan deuzz el lés, e oa ar plac'h du el lés :

« Ha plac'h, eme Beredur, ma edy[1] an impalaeres?

— Par moi et Dieu, répondit-elle, tu ne la verras pas maintenant, à moins que tu ne tues le fléau qui se trouve dans la forêt là-bas.

— Quelle espèce de fléau est-ce ?

— Il y a là un cerf aussi rapide que l'oiseau le plus léger ; il a au front une corne aussi longue qu'une hampe de lance, et aussi pointue que tout ce qu'il y a de plus pointu. Il broute les branches des arbres et toute l'herbe de la forêt. Il tue tous les animaux qu'il rencontre, et ceux qu'il ne tue pas meurent de faim. Bien pis : il vient tous les soirs boire l'eau du vivier et laisse les poissons à nu. La plus grande partie d'entre eux sont morts avant que l'eau n'y revienne.

— Jeune fille, dit Pérédur, viendras-tu me montrer cet animal ?

— Non point. Personne n'a osé aller dans la forêt depuis un an.

Voici le petit chien de la princessse qui lèvera le cerf et reviendra vers toi avec lui. Le cerf alors t'attaquera. »

Le petit chien servit de guide à Pérédur, leva le cerf et le rabattit vers l'endroit où se trouvait Pérédur. Le cerf se jeta sur Pérédur. Celui-ci le laissa passer de côté et lui trancha la tête d'un coup d'épée

98. — Pendant qu'il considérait la tête du cerf, une cavalière vint à lui, prit le chien dans le pan de sa cape et la tête entre elle et le corps (?).

Il avait au cou un collier d'or rouge.

« Ah ! seigneur, dit-elle, tu as agi d'une façon discourtoise en détruisant le plus précieux joyau de mes domaines.

(1) Cette phrase semble avoir été mal copiée par le scribe du Livre Rouge : *A thorri a wna brie y coet ac a vo o well y fforest* : il brise les branches des arbres et tout ce qu'il y a de plus précieux dans la forêt.

(2) *Diet*, boisson.

(3) *Kolen-ki*, petit chien.

(4) *Bron ar menez*, croupe de la montagne. Trad. littérale du gallois.

— Yrof i a Duw, nys gwely ti hi yn awr, ony bei lad gormes yssd yn y fforest racco o honot.

— Py ryw ormes yw ?

— Karw yssyd yno; a chyn ebrwydet yw ar edeinyawc kyntaf; ac un corn yssyd yn y tal, kyhyt a phaladyr gwayw; a chyn vlaenllymet yw ar dim blaenllymaf. A phori a wna bric y coet ac a vo o wellt yn y fforest [1]. A llad pob aneveil a wna or a gaffo yndi; ac ar nys llado marw vydant o newyn. Ac ys gwaeth no hynny : dyfot a wna beunoeth, ac yfet y byscotlyn yn y diawt, a gadu y pyscot yn noeth; a meirw vyd eu can mwyhaf kyn dyfot dwfyr idi trachefyn.

— A vorwyn, heb y Peredur, a doy ti y dangos imi yr aneveil hwnnw ?

— Nac af. Ny lafasswys dyn vynet yr forest ys blwydyn. Mae yma colwyn yr arglwydes; a hwnnw a gyfyt y karw ac a daw attat ac ef: ar karw ath gyrch ti. »

Y colwyn a aeth yn gyfarwyd y Peredur, ac a gyfodes karw, ac a doeth parth ar lle yd oed Peredur ac ef. Ar karw a gyrchawd Peredur, ac ynteu a ellygwys y ohen heibyaw, ac a trewis y pen y arnaw a chledyf.

98. — A phan yttoed yn edrych ar pen y karw, ef a welei varchoges y dyfot attaw, ac yn kymryt y colwyn yn llawes y chapan, ar pen yrwgthi a choryf: ar torch rudeur oed am y vynwgyl.

« A, unben, heb i, ansyberw y gwnaethost : llad y tlws teceaf oed ym kyfoeth.

— Ewidom ha Doue n'eh gweli ket hi en heur-man, nemet ma lazes eur walen so er forest duhont.

— Petore gwalen ew.

— Eur c'harw so éno; ha ken buan ew hag an ezn kentam; hag eur c'horn so en e dal, keit ha palazr eur gwaf, ha ken bek-lemm ew ha netra a veklemmam. Ha peurim a ra bek ar c'hoat hag ar pezz a vez a gheot er forest [1]. Ha lazam pob aneval a ra eus ar rew a gav enni; ha neb na laz a varw gant an naon. Ha so gwazz ewit se : dont a ra bemnos, hag evam lenn ar pesket en e dhiet [2], ha lésel ar pesket en noazz, ha marw vez ar peurvwiam aneze arauk na dheu dour enni en distro.

— A plac'h, emo Beredur, a dont a ri te da ziskouez dim an anéval-se ?

— N'àm ket. Ne gredas dén monet er forest eur bloaz so. E man aman kolen [3] ki an itron; ha hennezz a savo ar c'harw hag a deuy dit gandam: hag ar c'harw a lammo warnout te. »

Ar c'holen-ki a aezz en arwezer da Beredur, hag a savas ar c'harw, hag a deuzz entresek al lec'h ez oa Peredur gantam. Hag ar c'harw a zilammas war Beredur, hag ém e lauskas da dremen hebiw, ha a droc'has ar penn diwarnam gant ar c'hlezev.

98. — Ha pan edoa o sellet ouzz penn ar c'harw, ém a wele eur varc'heges o tont dezam. hag o kemeret ar c'holen-ki en lost eh c'habel, hag ar penn entrezi hag ar c'horf. hag eur c'hollier ruz owr oa endro d'e c'houzouk.

« Ah ! unben. emez-hi. anderead e-t-eus gwraet : lazam ar bisou kaerram a oa em danvez.

— On me l'a demandé, répondit-il. Y a-t-il un moyen pour moi d'obtenir ton amitié ?

— Oui. Va sur la croupe de cette montagne là-bas. Tu y verras un buisson. Au pied du buisson il y a une pierre plate. Demande par trois fois quelqu'un pour se battre avec toi, ainsi tu pourras avoir mon amitié. »

99. — Pérédur se mit en marche ; il arriva au bord du buisson et demanda un homme pour se battre.

Aussitôt un homme noir se leva de dessous la pierre ; il était monté sur un cheval osseux et revêtu, ainsi que son cheval, d'une armure rouillée, énorme.

Ils se battirent. A chaque fois que Pérédur renversait l'homme noir sur le sol il sautait de nouveau en selle.

Pérédur descendit et tira son épée. Aussitôt l'homme noir disparut avec le cheval de Pérédur et le sien, sans que Pérédur eût même le temps de jeter dessus un second coup d'œil.

XXXI

Retour au Château de la Vallée — Eclaircissements — Mort des Sorcières

100. — Pérédur marcha tout le long de la montagne. De l'autre côté il aperçut un château fort dans la vallée d'une rivière. Il s'y dirigea. En arrivant au château il vit un hall dont la porte était ouverte, et il y entra.

Il vit un homme aux cheveux gris, boiteux, assis au bout du hall, et Gwalchmei assis à côté de lui.

Il vit aussi son propre cheval dans la même stalle que celui de Gwalchmei.

(1) Le gallois *lwyn*, buisson, correspond au vieux breton *loin*.
(2) *Lec'h*, pierre plate.
(3) Le passage correspondant du *Livre Rouge* semble plus correct : *Ac y varch a ducset y gwr du*, — hag e varc'h kasset gant ar gour du.

— Arch a vu arnaf am hynny.

Ac a oed wed y gallwn i kaffel dy gerenhyd ti ?

— Oed. Das y vron y mynyd; ac yno ti a wely lwyn [1]. Ac ymon y llwyn y mae llech. Ac erchi gwr y ymwan teir gweith, ti a gaffut vyg kerenhyd. »

— Goulen a voe warnom ewit se.

A bez e ve tu e hallfen me kaout da garantez te ?

— Bez e ve. Kes da *vron* ar menez; hag eno te a welo eur bod koat [1], hag en troad ar bod koat so eul lec'h [2]. Gant goulen eur gour d'en emgannam teir gweizz, te a gaffe ma c'harantez. »

99. — Peredur a gerdawd racdaw, ac a deuth y emyl y llwyn, ac a erchis gwr y emwan.

Ac ef a gyfodes gwr du y dan y llech, a march yscyrnic ydanaw, ac arveu rytlyt mawr ymdanaw, ac ymdan y varch.

Ac ymwan a wnaethant. Ac val y byryei Peredur y gwr du yr llawr, y neidi ynteu yn y gyfrwy trachefyn.

A disgynnu a oruc Peredur, a thynnu cledyf. Ac yn hynny diflannu a oruc y gwr du a march Peredur, ac ae varch ehun gantaw, hyt na welas yr eil olwc arnunt.

99. — Peredur a gerzas dirazam hag a deuzz war vord ar bod koat, hag a arc'has eur gour d'en emgannam.

Hag e savas eur gour du dindan al lec'h, hag eur marc'h eskernek dindanam, hag armou mergled meur endro dezam hag endro d'e varc'h.

Hag en emgannam a resiont. Ha vel e tiskarre Peredur ar gour du el leur, e lamme êm war e dhibr a newez.

Ha disken a eure Peredur, ha tennam klezev. Ha war se diskedim a eure ar gour du, ha marc'h Peredur, hag e varc'h ehun gantam ken na welas ket an eil sell warnè.

XXXI

Distro da Gaer-an-Prad — Diskleriadur — Laz ar Gwizoned

100. — Ac ar hyt y mynyd, kerdet a wnaeth Peredur. Ar parth arall yr mynyd, ef a welei gaer yn dyffryn avon; a pharth ar gaer y doeth. Ac val y daw yr gaer, neuad a welei, a drws y neuad yn agoret; ac y mywn y doeth.

Ac ef a welei wr llwyt cloff yn eisted ar tal y neuad, a Gwalchmei yn eisted ar y neillaw.

A march Peredur a welei yn un presseb a march Gwalchmei.

100. — Ha war hêd ar menez, kerzet a raezz Peredur. Hag en tu all d'ar menez, êm a wele eur gaer en trowien eun avon; hag entresek ar gaer e teuzz. Ha vel e teue er gaer, eun nowaz a wele, ha dor an nowaz digor; hag ebarz e teuzz.

Hag êm a wele eur gour louêt kamm, en e goasez war dal an nowaz, ha Gwalc'hmei en e goazez en e gichen.

Ha marc'h Peredur [3] a wele er mêmes staul ha marc'h Gwalc'hmei.

Les deux hommes firent un joyeux accueil à Pérédur, qui alla s'asseoir de l'autre côté du vieillard aux cheveux gris.

101. — A ce moment, un jeune homme aux cheveux blonds tomba à genoux devant Pérédur et lui demanda son amitié.

« Seigneur, dit-il, c'est moi qui suis venu sous les traits de la fille noire à la cour d'Arthur, puis lorsque tu jetas la table de jeu, lorsque tu tuas l'homme noir d'Ysbidinongyl, lorsque tu tuas le cerf, et quand tu t'es battu avec l'homme de la pierre plate.

C'est encore moi qui me suis présenté avec la tête sanglante sur le plat, avec la lance de laquelle coulait un ruisseau de sang depuis la pointe jusqu'au poing, tout le long de la hampe.

La tête était celle de ton cousin germain, qui avait été tué par les sorcières de Kaer Loyw. Ce sont elles aussi qui ont estropié ton oncle.

Moi-même je suis ton cousin.

Il est prédit que tu vengerais cela. »

102. — Pérédur et Gwalchmei décidèrent d'envoyer vers Arthur et sa maison pour lui demander de marcher contre les sorcières.

Ils engagèrent la lutte contre elles.

Une des sorcières voulut tuer un des hommes d'Arthur devant Pérédur : celui-ci l'en empêcha. Une seconde fois, elle voulut tuer un homme devant Pérédur, et une seconde fois celui-ci l'en empêcha. La troisième fois elle tua un homme devant Pérédur. Celui-ci tira son épée et en déchargea un tel coup sur le sommet du heaume, qu'il fendit le heaume, l'armure tout entière et la tête en deux.

(1) Dans tout ce passage, *lazam* a plutôt le sens d'attaquer que celui de tuer.

A llawen vuant wrth Peredur.

A mynet y eisted a oruc y parth arall yr gwr llwyt.

101. — Ac [ar hynny nachaf] gwas melyn yn dyfot ar pen y lin ger bron Peredur ac erchi kerenhyd y Peredur.

« Arglwyd, heb y gwas, mi a deuthum yn rith y vorwyn du y lys Arthur, a phan vyryeist y clawr, a phan ledeist y gwr du o Yspidinongyl, a phan ledeist y karw, a phan vuost yn ymlad ar gwr du or llech.

A mi a deuthum ar pen yn waedlyt ar y dyscyl, ac ar gwayw a oed yffrwt waet or pen hyt y dwrn, ar hyt y gwayw.

Ath gefynderw biowed y pen; a gwidonot Kaer Loyw ae lladassei; ac wynt a gloffassant dy ewythyr.

Ath gefynderw wyf inheu.

A darogan yw itti dial hynny. »

102. — A chyghor vu gan Peredur a Gwalchmei avwon at Arthur ae teulu y erchi idaw dyfot am pen y gwidonot.

A dechreu ymlad a wnaethant ar gwidonot; a llad gwr y Arthur ger bron Peredur a wnaeth un or gwidonot; ae gwahard a wnaeth Peredur. Ar eilweith llad gwr a wnaeth y widon ger bron Peredur, ar eilweith y gwahardawd Peredur hi. Ar trydyd weith, llad gwr a wnaeth y widon ger bron Peredur: a thynnu y gledyf a wnaeth Peredur, a tharaw y widon ar uchaf yr helym hyny hyllt yr helym ar arveu oll, ar pen y deu hanher.

Ha lowen e viont ouzz Peredur.

Ha monet da asezam a eure en tu all d'ar gour loué.

101. — Ha war se setu cur gwas melen o tont war benn e ghlin dirag Peredur, hag o c'houlen karantez digant Peredur.

« Autrou, eme ar gwas, me a deuas en stumm ar plac'h du da lés Arzur, ha pa daulas te ar c'hleur, ha pa lazas-te ar gour du a Yspidinongyl, ha pa lazas-te ar c'harw, ha pa viout o-n emlaz gant ar gour du eus al lec'h.

Ha me a deuas gant ar penn gwadéet war an disk, ha gant ar gwaf a oa ar froud gwad eus ar pen betek an dorn, war hed ar gwaf.

Ha da-zz kevenderw a oa ar penn, ha gwizoned Kaer Ghloyw o devoa e lazet; hag i a gammas da eontr.

Ha da gevenderw ôm me.

Ha diouganet ew dit venjim se. »

102. — Hag ali a voe gant Peredur ha Gwalc'hmei, digemen da Arzur hag e goskor, da ghoulen digantam dont enep d'ar gwizoned.

Ha dezrow en emgannam a résiont gant ar gwizoned; ha lazam [1] eun dén da Azur dirak Peredur a raezz un eus ar gwizoned : hag eh hars a raezz Peredur. Hag an eil gweizz, lazam eun dén a raezz ar wizon dirak Peredur, hag an eil gweizz e harsas Peredur anezi. Hag an drede gweizz lazam eur gour a raezz ar wizon dirak Peredur; ha tennam e glezev a raezz Peredur, ha skeim ar wizon war benn eh helm ken e fowtas an helm hag an armou oll, hag ar penn en dow hanter.

Elle jeta un cri et commanda aux autres sorcières de fuir, en disant que c'était Pérédur, l'homme qui avait été avec elles pour apprendre la chevalerie et qui, d'après le sort, devait les tuer.

Arthur et ses gens se mirent alors à frapper sur les sorcières. Toutes les sorcières de Kaer Loyw furent tuées.

Voilà ce qu'on raconte du Château des Merveilles.

A dodi llef a wnaeth, ac erchi yr gwidonot ereill ffo, a dywedut pan yw Peredur oed y gwr a vuassei yn dyscu marchogaeth gyt ac wy yd oed tyghet eu llad.

Ac yna y trewis Arthur ae teulu gan y gwidonod, ac y llas gwidonot Kaer Loyw oll.

Ac velly y treythir o Gaer yr Ynryfedodeu.

Ha leuskel eul lénv a raezz, hag arc'ham d'ar gwizoned all tec'hel, ha lavaret ez ew Peredur oa ar gour bet e tiskim marchegezz ganté a oa tonket o laz.

Ha neuse e skoas Arzur hag e goskor gant ar gwizoned, hag e voe lazet gwizoned Kaer Ghloyw oll.

Hag evelse e konter a Gaer ar Buzudon.

TABLE

KENTAM RANNAD

EIL RANNAD

TREDE RANNAD

Imprimerie Oberthür, à Rennes (1061-23)

www.ingramcontent.com/pod-product-compliance
Ingram Content Group UK Ltd.
Pitfield, Milton Keynes, MK11 3LW, UK
UKHW031853260826
14628UKWH00002B/748

9 782329 035345